잘하고 있어요,
지금도

소설처럼 살아야만 멋진 인생인가요

잘하고 있어요, 지금도

펴 낸 날 | 2015년 5월 26일 초판 1쇄

지 은 이 | 서영아
펴 낸 이 | 이태권
책임편집 | 곽지희
책임미술 | 장상호, 양보은
펴 낸 곳 | (주)태일소담
　　　　　서울특별시 성북구 성북로8길 29 (우)136-825
　　　　　전화 | 745-8566~7　팩스 | 747-3238
　　　　　e-mail | sodam@dreamsodam.co.kr
　　　　　등록번호 | 제2-42호(1979년 11월 14일)
　　　　　홈페이지 | www.dreamsodam.co.kr

ISBN　978-89-7381-392-6　03810

이 도서의 국립중앙도서관 출판시도서목록(CIP)은 서지정보유통지원시스템 홈페이지
(seoji.nl.go.kr)와 국가자료공동목록시스템(www.nl.go.kr/kolisnet)에서
이용하실 수 있습니다.(CIP제어번호: CIP2015013761)

소설처럼 살아야만 멋진 인생인가요

잘하고 있어요, 지금도

서영아 지음

소담출판사

지금은
잠시 멈출 때

무엇을 위해 살고 있는지 나에게 질문할 때
어떻게 살고 싶은지 세상을 둘러볼 때

그리고,

나의 성장을 위한 작은 변화를 준비할 때

그것이

티아 할머니의 브릿지 타임

어느 날,
티아하우스로부터

이 이야기는 내가 만난 어떤 특별한 시간에 관한 기록이다. 선물로 받은 시간, 어느 지루한 일상에 펼쳐진 마법 같은 순간들의 흔적이다. 이 모든 이야기는 미혼에서 결혼으로 건너가는 행성 같은 곳, 티아하우스로부터 시작되었다.

그곳에는 티아 할머니가 살고 있었다. 그때까지 나는 누군가가 내 삶을 송두리째 바꾸어놓을 수 있다는 것을 알지 못했다. 그들은 그 시간을 고요한 자기 혁명의 시간, 자신을 충분히 사랑하고 비로소 다음 단계로 건너갈 수 있는 '브릿지 타임'이라고 불렀다.

그 시간을 선물한 곳은 드레스를 고르고 들러리 파티를 할 수 있는, 한적한 주택가에 위치한 신부들의 공간, 티아하우스다. 미혼과 결혼의 가운데에 놓여 있는 섬과 같은 곳. 티아 할머니는 한 달에 한 번 신부들을 위한 모임을 마련했다. 이 모임은 몇 해 전 결혼을 준비하는 신부들을 중심으로 자연스럽게 시작되었다. 해를 거듭할수록 초대받은 사람의 범위가 넓어지기 시작했다. 한때 신부였거나, 신부가 될 가능성이 점점 열어지고 있는 나 같은 사람도 초대된 것이다.

이곳의 주제는 결혼이 아니라 '여자'였다. 어린아이가 있는 여자는 아이를 업고 왔다. 가끔 아이가 깨서 울었지만 우리는 번갈아 아이를 안아 달랬다. 티아 할머니는 신부들에게 "이것 또한 생활이다"라고 말했다.

티아 할머니는 지금 내가 속한 이 순간의 충만함을 느끼라고 말해주었다. 그건 원래 내게 있던 것, 내 속에서 끄집어 올리는 차가운 우물 같은 것, 내 속에도 이렇게 아름다운 '진짜'가 있다는 놀라운 발견을 멈추지 말라는 뜻이었다.

누군가는 인도에서 만난 운명의 잎사귀 이야기를 해주었고, 누군가는 뜨겁고 슬픈 연애담을 무용담처럼 던져주었고, 또 누군가는 근사한 손놀림으로 요리가 예술이 되는 과정을 설명해주었다. 와인을 마시기도 했고, 뜨개질을 하기도 했다. 그곳 집사인 빗자루 아줌마가 만든 '위로'라는 이름의 쿠키 파티가 열리기도 했다. 그것은 한 달에 한 번 금요일 밤에 일어나는 작은 마법이었다. 가족이 있는 사람들은 그날 밤 우리를 휘어잡았던 환상적인 스토리를 가슴에 꽁꽁 품은 채 서둘러 집으로 돌아가고, 돌아가봤자 혼자인 사람들은 3층 게스트 룸에 묵으며 밤을 새웠다. 우리는 누구나 새로운 신부들과 친구가 되었다. 그들의 러브 스토리를 코치하고 기뻐하며, 완벽하고 아름다운 생활의 발견을 위해 이야기를 모았다. 그 순간 그 자리에 모인 사람들은 생각을 짓고 이야기를 만드는 사람들이었다. 물론, 그 중심에 티아 할머니가 있었다.

티아 할머니의 본명을 나는 모른다. 심지어 그녀의 정확한 나이조차 알지 못한다. 다만 한때 유명한 디자이너였다는 것, 젊은 시절 치열하게 일하고 사랑하고 재산을 일궜다는 것, 드물게 여전히 아름답고 유쾌하다는 것이 그녀의 특별한 점이다. 그녀는 티아하우스의 주인이자 요리사이자 화가이자 시인이었다. 무엇보다도 지상에서 가장 완벽한 여자였다. 그녀의 집인 티아하우스에는 결혼을 준비하는 신부뿐 아니라 수많은 예술가들이 드나들었다. 생활의 예술가들. 할머니는 그녀들을 그렇게 불렀다. 아이가 있거나 혹은 없거나, 결혼 생활 중이거나 혼자 살거나, 이혼을 했거나 혹은 결혼을 안 했거나, 다채로운 삶의 궤적을 가진 여자들이 2층 티룸에 모여 앉았다. 티아 할머니는 그렇게 여자들을 불러 모았다. 할머니는 혁명가처럼 쿠데타를 준비하고 있었던 것이다. 여자들 마음과 생활의 고요한 변화, 마음의 중심을 찾아가는 여행.

여자들은 티아 할머니와 같은 삶을 꿈꾸었다. 삶에 대한 확신, 다급하지 않은 정신의 여유로움, 더 많이 가지기 위해 변해가는 눈빛을 경계하는 맑고 유쾌한 라이프 스타일, 그리고 아름답고 조화로운 그녀의 인생까지도. 우리는 그릇을 고르는 법, 남자를 고르는 법 혹은 버리는 법, 요리를 근사하게 담는 법, 아이를 키우며 자신을 지키는 법, 혼자 레스토랑에 가는 법, 몸과 마음을 조화롭게 사랑하고 가꾸는 법을 함께 꺼내놓았다. 때로는 자신의 진짜 꿈을 찾아가는 법, 작은 가게를 만드는 요령 등도 포함되었다. 우리는 이야기를 풀어내며 스스로 길을 찾아갔다. 할머니가 늘 이야기하던 '우리 마음 깊은 곳에 깜빡이는 내적인 빛'을 발견하는 순간이었다. 우리는 소통하면서 서로를 찾아내고 배워나갔다.

생각해보면 어른이 되면서부터 더 간절히 '내 곁에 절대적인 어른이 있다면' 하고 바랐다. 어느 날 문득 어른이 되어버려 누구에게도 꺼낼 수 없던 내 이야기를 들어주는 사람, 말과 행동과 인생을 따라 하고 싶은 사람이 필요했다. 어른이 될수록 나는 외로웠다. 가족에게는 아주 어린 여자아이로 무시되거나, 의지가 되어줘야 하는 무거운 존재가 되어버렸다. 친구나 동료도 나와 다를 바 없는 연약한 존재들일 뿐이었다. 나는 독립적이었으나 외로웠고, 마음을 들키고 싶지는 않았지만 끊임없이 따뜻한 위안을 필요로 했다. 여자로 살아가는 유쾌함, 진지함, 사랑스러움을 배우고 따라 할 만한 아름다운 어른이 있기를 바랐던 내 마음이 티아 할머니와 만나게 한 것인지도 모르겠다.

어쩌면 이 모든 이야기는 그녀가 전해준 이야기가 아닐지도 모른다. 그녀의 집이 이야기를 했다. 그녀가 초대한 여자들이 한 가지씩 지혜를 나누었다. 그녀의 침묵이, 그녀의 뒷모습이, 그녀의 말 없는 위안이 이야기를 했다. 열두 번의 브릿지 타임을 거치면서 나는 비로소 내 삶의 풍요로움에 대해 생각하게 되었다. 일상을 매만지는 방식에 대해 궁금해하기 시작했다.

그것이 여자인 나를 사랑하게 된 새로운 이야기의 시작이었다.

contents

1st Bridge Time

시간,
마흔이 되면

밤에 혼자서 '마흔'이라고 되뇌어보면,
뭔가 뜨거운 연민과 서늘한 현실감이 동시에
몰아치곤 했다.

분명한 것은
깊이 생각할수록 맨몸으로 서 있는 것만 같다는 것이다.

그런 두려움 때문에
누군가는 막차를 타듯 서둘러 결혼할 것이고,
누군가는 가정과 아이에 에너지를 쏟을 것이다.

"그동안 사람들은 더 빠른 길만 찾아왔어요.

그러다가 걷기에 아름다운 길,

거칠고 험하지만

뭔가 나를 되짚어볼 수 있는 길을 찾기 시작했죠."

guest 이로
도보 여행자, 길을 발견하는 여자

"우린 곧 마흔이 될 거야."

재이가 갑자기 그런 말을 했을 때 나는 가슴이 쿵 내려앉는 소리를 들었다. 재이는 눈은 다른 곳에 두고 입은 삐죽이며, 어깨를 으쓱했다. 마음과 다른 이야기를 할 때 나타나는 버릇이다. 어린 소녀였을 때도 그런 버릇이 있었다.

그녀는 아직도 5년이나 남은 마흔을 끄집어냈다. 미리 자신에게 예방주사를 맞히는 것임을 나는 안다. 그녀는 심각하고 무거운 것이 앞을 가로막으면 오히려 가볍게 행동했다. 아니, 가벼운 척했다. 나는 그 가벼움 속의 무거움을 알고 있었다. 내 마음이기도 했으니까.

"티아하우스에 같이 가자."

마치 가야만 한다는 통보처럼 재이는 티아 할머니가 보낸 초대장을 내 앞에 꺼내놓았다. '초대합니다'라는 다섯 글자가 쓰여 있었다. 한 달에 한 번 금요일 밤에 티아하우스에서 여자들이 모인다는 이야기는 들었다. 그런데 재이가 그곳에 가자고 말할 줄은 몰랐다.

"이번 주제는 '시간'이래. 부제는 '마흔'이라네."

"마흔……."

나는 조용히 되뇌어보았다. 이상한 열기를 가진 단어였다. 낮에는 웃으며 발음할 수 있었다. 하지만 밤에 혼자서 '마흔'이라고 되뇌어보면, 뭔가 뜨거운 연민과 서늘한 현실감이 동시에 몰아치곤 했다. 때로는 지도를 얻은 것도 같고, 때로는 지도를 잃은 것도 같았다. 분명한 것은 깊이 생각할수록 맨몸으로 서 있는 것만 같다는 것이다. 그런 두려움 때문에 누군가는 막차를 타듯 서둘러 결혼할 것이고, 누군가는 가정과 아이에 에너지를 쏟을 것이다.

티아하우스에 처음 갔던 날이 떠올랐다. 그날 재이는 웨딩드레스를 맞추고 들러리와 함께하는 파티를 열었었다. 2층에 마련된 긴 테이블 위에 하얀색 테이블보를 깔고 민트색 리본으로 묶은 '신부의 이야기'를 낭독했었다. 그날 나는 처음으로 모엣 에 샹동을 맛보았다. 그곳의 주인이자 웨딩드레스 디자이너인 티아 할머니는 은색 테두리가 그려진 화이트 식기들을 아낌없이 내주었다. 파도가 이는 듯한 곡선이 돋보이는 접시들이었다. 달빛이 티아하우스에 길게 스며들었고 꽃향기가 코끝을 간지럽혔다. 그 공간은 마치 지구 위에 떠 있는 반짝이는 행성 같았다. 티아 할머니는 들러리들을 위한 파티 드레스를 입혀주었다. 드레스는 단정하고 사랑스러웠다. 처음 입어보는 드레스 덕분에 내 몸마저 낯설게 느껴지고 또 설렜다.

그날의 재이는 얼마나 완벽한 신부의 모습이었던가. 나는 죽도록 부러웠고, 진심으로 행복을 빌었다. 재이의 드레스를 보고 오던 날, 텅 빈 방으로 돌아오며 나는 "쓸쓸하다"고 중얼거렸다. 아무도 들어주지 않는 말이었다. 처음으로 쓸, 쓸, 하, 다, 는 말이 한 음절씩 꺾여 바닥에 내리꽂히는 장면을 보았다.

가을이 되기도 전에, 재이는 파혼을 결정했다. 한동안 나는 내 부러움이 그녀를 불행하게 만든 것은 아닐까 자책했다.

"드레스가 참 맘에 들었었는데. 이 사진은 버리지 않을 거야. 다음번 결혼식에 입고 말겠어."

재이는 드레스를 입고 찍은 사진을 들여다보며 말했다. 아무렇지도 않은 듯, 표정이 읽히지 않는 얼굴이었다. 그날 이후 재이는 말이 많아지는 날도 있었고, 인생을 달관한 사람처럼 굴기도 하다가, 아무나 만나 몇 번 여행을 다녀왔다고도 했다. 감사하게도 회복의 사이클을 따라 서서히 예전의 그녀로 돌아왔다.

어떻게 보면 재이에게 티아하우스는 잊고 싶은 공간이어야 자연스러울 것이다. 그런데 다시 그곳에 가고 싶다고 하는 것이다.

"티아 할머니가 가볍게 차를 마시러 오라고 했어. 한 달에 한 번 여자들에게 필요한 이야기를 나누는 시간이 있다는 거 알지? 그걸 '브릿지 타임'이라고 부른대."

나는 재이가 가고 싶다고 말하면 가야 한다는 뜻이라는 걸 안다. 왠지 그곳이 그녀의 회복을 위한 종착지가 아닐까 생각했다.

인생에서 가끔은 운명의 초대를 받게 된다. 그것은 내가 가장 낮은 곳에 있을 때, 이제 그만 모든 것을 내려놓고 싶을 때 찾아온다. 재이에게도, 또 나에게도. 티아하우스의 초대가 그 증거일 것이다. 우리는 막 서른다섯을 넘어서고 있었다. 그것이 이유가 아니었을까. 그곳을 찾은 건 누군가에게 위로와 확신을 얻고 싶어서였을 거다.

초대의 글 아래에는 티아 할머니의 메모가 작은 글씨로 쓰여 있었다.

이것은 아주 작고 사소한 이야기가 될 것입니다.
세상을 구하지도 못할 것이고, 돈과 명예를 줄 수도 없겠지요.
바란다면 우리가 여자로서 살아가는
기쁨을 발견하게 될 거라는 겁니다.
이야기를 나눌 준비가 되어 있으면 됩니다.
인생을 행복하게 할 만한
생활의 지혜를 아는 사람들을 티아하우스에 초대합니다.
그런 지혜를 듣고 싶은 사람도 초대합니다.

티아하우스는 고요함과 시끌벅적함이 공존했다. 처음 재이를 따라 그 집에 갔던 날을 기억한다. 그 냄새를 기억한다. 티아하우스의 외관은 무엇을 하는 곳인지 알 수 없게 되어 있었다. 어떤 힌트도 찾아낼 수 없었다. 아주 작은 글씨로 '티아'라고 쓰여 있을 뿐이었다. 그것마저도 진초록의 나뭇잎 그늘에 가려 잘 보이지 않았다. 폭이 좁고 긴 문을 열면 천장이 높은 좁은 길이 나온다. 마치 다른 세상으로 들어서는 듯한 두근거림이 있다. 어둡고 좁은 통로를 지나자 환하고 넓은 공간이 펼쳐졌다. 할머니의 작업실이었다. 유리문 밖으로, 물이 흐르는 작고 소박한 정원이 보였다. 집 안 전체가 정원인 듯 공기가 청량했다.

마침, 여름밤이었다. 정원에는 작은 불빛들이 발자국에 따라 촘촘히 박혀 있었다. 이제 막 꽃봉오리를 터뜨릴 것 같은 백색의 장미 봉오리가 정원에 가득했다. 환하게 불을 밝힌 장미 등불이었다. 정원으로 가는 유리문 옆으로 티아 할머니의 책상과 의자가 있었다. 할머니는 우리에게 악수를 청했다.

"방문해줘서 고마워요."

티아 할머니는 나이를 가늠할 수 없는 모습이었다. 단단해 보였다. 눈은 맑고, 조금 피로해 보이는 안색도 정갈했다. 너무 강해 보이지도, 또 약해 보이지도 않았다. 나는 언제나 기가 강한 사람 앞에서는 몸과 마음이 움츠러든다. 그런 사람과 이야기를 하고 돌아오면 피로해졌다. 소위 기가 강한 사람은 나를 더 긴장하게 했다. 실수하지 않을까 두려워하며 온몸의 에너지를 쓰게 되는 것이다. 그런 긴장은 사람을 불편하게 만든다. 그런데 티아 할머니는 달랐다. 그녀는 그저, 평온했다. 나를 평가하고 있다는 느낌이 들지 않았다. 많은 말을 하지 않았지만 그녀가 내게 웃어주면 왠지 마음이 놓였다.

오랜만에 다시 찾은 티아하우스는 마침, 재이가 드레스를 맞췄던 6월이었다. 티아 할머니는 처음 만났던 날보다 한층 생기 있어 보였다. 정원 한쪽의 나무 의자에는 붉은 쿠션이 놓여 있었다.

"이곳은 숨어 있기 좋지요. 가끔 숨어 있고 싶어 하는 사람한테 빌려주는 공간이에요."

할머니의 그 한마디가 이상하게 용기를 주었다. 이곳에 어울리지 않는 사람일 거라는 자격지심, 주춤거리는 마음도 한결 편안해졌다.

"좋아하는 게 뭔가요?"

처음에 나는 할머니의 말뜻을 이해하지 못했다. 좋아하는 건, 금요일 저녁의 시간 같은 건가? 누군가에게 이런 질문을 받아본 적이 없었다.

할머니는 "아이쿠, 내가 어렵게 말했네" 하며 환하게 웃었다.

"누가 시키지 않아도 좋아서 하는 일이 있나요?"

"사진을 찍어요. 매일매일 조금씩."

나는 늘 가지고 다니는 카메라를 가만히 매만졌다.

"아, 좋네요, 사진. 시간이 된다면 한 달에 한 번 브릿지 타임을 기록해줄 수 있나요?"

너무 갑작스러운 제안에 쉽게 대답이 나오지 않았다.

"저는, 방식도 모르고……."

"특별한 건 없어요. 그냥 마음대로, 느낌대로 하면 돼요. 오늘 한번 도전해보지 않을래요, 서울 씨?"

티아 할머니의 말에는 군더더기가 없었다. 그녀는 무엇이든 단순하게 만들어버리는 재주가 있어 보였다. 따뜻하지만 격식 있는 말투였다.

내 이름은 서울. 도시의 이름이다. 이 이름이 처음에는 싫었다. 어디서나 튀었다. 그런데 티아 할머니가 부르는 '서울'이라는 발음은 듣기 좋았다.

"서두르지 말아요. 이곳에 오는 사람들의 이야기를 그냥 듣고 보고 같이 느껴요. 우선, 서로 알아갑시다."

사실 사진을 취미 이상으로 찍어본 적이 없었다. 처음으로 설렜다. 이상한 할머니군. 나처럼 삶에 지친 회사원을 사진가가 되게 만들고, 재이에게는 자신이 입었던 웨딩드레스를 보며 웃을 수 있게 만들다니.

티아 할머니는 나에게 티아하우스의 사람들을 소개해주겠다고 했다.

"빛자루 아줌마 한 사람만 소개해주면 되지요. 그러면 모든 사람을 다 알게 될 테니까."

티아하우스에는 티아 할머니 말고도 매주, 혹은 매일 제집처럼 드나드는 식구가 많았다. 그중에서도 빛자루 아줌마는 이곳의 집사와 같다고 말했다.

"환영해요. 빛자루 아줌마라고 불러줘요."

그녀는 느닷없이 두 팔을 벌려 나를 안았다. 짧고 경쾌하게 자른 머리 스타일과 소녀처럼 붉은 뺨을 가진 얼굴이다.

"기대해요. 여기는 멋진 여자 만나기에 정말 좋은 곳이니까."

나는 그녀를 따라 어색하게 웃었다. 재이는 짧게 목례를 하고 티아 할머니를 따라 정원으로 나갔다. 목소리가 들리지는 않지만 재이의 표정은 여행을 떠난 사람 같았다. 설렘이 보였다.

"브릿지 타임에선 어떤 사람들이 이야기를 하게 되나요?"

"누구나."

리듬감이 느껴지는 목소리다.

"그래도 책을 만드는 사람이 책 이야기를 하는 게 쉽겠지요. 꽃 키우는 사람이 꽃 이야기를 하기가 쉽고. 나처럼 아이 넷을 키워낸 사람은 또 아이 키우는 결혼 생활에 대해서 말하고 싶은 게 있을 테고. 겁내지 마요. 여기 오면 마음이 가벼워질 거예요. 그러니까 서울, 이런저런 걱정은 벗어버리라는 얘기예요."

빛자루 아줌마는 어느 틈에 내 팔짱을 꼈다. 눈빛에 미소를 가득 담고 고개를 끄덕이는 그녀와 달리 나는 아직 머뭇거린다.

"저는 전문적으로 사진을 찍는 사람이 아니라서요."

내 목소리는 여전히 가늘고 조심스럽다. 목소리를 크게 내려고 노력했더니 오히려 목이 잠겨버렸다.

"나도 원래 내 집 살림만 하던 사람이라우. 이렇게 오가는 사람들과 어울릴 줄이야 상상도 못 했지. 뭐든 그렇게 시작되는 거예요. 계획대로 되면 재미가 없지. 괜찮아, 괜찮아."

빛자루 아줌마는 한 손에 마른행주를 들고 다녔다.

"버릇이야, 이건. 몹쓸 버릇인 것만은 확실해. 주부로 너무 오래 살았어."

이야기를 나누는 중에도, 음악을 들으면서도 그녀의 손은 티아하우스를 쓸고 닦았다.

"티아 할머니와 나는 청소하고 요리하느라 바쁘지요. 금요일 밤에 우리가 무대를 만드는 사람이니까. 애들을 다 키워놨으니 나는 이제 시간이 많지. 여기서 이렇게 바쁜 것이 얼마나 큰 축복인지 신참들은 몰라."

티아 할머니는 금요일 밤의 브릿지 타임에 전혀 개입하지 않았다. 사람들은 모여 앉아 다음 브릿지 타임의 주제를 스스로 정했다. 한 달 전 미리 주제가 주어지면 누군가가 이야기를 시작했다. 충만한 삶에 관해서라면 누구든 이야기를 꺼낼 수 있었다. 그중 한 사람쯤은 그 주제에 대해 길거나 짧은 이야기를 꺼내놓을 줄 알았다.

오후가 시작될 무렵, 티아 할머니는 벌써 분주해졌다. 나는 무엇을 어떻게 시작해야 할지 몰라 부엌 구석에 어정쩡하니 섰다. 바닥, 천장, 벽을 훑어본다. 그냥 이곳의 모든 움직임을 훔쳐보았다. 티아 할머니는 아직 '할머니'라는 호칭이 어울리지 않는 것 같았다. 그러나 모두 그녀를 '티아 할머니'라고 불렀다.

"할머니라고 불린다고 해서 뭐 잃어버리는 게 있을까."

그녀는 슬쩍 미소를 지었다. 가볍고 고요한 움직임. 탁, 탁, 탁, 채소를 써는 채칼의 소리, 착, 착, 착, 햇빛에 잘 마른 행주를 개는 소리. 나는 모든 경쾌한 움직임들을 오랫동안 바라보았다. 그녀의 움직임을 방해하지 않도록 조심하면서 구석에 놓여 있는 의자에 앉았다. 뻣뻣한 천으로 만들어진 스커트 자락, 무늬가 없는 양말, 잔꽃 무늬가 수 놓인 실내용 슬리퍼를 찍었다. 빗자루 아줌마가 데려온 고양이 물루가 늦은 낮잠을 자는 모습도 담았다. 오후의 바람이 남쪽으로 난 창으로 건너왔다. 티아 할머니는 노래를 흥얼거리듯 시를 흥얼거렸다.

"한때 아기였기 때문에 그녀는 늙었다. 한때 종달새였고 풀잎이었기에 그녀는 이가 빠졌다. 한때 연애를 하고 배꽃처럼 웃었기 때문에 더듬거리는 늙은 여자가 되었다……."

나는 그 시를 알고 있었다. 여자의 삶이란 갈수록 초라해지는 거구나, 생각했었다. 그런데 티아 할머니는 웃으며 노래를 부르고 있었다.

"……풀밭에 더 자주 앉아 있었어야 할 것을. 치마에 초록 풀물이 든다 한들 상관하지 않고 더 자주 웃었어야 할 것을. 더 큰 소리로 웃었어야 할 것을……."

할머니는 또 다른 노래를 불렀다. 목소리가 크고 둥글었다. 창백했던 인상과는 달랐다. 에너지가 공기 중에 가득 퍼졌다.

"할머니는 낭독하는 걸 참 좋아해요. 책을 낭독하는 시간이 따로 있지요. 티아 할머니 낭독법은 젊고 에너지 넘치는 뇌를 위한 산책이라고 말씀하신답니다. 우리는 각자 일을 하며 중얼중얼 노래하는 것도 좋아하지요."

나는 몰래 '무엇이든 아는' 빗자루 아줌마라고 썼다. 어느 곳에나 이런 사람은 꼭 있다. 싫지 않은 캐릭터다. 무엇이든 아는 빗자루 아줌마는 티아하우스의 노련한 집사답게 이곳저곳을 설명해주었다.

모두들 브릿지 타임을 준비하느라 바쁜 사이 나는 천천히 티아하우스를 둘러보기로 했다. 마룻바닥은 반질반질 관리가 되어 있었고 가구들은 티아 할머니의 취향을 고스란히 보여주었다. 이곳의 모든 사물은 오래되었지만 구석구석 손길이 닿아 있었다. 무엇이든 만지고 아껴온 흔적이 보였다.

마룻바닥을 잇는 좁은 복도를 걷는 순간, 나는 마치 다른 세상으로 걸어 들어가는 낯선 감정을 느꼈다. 이것이 미혼과 기혼의 통로일까. 나는 낯선 통로를 체험하러 온 아이처럼 두리번거렸다. 아직 나에게는 뭔가 비현실적인 공간이다. 복도를 끼고 오른쪽으로 접어들자마자 빛이 쏟아졌다. 희고 밝은 공간. 할머니의 작업실과 신부들이 드레스를 고를 수 있는 드레스 룸이었다. 처음에 나는 이 텅 빈 공간이 당혹스러웠다. 한 벌의 웨딩드레스도 보이지 않았다.

빛자루 아줌마가 한 벽면의 미닫이문을 살짝 열어주었다. 거기, 티아 할머니의 웨딩드레스들이 기다리고 있었다. 나는 태어나서 처음으로 웨딩드레스를 만져보았다. 그것은 수없이 보아온 희고 아름다운 옷이다. 영화나 드라마 혹은 친구의 결혼식에서, 엄마의 결혼사진 속에서 별 의미 없이 보아왔다. 그러나 벽 속의 미닫이문을 열고 내 앞에 다가선 티아 할머니의 웨딩드레스는 달랐다. 누군가가 입고 있는 드레스가 아니라, 그냥 가슴이 벅차게 희고 빛나는 물질 그대로였다. 사람이 들어서지 않은 물질 자체는 조금 슬퍼 보인다. 너무 아름다운 것들은 언제나 조금 슬프다. 너무 밝고 환한 것들도 언제나 조금 버겁다. 문득 이 옷을 입은 나의 얼굴을 상상했던 건지도 모르겠다.

미닫이문을 닫으니 할머니의 작업 공간을 둘러싼 유리 정원이 눈에 띄었다. 디귿 자로 된 유리창이 거실 안까지 이어져 있었다. 정원의 나무와 풀들이 집 안으로 훌쩍 들어앉아 사람과 함께 사는 느낌을 주었다. 할머니의 작업 테이블은 생각보다 좁고 소박했다. 큰 테이블 위에 스케치북과 손으로 드레스를 만들 때 필요한 바늘과 가위, 책들이 쌓여 있었다.

"우리는 주로 2층에서 모이지요."

빛자루 아줌마는 쿵쿵 소리가 나게 계단을 뛰어 올라갔다. 경쾌한 발소리였다. 나는 조심조심 그녀가 밟은 자리를 따라 올라갔다. 볕이 잘 드는 창. 하얀 행주들이 줄지어 매달려 있었다. 바람에 날리는 그 흰빛은 조금 전 웨딩드레스를 보았던 내 어색한 마음을 편안하게 내려놓게 해주었다. 따뜻함과 활기가 느껴졌다. 이곳이 바로 티아하우스의 금요일 브릿지 타임이 있는 곳이다. 원래 손님이 오면 차를 마시는 공간으로 만들어진 작은 티룸이었다고 한다. 티아 할머니가 티룸의 미닫이문을 활짝 열고 물푸레나무 테이블을 가져다놓으면서 모두들 이곳을 '이야기 테이블'이라고 불렀다. 방은 사라지고 거대한 이야기 테이블이 생긴 셈이다. 이 커피 테이블 위에서 티아 할머니는 가끔 드레스를 마무리하고, 이곳에 오는 신부들은 차를 마시며 이야기를 나누기도 한다고 했다. 거실의 넓은 격자무늬 창을 열면 정원의 나무와 꽃들이 더 가까이 느껴졌다. 바람과 햇빛이 지나가는 소리가 들릴 지경이었다.

티아하우스의 부엌은 여자들의 활기찬 소리와 코끝을 즐겁게 하는 냄새로 가득 찼다. 모두 제 할 일을 아는 사람들처럼 자유롭게 일을 나누어 하고 있었다. 부엌의 소리는 경쾌했다. 그중에서도 빛자루 아줌마의 목소리가 가장 높고 유쾌했다. 그녀의 이름은 '빗자루'가 아니라 '빛자루'라 했다. 빛자루 아줌마는 모든 일거리나 고민거리들을 순식간에, 단순하게 빛의 속도로 쓸어버리기 때문에 이런 이름을 쓴다고 말해주었다. 티아하우스에 꽃을 가지고 오는 정원은 맞은편에서 같은 이름의 꽃집을 하고 있었다. 작곡가인 수하는 브릿지 타임의 음악을 맡고 있다고 했다. 요리사 지안은 직업이 요리사인지는 잘 모르겠다. 원래는 디자인을 했었다고 들었다. 이곳의 사람들은 많은 여자가 그렇듯 여러 개의 직업을 가지고 있었다. 주부이자 집사, 가게 주인이자 정원사, 요리사이자 디자이너, 그리고 이제 막 회사원이자 사진 기록자가 된 나.

"나는 의자 배열을 맡았어."

한참 보이지 않던 재이가 다가왔다.

"여기, 신기해."

"그래서 오자고 했잖아."

"다 둘러보려면 며칠은 걸릴 것 같아. 게다가 사진을 기록하게 되다니, 걱정이 많네."

"나는 네가 찍은 내 사진이 가장 마음에 들어."

재이는 내 어깨를 한 번 툭 치며 다시 일손을 도우러 갔다. 언제나 무심한 척 나에게 용기를 주는 친구. 나는 카메라를 만지작거렸다. "재밌을 것 같애⋯⋯." 혼자 중얼거렸다.

오늘 브릿지 타임의 의자는 모두 스무 자리가 넘는 것 같았다. 둥근 이야기 테이블에 모두 둘러앉을 수 없을 것 같아 뒤쪽으로도 의자를 놓았다. 티아 할머니는 의자마다 작은 태그를 하나씩 붙여놓았는데, 오늘의 부제는

'마흔이 되면'이었다. 작은 태그에는 하얀 마거릿이 꽂혀 있었다. 꽃집 여자 정원은 마거릿에 보라색 리본을 꼼꼼히 묶었다. 그 손이 아름다워서 한 컷 찍었다. 빗자루 아줌마는 민트가 한 잎 들어간 민트라임아이스티를 테이블 위에 올려놓았다. 금요일 브릿지 타임은 준비하는 이 모든 과정이 이야기의 시작이었다.

저녁 6시가 되자 하나둘 초대받은 사람들이 모여들었다. 나는 여자들이 허리를 굽혀 신발을 정리하고 들어서는 모습을 한 컷 찍었다. 이곳에 자주 오는 여자들의 움직임은 경쾌하고 리듬이 있었다. 처음 오는 사람들은 금세 티가 났다. 벗어놓은 신발들은 그녀들이 가지고 온 이야기들처럼 달라 보였다. 고단하고 아름다운 여정을 잠시 멈추고 함께 이야기를 나누기 위해 한자리에 모인 여자들. 나는 신발과 그들의 주인을 번갈아 보았다. 내 느낌이 맞았다. 신발과 주인은 닮았다.

6월로 접어들면서 부쩍 더워졌다. 티아하우스의 창은 모두 열려 있었다. 사람들은 의자에 앉거나 창에 기대거나 바닥에 방석을 깔고 앉았다. 지안은 스무 명의 여자들을 위해 스무 개의 서로 다른 컵을 가져왔다. 나는 손잡이가 둥글고 정직하게 생긴 머그컵을 골라 커피를 따랐다. 이로는 곧은 길처럼 길쭉한 컵에 물을 따라 조금씩 마셨다.

이로는 길에 이름을 붙이고, 코스를 정하고, 홍보를 한다고 했다. 자기소개를 하는 동안 나는 그녀가 조금 주저한다고 느꼈다. 빛자루 아줌마가 그녀의 직업을 '길을 발견하는 사람'이라고 소개하는 그 순간이었다. 조금 겸연쩍게 웃었는데 얼굴이 살짝 붉어졌다.

"길 위의 시간을 소개하는 사람이라고 생각하면 비슷할 거예요. 도보 여행자이기도 하고요."

이로는 작은 배낭에서 조심스럽게 지도 하나를 꺼냈다. 아름다운 옛날 지도였다. 색이 바랜 지도는 어디론가 떠나고 싶은 마음을 불러일으켰다.

"그동안 사람들은 더 빠른 길만 찾아왔어요. 그러다가 걷기에 아름다운 길, 거칠고 험하지만 뭔가 나를 되짚어볼 수 있는 길을 찾기 시작했죠. 어쩌면 이제야 비로소 목적지보다 과정이 들려주는 이야기에 귀를 기울이게 된 건지도 몰라요."

나는 문득 이로가 가지고 온 연두색 배낭 속에 무엇이 더 들어 있을까 궁금해졌다.

"길이 매력적인 건 나를 여행자로 만들어주었기 때문이에요. 산티아고를 가든, 올레길을 가든, 동네 한 바퀴를 돌든, 완벽한 여행자가 되는 시간을 연출하는 거죠. 나도 늘 여행자처럼 살아왔어요. 가볍고 단출하게 말이에요. 그런데 지난해 겨울부터 마음이 어지러워지더군요. 마흔을 앞두고 있었거든요. 내 인생이 무겁다는 생각을 처음으로 하게 되었죠. 아, 이제는 나이에 맞게 생각하고 말하고 책임져야 하나 보다. 갑자기 밤에 잠이 오지 않더라고요. 답답했죠."

"그렇지. 그 나이가 그렇지. 1년 만에 체중계에 올라간 기분이지, 그게."

빗자루 아줌마의 혼잣말 같은 추임새는 오히려 분위기를 유쾌하게 만들었다. 이로의 표정도 한결 가벼워졌다.

"생각해보니 사람들에게 길을 가라고 말하면서 오히려 내가 좋아했던 여행자의 마음은 잊어버렸더군요. 꿈도 일이 되면서 일상이 되어버린 거예요. 너무 사랑하는 것도 익숙해지면 가치를 모르는 것처럼 말이죠. 살아내기 위해, 오래 잘 걸어가기 위해 이쯤에서 나를 위한 선물이 필요하다고 생각했어요. 그건 나를 위한 시간을 연출하는 거였죠."

"시간을 연출한다는 말이 멋지네요. 한 번도 그렇게 생각해보지 않았어요. 시간은 그냥 흘러가는 거라고 생각했는데."

티아하우스의 요리사를 맡고 있다고 말했던 지안이었다.

"맞아요, 흘러가버려요. 어제의 나와 오늘의 나는 같지만 의식하지 않으면 휩쓸려 지나쳐버리죠. 그걸 시간 연출이라 불러도 되고 나만의 의식이라고 불러도 돼요. 내가 한 방법은 제일 좋아하는 시간을 의식적으로 만드는 거였어요. 내가 제일 좋아하는 시간은 여행자의 시간이었어요. 그래서 매일 아침 6시 30분에 일어나 따뜻한 양말을 신고, 후드 티를 입고, 모자를 눌러썼죠. 여행 노트를 연두색 배낭에 넣고 나가는 거예요. 출근 전 그 한 시간 동안 나는 온전히 여행만 생각했어요. 길만 생각했죠. 좋아하는 길의 이름을 적고, 다시 나를 위한 여행을 계획하고, 걷는 시간을 매일 조금씩 늘리면서 하루에 한 시간만 나를 위해 쓰자고 다짐했죠. 지도를 들고 걷기도 하고, 지도 없이 걷기도 했죠. 어떤 날은 나침반을, 어떤 날은 카메라를 들고 나가기도 하고요. 어떤 날은 멀리 나가고, 어떤 날은 내가 사는 마을 주변을 걷기도 했어요. 그러면서 처음 일을 시작했을 때의 설렘과 호기심을 다시 생각하기 시작했어요. 그 시간들을 통해 마흔 이후의 삶을 다시 두근거리는 마음으로 살게 될 자신감을 얻었어요."

이로는 여행을 위한 시간에는 연출이 필요하다고 했다. 그녀는 배낭에서 오래된 여행자 수첩과 끝이 뭉툭해진 4B 연필, 작은 스케치북, 나침반과 하모니카 하나를 꺼내 보였다.

"스케치북을 가지고 다닐 때는 카메라를 두고 가요. 많이 추운 날에는 달콤한 군것질 거리들을 주머니에 가득 챙기기도 하고요. 이 하모니카는 나를 위해 샀던 선물이에요. 케이스에 작은 새가 그려져 있어서 가지고 다니면 노래하는 새 한 마리와 동행하는 것 같아요. 지난겨울 내내 아침 6시 30분부터 7시 30분까지 나는 여행자의 시간을 가졌어요. 집으로 돌아올 때즈음에 서서히 해가 떴는데, 겨울 아침 햇빛을 온몸으로 느끼는 기분이 참 좋았어요. 그게 내 노력의 전부예요. 그냥 그런 시간들이 쌓이고 모였을 뿐인데 무겁던 마음이 다시 시작할 의지를 갖게 되었죠. 돌아보니 그게 바로 나의 마흔 프로젝트였던 거예요."

작곡가 수하가 천천히 피아노를 쳤다. 수하의 손가락은 순식간에 길을 만들어냈다. 이로가 6시 30분에서 7시 30분까지 만난 길들처럼 수많은 길이 영상으로 펼쳐졌다. 누군가는 자전거로, 누군가는 걸어서, 누군가는 오르고, 누군가는 내려가고 있었다. 아무도 없는 길, 나무가 있고, 안개가 있고, 아침이 있고, 여행자가 있었다. 음악이 우리를 가파른 길로 이끌다가 천천히 호흡할 수 있는 평온한 길로 이끌었다. 우리는 그 수많은 길들 속에서 시간을 보았다. 각자 자신의 시간을 보았다.

어둠이 내리기 시작하는 티아하우스는 수하의 피아노 연주곡으로 꽉 채워졌다. 결혼식을 두 달 앞둔 신부도 있었고, 바로 다음 주에 결혼할 신부도 왔다. 몇 달 전에 결혼한 사람, 몇 년 전에 결혼한 사람, 그리고 그녀의 친구들도 왔다. 오늘은 유독 삼십 대가 많았다. 가깝게, 혹은 멀게 마흔을 앞둔 우리. 어떤 삶을 살아갈지 아직도 헤매는 사람들. 여자들의 눈빛은 뜨겁고도 차분했다. 이로는 자신이 가장 사랑하는 시간을 하나 만들었고, 그 속에서 마흔 이후의 삶을 발견했다고 말했다.

"마흔으로 가는 나에게 주고 싶었던 건 질문이었을지도 몰라요. 그동안은 질문을 잃어버리고 살았거든요. 나는 어디로 가고 있나, 무엇이 나를 행복하게 해주나…… 그런 질문들을 가슴에 품을 수 있는 오직 나만의 시간. 이제는 지치지 않고 다시 시작할 수 있어요. 나를 위해 움직이고 준비한 그 시간이 내게 준 선물이겠죠."

나는 이로의 배낭 속에서 꺼낸 물건들을 몇 개 찍어두었다. 어쩌면 나도 이끌리듯 이곳에 온 것인지도 모른다. 나의 마흔, 그 이후를 준비하기 위해서.

"나도 이로처럼 좋아하는 시간이 있어요."

지안이었다. 여자들은 이야기가 들려오는 쪽으로 눈빛과 마음을 온전하게 기울였다. 그 모습은 마치 바람과 햇빛이 부는 쪽으로 일제히 움직이는 초록의 나뭇잎이나 부드러운 꽃잎 같았다. 지안은 두 무릎을 감싸고 있던 손을 내리고 자신에게 향하는 눈빛들을 응시했다. 많은 사람의 주목에도 흔들리거나 뒤로 물러서지 않는 단단한 눈빛이다.

"식구들이 일어나기 전에 맨 먼저 창문을 여는 그 시간이 바로 내 시간이에요. 아직 깊이 잠자고 있는 집을 깨우는 시간이죠. 서둘러 아침 준비를 마치고 내가 좋아하는 창가 자리에 앉아 가만히 눈을 감아요. 그럴 때면 주부가 아닌 20년 전의 소녀로 돌아가는 것 같아요. 교실에 맨 먼저 도착해서 창문을 열던 그때의 나와 만나는 순간 말이에요. 그때도 미래는 참 두려웠어요. 내 딴에는 뭔가 특별한 방식을 만들고 싶었죠. 그냥, 맨 먼저 가 있자, 그걸로 충분하다, 그렇게 생각했던 것 같아요. 교실의 메케한 먼지 냄새가 아직도 기억나요. 맞아요, 내가 선택하는 시간은 언제나 맨 먼저 그 자리에 있는 거였어요. 이른 아침에 혼자 깨어 있으면 그때 내가 선택했던 시간과 만나는 것 같아요. 정말 소중한 시간이죠."

"그러니까, 시간을 연출하고 있었네."

빗자루 아줌마가 엄지손가락 대신 손에 든 아이스커피를 치켜들었다.

"맞아요. 우리는 누구나 시간 연출가가 될 수 있어요. 하루에 한 번만 나를 위한 시간을 연출해봐요. 더 빠르게도, 더 느슨하게도 만들 수 있죠. 조율할 수 있어요. 더 깊이 그 시간을 즐기는 장치들을 곳곳에 배치하세요."

이로의 제안에 지안이 미소로 답했다. 이로는 여행자 수첩을 하나씩 나누어주었다. 수첩이라 해봐야 소박한 종이 묶음이었지만 선물은 늘 즐거운 법이다. 이로는 여행을 준비하는 것처럼 마흔을 맞아보자고 했다.

우리는 이로가 나누어준 종이 위에 각자의 마흔을 그려보았다. 나는 카메라를 잠시 내려놓고 마흔의 지도를 생각하기 시작했다. 사실은 늘 시간이 부족하다고 느꼈다. 나는 아직 준비가 안 됐는데 시간이 저만치 나를 끌고 간다고도 생각했다. 그동안 나는 내가 걸어가야 할 길, 만나는 시간에 대해 설레는 마음으로 상상해본 적이 없다.

"길을 나선다는 건 설레지 않으면 시작할 수가 없어요."

이로는 우리가 잊고 있던 시간에 대한 설렘을 다시 가져보자고 제안했다.

나는 우선, 내가 좋아하는 시간을 펼쳐놓았다. 1년 동안 계획하는 서유럽으로의 여행, 책 읽기 좋은 작고 아늑한 구석 자리, 낮은 조명, 고요한 저녁 시간, 새벽에 깨지 않는 깊고 짧은 잠, 나른한 목욕, 차가운 맥주의 첫 모금, 그리고 내가 좋아하는 시간을 단어나 문장으로 썼다. 그림보다는 글자가 더 편했다. 글자로 표현된 길은 이미 내 가슴속에 하나의 풍경으로 펼쳐졌다.

여자들은 어린아이들처럼 길을 상상하고 그려나갔다. 길을 그리는 순간은 내 인생에서 무엇을 발견할까, 기대하게 되었다. 그리고 결국 자신이 어떤 사람인가 되돌아보게 했다.

"마흔에는 두 번째 직업을 위해 준비할 거예요. 가슴 두근거리는 일을 찾을 거예요."

10년 후에 마흔이 된다는 8월 1일의 신부가 말했다.

"마흔 이후의 내 길은 다이나믹하지는 않지만 평온하고 아름다운 숲길 같았으면 좋겠어요. 음악이 들릴 것 같은 그런 길이요. 아, 난 진짜 음악을 좋아했어요. 아이들을 학교에 보내면 내가 좋아하는 음악을 위해 투자할 거예요. 하루 중 음악 듣는 시간을 따로 둘 거예요."

결혼한 지 8년이 되었다는 신부의 친구도 길 하나를 뚝딱 만들어냈다. 빛자루 아줌마는 모두에게 차 한 잔을 더 돌렸다.

"마흔이 되면 시간이 화살 같지. 나를 잃어버리는 시간이 대부분이지 않았을까? 그런 시간들은 지나고 나면 추억이 안 돼. 도대체 기억이 안 나거든."

빛자루 아줌마가 건네준 차를 한 모금 마셨다. 페퍼민트였다. 코끝을 싸하게 감쌌다. 마흔 이후의 내 인생에도 이렇게 시원한 박하 향이 났으면 좋겠다.

"마흔이 되면 같이 길을 가는 친구가 필요하겠어요. 지금부터 평생을 만날 사람들을 관리하고 우정을 보살필 거예요. 인생의 우정을 다시 회복하게 할 거예요."

7월 28일의 신부의 말에 몇몇은 공감의 박수를 쳤다.

"좋은 시간만 연출한다고 해결되지 않는 게 있어요. 힘든 시간을 견디는 방식도 필요하지 않을까요? 반드시 건너야 하지만 내 몸과 정신이 힘든 시간들 말이에요. 육아의 시간이나, 커리어를 위해 경험을 쌓아야 하는 시간 같은."

8월 10일의 신부가 말했다. 곧 서른이 된다고 했던 신부다. 티아 할머니는 어린 엄마 차경을 바라보며 웃었다. 아이를 안고 내내 일어서 있어도 아무렇지 않아 보이는 차경도 편안하게 웃었다. 조금 어려운 질문이 나올 때마다 여자들은 자연스럽게 티아 할머니 쪽을 바라보았다. 차경의 아기에게 눈을 맞추고 있던 티아 할머니는 몸을 돌려 여자들의 눈을 마주했다.

"당신이 시간을 조율할 수 있는 사람이라는 걸 잊지 말아요. 느리고 빠름을 조율할 수 있는 능력이 있다는 것도 잊지 말고요. 좋은 시간을 늘려 쓰고, 힘든 시간을 건너는 방법을 연구하세요. 몸과 정신이 시들지 않도록 시간의 중심에 두 발을 굳건하게 세워요. 마흔 이후의 삶은 새로운 여자로서 살아가는 기회가 될 거예요. 마치 여행처럼 말이죠. 여행의 지도에 필요한 것은 직접 걷고, 사랑하고, 경험하는 나 자신을 발견하는 것, 그게 다예요. 견디지 말고 경험해요. 시간을 견디면 온몸이 아파요. 근육이 뭉쳐요. 힘든 시간은 리듬을 타야 해요. 그리고 누군가와 그 시간을 나누어 쓰는 지혜를 가져야 해요. 씨앗을 심으면서 비와 바람을 피하려 하지 않는 농부의 시간을 생각해봐요. 재미있는 놀이에 빠져 있는 아이의 시간에 들어가려면 내가 아이처럼 세상을 바라봐야 하지요. 귀찮고 괴롭고 아픈 시간은 벼랑 끝에 나를 세우는 시간이에요. 단단하고 멋진 여자가 되기 위해 나를 단련하는 시간이죠. 반드시 보상이 돌아올 시간이라는 믿음을 가지면 돼요. 조금은 아이처럼 단순해질 필요가 있어요. 내가 이 시간을 희생하는 것이 아니라 더 근사한 세계의 문을 열기 위해 이 길을 건너고 있다고 믿어보는 거예요. 그러려면 과정 자체를 새롭게 배워야 해요. 시간을 나누어 쓴다는 건 서로 동등해진다는 겁니다. 처음 결혼을 시작하는 두 남녀도 그렇지요. 그의 시간과 나의 시간이 만나는 그 순간, 우리는 새로운 시간의 리듬을 만들어내지요. 새로운 개념의 시간이 창조되는 거예요. 낯선 여행자들처럼 다음에는 무슨 재미있는 일이 올까 기대하면서 한 발, 한 발 나아가야 해요. 그렇게 웅크리고 있지 말고. 그럼 돼요. 마음이 시작되면 몸은 좋은 방향으로 따라갈 거예요."

수하는 다시 왈츠를 연주하기 시작했다. 아기를 안은 어린 엄마 차경의 움직임이 춤을 추는 것 같았다. 다시 아기가 잠이 들었다. 나는 왈츠를 추는 듯 아기를 재우는 차경과 티아 할머니가 서로 마주 보며 미소 짓는 모습을 한 컷 찍었다.

"오늘은 웬일로 길게 말씀하시네."

빛자루 아줌마가 나지막이 속삭였다. 이로는 자신의 여행자 수첩을 보여 주었다. 붓펜으로 무심하게 그려진 듯한 길 하나가 있었다.

"나에게는 아무에게도 말하고 싶지 않은 멋진 길이 있어요. 너무 많은 사람들이 그곳에 몰리면 나무도 풀도 땅도 지금 모습을 잃어버릴 것 같아서 내 마음속에만 있죠. 우리 삶에도 그렇게 남모르는 비밀의 시간 하나쯤은 있어도 좋겠어요. 내가 소심해 보여도, 평범해 보여도 남들이 모르는 멋진 비밀이 있다고 생각하면 어깨가 탁 펴지고 눈빛에도 평온한 힘이 생기더군요. 우리는 이제 마흔 그 너머의 여행을 시작하는 사람들이니까요. 비밀을 발견하는 과정이라고 생각하면 가슴이 다시 두근거릴 수 있을 것 같아요."

이로는 자신의 직업은 길을 '만드는' 일이 아니라 '발견하는' 일이라고 덧붙였다.

"나는 내 길에서 매 순간 새로운 것을 발견하는 여행자가 되고 싶어요. 아주 소박한 여행자. 그래서 지금 이 순간의 진심을 발견하고 느끼고 싶어요."

나는 오랫동안 혼자만의 시간을 보내왔다. 미혼의 약속 없는 휴일의 시간이 얼마나 지루하게 흘러가는지 잘 알고 있었다. 그러나 그 시간 속에 과연 온전한 내가 들어 있었을까? 그냥, 긴긴 시간을 흘려보냈다. 어쩌면 나이가 든다는 것은 마음을 단단히 동여매야 한다는 신호인지도 모르겠다. 그러지 않으면 길을 잃어버리고 그냥 대충 살아버리자고 생각하게 된다. 쉽게 나를 포기하는 거다. 다시, 내 인생에 어떤 매혹적인 시간이 있는지, 누구와 혹은 무엇과 시간을 나누어 쓰며 새로운 길을 걸어가야 할지 생각해보게 된다.

다음 날 아침까지 나는 티아하우스에 머물렀다. 조심스럽게 할머니가 볕을 쬐고 있는 작업실 문을 두드렸다. 할머니는 햇빛이 참 좋다고 말했다.

"지난 며칠간 나는 밝고 따스한 오후를 즐기는 시간을 10분쯤 늘리고 있답니다."

마침, 집 뜰을 향해 난 부엌 창문 아래에서 햇볕을 쬐고 있는 나비 한 마리를 보았다. 보라색과 노란색이 섞인 날개를 접었다 펼쳤다 하고 있었다. 나비에게는 몸속에 계절을 느끼게 하는 무언가가 있는 것 같았다. 나도 티아 할머니처럼 나무와 나비와 꽃을, 그들이 가진 생명력을 느끼며 바라보았다.

"내가 저 풍경들을 느끼는 순간, 우리는 같은 시간을 통과하지요. 삶이란 항상 누군가와 소통하게 해요. 누군가와 함께 걸어가면 어려움도 풍경이 되고 좋은 시간은 더 귀하게 느껴지고."

티아 할머니는 여전히 창밖의 풍경에 자신의 시간을 내어주고 있었다.

목련나무의 잎사귀에게 3분, 정원을 환하게 밝힌 수국에게 1분, 정원을 가로지르는 바람에게 또 몇 분을 내어주고 있었다. 그것이 그녀의 삶의 리듬일까.

나는 티아 할머니의 눈길이 닿는 자리를 카메라에 담았다. 나무의 밑동과 꽃의 뒷모습과 정원의 잔디 위에 보이지 않는 발자국들까지 담으며, 나에게도 이들과 나누는 시간을 내어주었다. 나누니까, 더 온전한 내 시간을 느낀다. 참, 알 수 없는 충만함.

티아 할머니는 나에게 노트 한 권을 보여주었다.

"내가 메모하는 노트예요. 이건 나의 생각이에요. 가끔은 쓸데없는 잔소리로 들릴 수도 있겠지만, 그저 내 이야기를 풀어놓는 방식이라고 생각해요. 여기 꽂아둘 테니 필요할 때 당신의 생각도 나눠요."

나는 티아 할머니의 노트를 받아 들었다. 누구나 읽을 수 있고, 누구나 쓸 수 있는 노트라고 했다. 때로는 말로 소통되지 못하는 마음이 글을 통해 이해될 때가 있다. 나는 이 노트를 자주 들춰볼 것 같다는 생각을 했다.

마흔. 너무 어리지도 늙지도 않은, 참 좋은 나이. 적당히 인생의 슬픔도 알고, 고독도 알고, 사랑도 아는 그런 멋진 여자이고 싶다. 마흔이 인생의 완성은 아니다. 하지만 괜찮은 여자가 되는 첫 시작이었으면 싶다.

어쩌면 그것은 새벽 4시 즈음일지도 몰라.

모두 잠들고 나만 깨어 있는 시간. 아직, 아침은 오지 않았지.

모든 것이 흐리고 삶은 기대만큼 행복하지 않아.

절망이 희망보다 더 큰 시간일 거야.

이제는 어둠이 익숙하다고 체념할 수도 있어.

영원히 지루하게 살게 될 거라고, 다시는 꿈 따위를 갖지 않겠다고

자신을 방어하겠지.

한 시간만 더 기다려봐.

눈을 감고 어두운 시간 속에 깊숙이 들어가봐.

이제, 희망이 절망보다 큰 시간이 시작되었어.

거짓말처럼 시간은 당신의 몸으로, 마음으로 스며들지.

깊은 어둠 끝자락에도 아침은 기어코 스며들지.

당신의 시간이야.

지금 이 순간, 가장 어두운 시간을 가진 당신에게 주는

여행자의 시간이야.

오늘부터 당신은 하루에 한 시간

여행자가 되는 거야.

낯선 곳에서 시작하는 사람처럼 새로운 발견을 하게 되겠지.

여행 가방을 챙기듯 일상을 준비하고

처음 만나는 사람들을 대하듯 인사말을 생각하고

멀리 있는 누군가에게 편지를 써도 좋아.

치기 어린 용기도 여행자니까 괜찮아.

더 쉽게, 더 편하게 마음을 꺼내 보일 수도 있겠지.

가끔은 바람처럼 가볍게 살아보겠다고 다짐해도 좋아.

결과를 생각하지 말고

길을 떠나. 사람을 만나. 대화를 해봐.

너를 사로잡을 폭풍을 만나러 떠나.

좋아하는 것이 춤을 추게 하고 잘하는 것이 눈에 보이게 하고

무엇보다 너의 의지가 굳건하게 자리 잡는다면

바로 그때가 온 거지.

오래 묵혀둔 망설임을 털어버리고

비밀스러운 시간이 너를 부를 거야.

너를 구할 거야.

너를 다시 꿈꾸게 할 거야.

다시, 시간의 주인이 되게 할 거야.

티아 할머니의 노트 *p.12*

043

공간,
여자의 자리

다른 사람의 시선, 세상의 평가가 중요해지면
진짜 나는 점점 빛을 잃어가는 거예요.

곳곳에 내 자리를 많이 만들어놓으세요.

"나라는 사람은 질문을 하면서 반짝반짝 깨어나기 시작했어요.

새로운 발견이었죠. 인생에 어떤 일들은 나를 흔들어대고 시험하기도 하지만

바로 그때가 나를 빛나게 해주는 것 같아요."

guest 미성
건축가, 자리를 만드는 여자

브릿지 타임이 없는 날에도 티아하우스에 갔다. 낯설고 설레는 여행. 티아 할머니는 이곳에 오면 그저 이곳에 맡기라는 말을 했다.

오래전 낡은 책에서 '봄은 새벽녘, 여름은 밤, 가을은 해 질 녘, 겨울은 아침이 제격이다'라는 문구를 본 적이 있다. 그 시간을 온전히 느낄 수 있는 공간이 내게도 있으면 좋겠다 싶어 메모해두었었다. 이곳이 그렇다. 아직 이곳에서 온전하게 사계절을 보내지는 않았지만 여름으로 깊어가는 티아하우스는 밤이 특히 좋았다. 너무 좋은 것은 그저 '좋다'고 말하는 편이 옳다. 아름답다는 말도 무언가 부족하다. 이유가 있어서라기보다는 '그냥 좋다'라는 표현이 어울린다.

이 공간에는 여자들의 시간이, 여자들의 움직임이 있다. 티아하우스에서 여자의 자리에 대한 이야기를 하게 된 날은 7월이 거의 끝나가는 금요일 밤이었다. 금요일 브릿지 타임을 앞두고 며칠 전부터 티아하우스에 묵었다. 처음과 달리 나는 이곳을 즐기기 시작했다. 그리고 조금씩 조금씩 카메라에 담고 티아 할머니의 노트를 읽었다. 읽고, 먹고, 쉬고, 기록하며 시간을 보냈다.

맨 처음 내 눈을 사로잡은 것은 티아하우스의 밥 먹는 풍경이었다. 여자들은 너무도 자연스럽게 티아하우스의 부엌을 사용했다. 부엌에는 언제나 소리들로 가득 차 있었다. 재료를 씻고 만지는 소리, 요리하는 소리, 준비하는 소리, 그릇과 목소리가 만나는 소리, 지글지글과 시끌시끌이 만나는 소리, 바삭바삭과 속닥속닥이 부딪히고 섞이는 소리. 소리만이 아니다. 처음 만나는 여자들도 쉽게 친구가 되었고 쉽게 마음을 드러냈다. 아직 이곳의 이방인 같은 나에게는 낯선 화학작용처럼 보였다. 티아하우스의 얇은 이불을 개는 풍경도 인상적이었다. 양쪽 귀퉁이를 잡고 마치 춤을 추듯 탁탁 털어 반을 접는 풍경은 영상으로 기록하는 편이 더 좋았다. 나는 종종 햇빛이 일렁이는 창가의 나무 그늘 움직임이나 작은 꽃들이 서로의 꽃잎을 부비는 모습을 영상으로 찍어두었다.

사람들의 모습을 찍는 것에서 나의 시선을 발견하기도 했다. 티아하우스에 오는 사람들의 모습을 관찰해보면 손에 무언가를 든 사람이 많았다. 그들은 약속이나 한 것처럼 금요일 브릿지 타임에 나누고 싶은 것들을 들고 온다.

여자들은 마음을 나누고, 물건을 나누고, 감정을 나누는 것을 좋아한다. 처음 만나는 사이라도 다르지 않다. 마음이 통하면 미용실 정보라도 나누는 법이다. 첫 브릿지 타임에서 신발을 벗고 정리하는 모습을 찍었다면 이번에는 그녀들의 손을 찍었다. 종이 박스를 들고 오는 손, 꽃다발을 들고 오는 손, 과일 바구니를 들고 오는 손, 결혼반지를 끼고 오는 손, 아무것도 없는 담담한 손. 그리고 나는 티아 할머니의 손을 본다. 마디가 굵은, 느낌이 있는 손이다. 생활의 작은 상처들이 담긴 손. 티아 할머니는 기꺼이 카메라 앞에 두 손을 쭉 뻗어 보였다. 이야기가 많은 손은 존경받아 마땅하다. 보기에 좋은 손, 빛나는 반지를 끼고 있는 손이 아닌, 많은 이야기를 만드는 손, 생의 경험을 치열하게 겪은 건강하고 따뜻한 손에게 경의를……．

미성은 티아하우스의 티룸을 새롭게 만들었다. 건축가이자 티아하우스의 동네 아이들에게 미술을 가르치는 선생님이라고 했다. 티룸을 가로지른 빨랫줄 위에 그간의 스케치가 걸려 있었다. 티룸의 의자, 탁자, 벽과 마루의 색깔까지 그녀의 생각이 색연필로, 묵으로, 거친 선으로 그려진 스케치였다. 그림책 같기도 했고 먼 곳에서 보내온 엽서 같기도 했다. 스케치 속에는 티룸의 창에서 바라보는 풍경이 많았다. 봄, 여름, 가을, 겨울이 있었고 별과 달이 있는 저녁과 밤의 풍경이 많았다. 그림 속의 그녀의 별은 아이들이 그리는 그림처럼 단순하고 화려한 색을 가졌다.

"어렸을 때부터 별자리 보는 걸 좋아했어요. 천문학자가 되면 어떨까, 우주인이 되면 어떨까, 꿈도 많았죠. 밤하늘의 별에도 각자의 자리가 있다는 게 신기했어요. 별자리는 어린 시절 최초의 영감을 주었던 대상이었어요.

그리고 까맣게 잊고 살았어요. 누구나 어른이 되면 소중하게 생각했던 순간들을 하찮게 여기고 유치하게 생각해버리니까요. 아까 어떤 신부가 이런 말을 해줬어요. '집에 라일락과 장미나무와 느티나무를 심고 싶어 하는 남자와 결혼합니다'라고요. 그 말이 참 좋았어요. 그런 구체적인 공간은 그 사람이 어떻게 살고 싶다, 라는 걸 보여주거든요. 나는 아직도 나처럼 어린 시절 별자리에 열광했던 소년을 만나는 게 꿈이랍니다. 나와 비슷한 경험을 가진 사람과 만나면 살아가고 싶은 풍경도 비슷할 것 같으니까요. 티아하우스는 별자리를 좋아했던 첫 마음을 다시 떠올릴 수 있었던 공간이었어요. 티아 할머니의 생각을 듣고, 내 생각을 말하고, 티아 할머니가 꿈꾸는 시간을 듣고, 또 내가 꿈꾸는 시간을 생각해보면서 잊어버렸던 별자리가 생각났어요. 티아 할머니는 누구든 이곳에 오면 반짝임을 얻을 수 있기를 바란다고 말씀하셨죠. 누구나 원래 반짝였다, 는 말이 조금은 뜨끔했어요. 아, 나는 이제 반짝임을 잃어버린 걸까? 며칠을 그 생각만 했던 것 같아요. 어떻게 하면 예전의 나를 찾을 수 있을까? 그런 질문도 생겼고요. 이 작은 티룸을 다시 만들면서 잃어버렸던 내 반짝임을 찾을 수 있으면 좋겠다고 생각했지요. 어떤 날은 아이디어가 잘 풀리지 않아서 울었고, 또 어떤 날은 너무 많아서 주체할 수가 없었어요. 여기 스케치들은 그때의 내 일기예요."

미성은 잠시 숨을 고르며 자신의 스케치들을 넘겨보았다.

"온통 물음표였어요. 이 공간, 내 자리에 대한 질문들이었죠. 다시 묻고 또다시 묻고 스스로 답을 찾아가면서 공간이 마무리되기 시작했어요. 티아 할머니가 준 과제를 풀어가면서 나는 다시 질문하기 시작했던 거예요. 나라는 사람은 질문을 하면서 반짝반짝 깨어나기 시작했어요. 새로운 발견이었죠. 인생에 어떤 일들은 나를 흔들어대고 시험하기도 하지만 바로 그때가 나를 빛나게 해주는 것 같아요. 의심과 두려움, 기대나 설렘이 마구 교차하는 시기가 우리를 빛나게 해주는 거죠. 지금 새로운 세상 앞에 서 있는 신부들처럼. 그러니까 마음껏 시험에 들게 나 자신을 내어놓는 것도 필요해요. 그게 나를 다시 반짝이게 하는 타이밍이 될 수도 있으니까요."

미성은 자신은 아직 결혼이라는 문 앞에서는 어떤 질문도 가지고 있지 않다고 말했다. 그래서 신부들이 느끼는 미지의 세상에 대한 두려움이 부러울 지경이라고도 말했다.

"질문이 없어야 평온할지도 몰라. 지금 신부들을 좀 봐. 아직은 질문보다는 확신에 가깝지. 사랑에 대한 확신으로 반짝이잖아. 사랑받는다는 확신이 사람을 이렇게 반짝반짝하게 만들잖아. 그래서 모든 신부는 예쁜 거야."

빛자루 아줌마는 여름과 가을의 신부들을 향해 "아이고, 부럽다"를 연발했다.

"그렇지만 신혼여행에서 돌아오는 순간, 그 반짝임은 절반으로 줄어든다는 사실. 왜냐, 삶에 대한 질문이 막 생기거든. 어떤 여자들은 질문 때문에 반짝임을 잃게 되기도 해."

빛자루 아줌마는 짓궂게 웃었다. 미성도, 신부들도 함께 웃었다. 신부들은 그녀 인생에서 가장 빛나는 시간을 즐기고 있었다. 그 모습은 옆에 있는 사람들까지도 들뜨게 만들었다. 창가에 앉아 있던 티아 할머니와 지안은 종이 모자를 써 보였다. 별이 매달린 모자였다. 두 사람의 눈에 장난스러운 유쾌함이 흘렀다.

"생에 대한 질문이 마음을 흔들어도, 결국은 깨어 있는 나를 만들 거예요. 더 단단하고 반짝이는 나를 만들겠지요. 원래 아름다운 건 과정이 치열한 거야."

티아 할머니는 "우리 마음속에 살고 있는 별들을 위해"라고 말했다. 빛자루 아줌마는 아이들이 만든 것 같은 별 모자를 하나씩 나누어주었다. 푸른색, 노란색, 초록색, 보라색 별이 매달린 종이 모자를 나누어 쓰며 여자들은 아이들처럼 몸의 움직임이 커졌고 표정도 다채로워졌다. 나는 푸른색 별 모자를 쓴 꽃집 여자 정원과 노란색 별 모자를 쓴 8월 14일의 신부, 보라색 별 모자를 쓴 지안을 카메라에 담았다. 미성의 이야기가 끝나지 않았지만 누구나 편하게 좋아하는 자리에서 서로의 모습을 카메라에 담았다. 미성도 종이로 만든 별 모자를 머리에 쓰고 다시 이야기를 이어갔다.

"창은 별을 볼 수 있게 만들고 싶었어요. 그런데 다른 집 불빛이 너무 강하면 별을 발견할 수가 없더라고요. 그렇다면 창마다 풍경을 느끼게 만들자, 혼자 있을 때도 좋고 여럿 있을 때도 좋은 방을 만들자, 온갖 궁리를 다 했죠. 얼마나 여러 날을 머리를 싸매고 고민했는지 하루는 티아 할머니가 딱 한마디 하셨죠. 나는 그저 이야기를 나눌 작은 방 하나가 필요할 뿐이라고."

그날 이후 미성은 티아하우스를 다시 바라보았다고 했다.

"본질은 단순한 거였어요. 그간의 몸부림이 무색해질 만큼 소박한 거였죠. 한 발짝 떨어져서 이 방을 다시 봤어요. 나는 이 방에서 무엇을 하고 싶은가 생각하기 시작했어요. 내가 좋아하는 자리 하나를 만들자, 내가 잘하는 모든 것을 쏟아부을 필요는 없다, 모든 공간이 각을 이루고 취향을 과시할 필요도 없다, 그렇게 마음을 내려놓기로 했죠. 너무 욕심이 생기면 가장 중요한 이야기를 놓친다는 걸 깨달았으니까요. 그래서 조금씩 조금씩 변화할 여지를 가진 느슨한 공간이 만들어지게 되었어요."

"그럼, 바뀔 여지가 있어야 매력이 있지. 완벽한 자리는 사람이 채우는 거예요."

빛자루 아줌마 말이 맞다. 사람의 이야기가 채워진 티룸은 편안하고 아늑했다.

미성은 티룸의 창가에 작은 의자를 끌고 가 앉았다.

"여기 오면, 우리가 이야기를 할 수 있고, 이야기를 들을 수 있고, 그리고 뭔가 조그마한 변화를 꿈꿀 수 있다는 것이 중요했어요. 나는 별자리를 사랑했던 어린 시절의 나를 떠올려봤어요. 그때는 어른들이 어떤 사람이 되라고 말하기 전의 세상이죠. 아름다운 것을 보고 경탄할 줄 알았고, 그 시간을 소중하게 생각했었어요. 삶에 영감을 주는 경험들은 우리를 깨어 있도록 해주죠. 힘든 순간에도 나를 지탱해주는 힘이 되고요. 사람마다 반짝이는 순간은 모두 조금씩 다르지만 말이에요. 과정이 중요한 사람도 있고, 결과에 짜릿한 사람도 있고, 사람과의 관계가 중요한 사람도 있죠. 하지만 내 마음의 자리가 그곳에 없으면 그건 가짜예요. 무리하는 거예요. 다른 사람의 시선, 세상의 평가가 중요해지면 진짜 나는 점점 빛을 잃어가는 거예요. 곳곳에 내 자리를 많이 만들어놓으세요. 자리라는 말은 내가 앉아 있는 곳,

속해 있는 그곳만을 의미하지는 않는답니다. 내가 보는 풍경, 내 마음이 차지하는 공간까지 모두 속합니다. 여행을 생각해보세요. 내가 좋아하는 자리는 국경도 넘고 시간도 넘잖아요. 그렇게 생각하면 우리는 훨씬 더 행복해집니다. 나를 빛나게 하는 자리를 세상 곳곳에 두면 다시 설레게 되고, 다시 사랑하게 되고, 다시 힘을 내서 걸어가게 되니까요. 공간은 특별한 시간을 선물하기도 합니다. 티아하우스에 오면 많은 사람들이 그동안 가슴에 품었던 이야기를 시작하는 것처럼 말이에요. 그건 이 공간이 가진 에너지 때문인 것 같아요."

나는 미성에게서 별자리를 사랑하던 소녀의 눈빛을 발견했다. 끊임없이 질문하고 자신의 반짝임을 찾아가는 사람. 잊고 살았지만 우리는 그런 과정과 자세를 그리워한다.

"나한테 반짝이는 건 사는 재미예요. 이렇게."

맨 구석 자리에서 티아 할머니는 초콜릿 하나를 입에 넣었다.

"놀기 좋은 자리 하나 펴놓고, 모이고, 이야기하고, 나눠 먹고. 매일매일 이 꽃놀이지요."

우리는 티아 할머니와 함께 웃었다. 나도 카메라를 내려놓고 웃었다. 고개를 숙이지 않고, 이들과 함께.

오늘은 이곳에서 잘 생각이다. 7월에는 매주 티아하우스에 왔지만 '위로의 방'은 언제나 다른 사람이 먼저 와 있었다. 이상하게도 결혼을 앞둔 신부들은 한 번씩 이 방에서 묵어가길 바랐다. 이제야 겨우 내 차례가 왔다.

'위로의 방'은 소박했다. 티아 할머니는 원래 위로라는 건 군더더기가 없어야 하는 것이라고 짧게 말했다. 위로의 방에는 '세상의 소리가 차단된 곳'이라는 작은 부제가 붙어 있었다. 어쩌면 나에 대한 수많은 기대와 바람, 격려와 영혼 없는 위안의 말이 더 큰 상처가 되기도 했다.

버겁고 무거운 것을 내려놓기. '위로의 방'에는 이런 메시지도 쓰여 있었다. 나는 빛자루 아줌마가 가져다준 잠옷을 받아 들었다.

"내일 아침까지 안녕."

빛자루 아줌마는 평소와 다른 낮은 목소리로 속삭였다. 자작나무 냄새로 가득 차 숨을 쉬는 것만으로도 위로가 되었다. 미닫이창을 열면 이곳이 서울 하늘 아래가 아닌 것만 같았다. 내가 제일 사랑한 지상의 어느 공간인 것 같다. 나는 이 방에 숨어든 사람 같다는 생각을 했다. 외로울 때면 옷장 안에 들어가 몸을 조그맣게 웅크리고 있던 그때, 열한 살의 여자아이처럼. '위로의 방'은 아무에게도 방해받지 않는다. 말하지 않을 자유, 먹지 않을 자유, 혹은 먹을 자유, 잠자지 않을 자유, 잠들 자유가 있었다. 사실, 이 모든 것은 집에서도 할 수 있는 자유다. 그러나 집은 일상이 되어 위로가 되지 않았다. 일상이 되면 고독이 궁상이 되고, 슬픔이 나태함으로 이어졌다. 어떨 땐 자신을 돌보지 않음으로써 스스로 벌을 주기도 했다. 현명하지 못한 시간들이었다.

쌓아두었던 음악을 꺼내 들었다. 사랑에 빠지면 한 노래만 계속 듣던 친구가 있었다. 지금은 소식을 알 수 없는 그녀는 밤새 그 노래만 듣고 또 들었다. 그 속에 빠져들고, 또 빠져들어 더 이상 추락할 수 없는 지경까지 내려가면, 다시 솟아오르곤 했다. 그러면 가볍게 안녕할 수 있으니까, 라고 말했다. 지금 그녀는 또 다른 사랑에 빠져 있을까? 잠시 소식이 끊긴 많은 인연들에 대해 생각해본다. 틈이 생긴 것도 아니고 균열이 왔던 것도 아니고, 그냥 사라져버린 사람들. 어느 날 갑자기 사라졌던 엄마처럼, 그러다 가방 하나 들고 집안 꼴이 이게 뭐냐며 태연하게 돌아왔던 그녀처럼. 결국 모든 것은 제자리를 찾는 것일까? 아니면 아직도 행성 바깥에서 궤도를 이탈한 채 다른 시간을 살고 있는 것일까?

'위로의 방'에서 나는 나의 마음을 들여다보았다. 오랫동안 끼고 있던 안경도 벗어버렸다. 너무 선명하게 보이는 안경 따위는 필요 없다. 현실 감각이라는 것, 나이에 쫓겨 숙제처럼 해치워야 하는 것들에 가로막혀 내 삶의 즐거움을 잃어버렸었다. 이제는 숙제 따위에 내 삶을 저당 잡히고 싶지 않다. 나는 조용히 내 삶을 돌아보았다. 평균치의 삶을 살기 위해 내 마음이 말하는 것을 들으려 하지 않았었다.

나는 결혼을 하지 않을 자유가 있다. 혹은 결혼을 할 자유도 있다. 아이를 낳지 않는다고 해서 그 누가 나에게 한 인간으로서 성숙하지 못할 거라고 함부로 말할 것인가. 나는 여전히 길가에 핀 꽃을 사랑하고, 물과 공기를 사랑하는 것이 지구의 미래와 이어져 있다는 것을 알고 있고, 비 오는 날의 평화와 꽃이 피는 날의 행복을 아는 사람이다. 나는 참, 괜찮은 사람이다. 괜찮다…… 되뇌면서 그 밤을 보냈다.

때로는 세상에서 이름 지어준 모든 것들로부터 자유로워질 필요가 있다. 직업, 나이, 가족 관계 그리고 어린 시절의 트라우마로부터. 나는 가지고 갔던 수많은 노래 중에 베토벤이 말년에 만들었던 현악 사중주만 밤새 듣고 또 들었다. 그건 절망이 아니라 새로운 세상에 대한 갈망과 희망 같다는 생각을 하며.

그곳으로 돌아가렴. 맨땅으로 돌아가렴.

구획 지어진 방과 창의 이야기가 아니란다.

우주에 관한 이야기, 달과 별에 관한 이야기라고 해둘까.

당신은 원래 그런 존재이지.

당신의 존재에게 이름을 붙여주렴.

지금 이 순간 내가 딛고 있는 현재를 넘어

나를 가장 나답게 만들었던 첫 마음을 떠올리면

잃어버린 마음의

엉킨 실타래가 풀리지.

이 광활한 우주에 당신은 완고하게 서 있어.

어른이 된 후에는 변화를 두려워하지.

같은 말투, 같은 표정, 같은 스타일로

점점 화석이 되어가지.

당신이 살고 있는 곳을 돌아봐.

그것을 공간이라 불러볼까, 아니면 인생이라 불러볼까.

어디에 가면 당신의 마음이 쉴 수 있을까.

어디에 가면 누군가를 향했던 슬픔이,

억울함이, 답답함이 풀어질까.

어디에 가면 당신의 눈물이 터져 나올까.

그저, 작은 통로 하나를 마련하렴.

내가 가졌던 질문과 의심과
이야기가 있던 이상한 나라,
나만의 세상이 있던 소녀의 나라.
그곳을 잊지 말길.

그곳이 어디든, 당신이 좋아하는 곳에
울 수 있는 자리 하나를 정해두렴.
한숨 한 번 내쉬고,
아무에게도 꺼내놓지 않았던 마음을 열어놓으렴.
가만히 있는다고 나아지는 게 아니야.
당신을 쉬게 하고, 아픈 다리를 만져주고,
소리 한번 크게 질러 날려 보내렴.
당신의 자리를 찾아. 기본을 찾아.

지금, 거기,
당신이 있는 그곳에서 시작할 수 있다면
그곳이 당신의 자리가 될 거야.
용기를 내는 첫자리.

티아 할머니의 노트 p.33

디테일,
생활의 기술

때로는 진심을 이야기하는 것이
상대를 불편하게도 한다는 것.

때로는 진심 따위는 없는 사람처럼 굴어야
상처를 덜 받는다는 것.

"내 불행은 더는 배울 게 없다고 생각하면서부터 시작됐어요.
세상의 멘토 노릇을 하게 되면서부터⋯⋯.
맞아요, 오만해졌죠.
오늘 나는 그 실패로부터 이야기를 시작하려고 해요."

guest 윤
일상 예술가, 디테일을 배우고 즐기는 여자

나는 자전거 타는 법을 배우지 못했다. 쉽고 간편하게 나를 위한 식탁을 차리는 법도 모른다. 바느질 솜씨도 서투르다. 피아노도 잘 치지 못한다. 생활을 풍요롭게 만드는 기술들을 별로 배우지 못했다. 나는 그저 읽고 쓰는 법을 배웠다. 그리고 규칙을 지키는 법을 배웠다. 남에 대해 함부로 말하지 않는 법, 상대방의 눈을 불편하게 하지 않을 정도의 젓가락질을 하는 법. 그리고 어른이 되어 암묵적으로 배운 우아한 거짓말들도 있다. 때로는 진심을 이야기하는 것이 상대를 불편하게도 한다는 것, 때로는 진심 따위는 없는 사람처럼 굴어야 상처를 덜 받는다는 것. 그러나 규칙이나 눈치껏 배운 처세술은 아름다운 기술이 아니었다. 그냥, 이 사회에서 살아내는 생존의 기술이다. 내 삶을 깊게 만들어주지도 못했고, 누군가와 더 따뜻하게 관계를 유지하게도 못했다. 무엇보다 나는 혼자 있기를 잘했지만, 혼자서도 충분히 아, 행복하다, 라고 느낄 수 있는 개인의 기술이 부족했다. 이곳에 오면서 나는 배움이라는 것에 대해서 생각한다. 일단 배워야 즐길 수 있다는 것을 몰랐다는 생각을 한다. 시간을 들여 배우고 익히는 일은 내게 사치였다고 말하는 것은 핑계가 될까.

오늘은 세 번째 브릿지 타임. 그동안 여름은 깊었고 태양은 뜨거웠다. 지안은 차가운 국수 위에 초록색 오이와 달걀흰자를 얹어 왔다. 지안의 여름 국수는 착하고 순하고 심심한 맛이다. 색깔도 줄였고, 향도 진하지 않아 브릿지 타임이 시작되기 전에 가볍게 먹기 좋았다. 티아 할머니는 초를 줄이고, 은은한 램프를 켰다. 오늘 브릿지 타임은 할머니의 작업실에 둘러앉기로 했다. 꽃집 여자 정원이 꾸며놓은 '작은 우물가'에 꽃향기가 가득 차올랐다. 유리문들도 모두 열렸다. 열기가 흘러 들어왔지만 오늘 밤은 바람도 조금씩 불어서 나쁘지 않았다. 더위도 한결 익숙해졌다.

8월의 저물어가는 여름 저녁이었다. 아침부터 비가 쏟아졌지만 이내 더운 열기가 안개처럼 들어찼다. 지난주에 할머니의 작업실에는 새로운 공간이 생겼다. 미성은 우리의 아이디어를 일일이 듣고 수십 장의 스케치를 부엌 벽면에 붙여두었다. 8월 내내 모두 이곳을 기다려왔다. 우리는 벌써 '작은 우물가'라고 이름을 붙여놓았다. 여름에는 얼음을 가득 담아두고 주스나 맥주, 와인 병을 담가놓거나 수박을 통째 넣어놓기에도 좋아 보였다. 어른 열 명 정도가 앉을 수 있는 우물가는 창밖의 정원을 바라보기에도 딱 좋은 자리다. 빛자루 아줌마는 겨울에 따뜻한 물을 담고 밤새 이야기를 나누자고 했고, 지안은 여름이 가기 전에 차가운 물을 채우고 야식을 즐기자고 했다. 그래도 첫 차례는 꽃집 여자 정원이었다. 오늘 브릿지 타임에 그녀는 '작은 우물가'를 '정원의 우물가'로 만들어보겠다고 나섰다. '정원의 우물 가'에는 몇 개의 큰 유리병이 옮겨져 왔다. 그리고 여름 꽃들이 가득 채워 졌다. 분홍색 달리아와 청보라색 클레머티스, 백일홍, 해바라기 들이 크고 화려한 빛깔로 기분을 들뜨게 했다.

"오늘은 꽃만 보고 있어도 좋겠어."

빛자루 아줌마의 말처럼 이토록 색이 가득한 티아하우스는 보는 것만 으로도 즐거웠다. 처음 온 신부들도 금세 친해져서 누구도 어색해하지 않 았다.

나는 혼자 정원으로 나갔다. 잎안개가 피어 있었다. 오후 3시만 되면 꽃 잎이 열려서 '세시화'라고도 부른다고 했다. 한두 시간 후에는 꽃을 숨겨버 리는 잎안개를 카메라에 담아보기 위해 오후가 되면 정원에 나가 앉아 있 는 날이 많았다.

"뭐 하러 기다려, 꽃 피지 않는 시간도 여전히 꽃인걸."

빛자루 아줌마의 말도 일리가 있다. 하지만 나는 그저 오후가 되어서야 비로소 별 모양으로 피는 이 작은 꽃이 좋았다. 햇살이 넘어갈 무렵의 아름 다움을 알아주는 단 한 사람이 있다면 좋겠다는 생각도 했다. 그리고 인생 의 꽃 피는 시간을 생각했다. 나의 절정의 시간은 언제가 될까. 이미 지나가 버리지는 않았을까. 두렵고 아쉬워서 입 밖에 내지는 않았지만, 우리는 종 종 각자의 절정의 시절을 꿈꾸었다. 빛자루 아줌마는 멋진 칠십 대를 기대 한다고 했다. 누구나 조금 먼 미래를 자신의 절정의 시간으로 부르고 싶어

했다. 육체의 아름다움에만 매달린 인생은 헛되고 슬프다. 뭔가 더 아름다운 진짜가 있지 않을까, 우리는 모두 기대했다.

나는 오후 내내 티아 할머니의 노트를 읽으며 보냈다. 꽃집 여자 정원이 그려놓은 꽃과 열매와 뿌리의 세밀화도 보았다. 어느 것 하나 아름답지 않은 것이 없었다. 나는 정원의 그림 뒤에 써놓은 메모를 보았다. 이런 손글씨는 흔치 않다. 거침없이 단번에 쓰인 글씨라면, 티아 할머니의 것이다.

자신의 생을 굳건히 살아내는 모든 것들은 모두 꽃이다. 모두 기특하다.

피고 지는 모든 것들은 맨 처음 지구에 발을 딛고

뿌리 내렸던 역사를 가졌다.

제자리를 찾아내고 그 자리에서 기어코 뿌리를 박고

제 에너지를 모으고 펼쳐내는 것이

아프지 않았을 리 없다.

그 성장통이 있었기에 피고 지는 모든 생명이

이렇게 애틋하다. 짠하다.

티아 할머니는 '짠하다'고 썼다. 나는 누군가에 대해 '짠하다'는 표현을 써본 적이 없다. 언제나 짠한 쪽은 나 자신이었다. 언제나 내가 약자였다. 누군가를 짠하다고 생각할 여유 따위는 없었다. 그렇지만 내 시선이 아닌 카메라의 시선을 통해 세상을 보기 시작하면서 나도 조금은 어른의 시선을 갖기 시작했는지 모르겠다. 조금씩 내가 자라고 있다는 생각을 한다. 나의 생각에서 한 발짝 더, 나의 편견에서 한 발짝 더……. 나는 이곳에서 내가 지상에 뿌리 내릴 이유를 발견해나가고 있다. 자리를 얻게 되면 비로소 피고 지는 내 역사도 시작되는 거겠지.

　

윤은 베이지색의 구두를 신고 왔다. 티아하우스에서 그녀를 서너 번은 만난 것 같은데 그때마다 늘 눈에 띄었다. 키가 눈에 띄게 작았고, 힐은 눈에 띄게 높았다. 재이는 그녀를 알고 있다고 했다.

"인터넷에 이름 한번 쳐봐. 유명한 여자야."

"어떻게 유명한데?"

"몇 년 전까지 대기업 임원이었어. 여성 포럼 같은 데서 몇 번 봤어. 아슬아슬한 힐을 신고 머리부터 발끝까지 명품으로 둘렀었지. 멀리서부터 그녀가 나타나면 남자들도 홍해가 갈라지듯 정렬했더랬어. 늘 젊은 남자들을 무사처럼 거느리고 나타났어. 여왕처럼. 여자들은 별로 좋아하지 않는 캐릭터였지."

재이는 윤이 많이 변했다고 했다.

"어느 날 사표 내고 사라졌다더라고. 이민 갔다는 소문도 있었지만 정확히는 몰랐어. 여기서 만나다니."

재이는 뭔가 흥미진진한 것을 관전하듯 팔짱을 꼈다. 나는 이른바 성공한 여자들의 세계를 모른다. 그래서 신문에 나오거나 잡지에 나오는 사람들은 끼리끼리 서로의 존재를 알고 있다는 것도 처음 알았다. 사실 재이도 내 삶의 방향으로부터 꽤 멀리 있는 사람이다. 잡지 인터뷰에서 그 아이를 볼 때면 이상하게 내가 아는 재이가 아닌 것 같았다. 우리는 같은 고등학교를 나왔지만 그 이후의 삶의 길은 달랐다. 나는 가끔 재이가 회사 동료들과 같이 있는 것을 보면 낯섦을 느꼈다. 지금, 윤을 바라보는 재이의 눈빛도 그런 것일까.

사실 윤이 더 눈에 띄었던 건 구두를 벗고 꼭 자기가 가지고 온 슬리퍼를 신는 습관 때문이었다. 하이힐만큼은 아니었지만 굽이 있는 슬리퍼를 가지고 다녔다.

"공기가 달라지면 긴장하는 버릇이 있거든요."

윤은 재치 있게 우리의 시선에 답하곤 했다. 재이의 말과 달리 티아하우스에서 만난 윤은 언제나 밝고 재미있는 여자였다.

"스타일은 그대로인데, 뭔가 표정이 달라. 뭐지? 저 여자, 무슨 꿍꿍이지?"

재이는 막 브릿지 타임을 시작하려는 윤을 뚫어지게 바라보았다.

"너, 저 사람 부러워했어?"

내가 재이를 팔꿈치로 툭 치자 재이의 표정이 복잡해졌다.

"아니야. 그냥 저 여자의 행보가 자꾸 레이더에 걸리는 정도."

나는 재이의 눈빛에서 날카로운 은빛 낚싯바늘 하나가 날아가는 것을 보았다. 그러나 윤의 얼굴은 망망대해에서 태평하게 유영하는 거대한 흰긴수염고래 같다. 세간의 관심과 의심에는 도통 관심이 없는 듯한 무심한 표정과 몸짓. 나는 두 여자를 번갈아 보았다. 두 여자 사이에 흐르는 관심과 무심의 기류는 무엇일까?

윤은 브릿지 타임을 시작했다. 그녀는 의자에 앉지 않고 방석을 깔고 바닥에 앉았다. 우리도 편안하게 바닥에 내려앉았다.

"나는 오랫동안 누군가의 앞에 서 있던 사람이에요. 나처럼 성공하려면 이 정도는 해야지, 라고 영혼 없는 조언들을 남발했던 시절이었어요. 어깨에 힘이 잔뜩 들어갔던 시절이었죠. 내가 굉장히 근사해졌다고 생각했던 것 같아요. 사실은 굉장히 불안했고, 바빴고, 고달팠어요. 젊은 후배들에게 너 자신의 것을 꺼내라, 경쟁력을 키우라고 말했지만 내가 누구인지, 무엇이 나를 풍요롭게 하는지 알아채지 못했어요. 보이는 것에 목숨을 걸었죠. 하루에 네 시간 이상은 자지 않았고, 날씬한 몸을 위해 거식증에 시달렸지만 사람들이 보내주는 찬사에 흠뻑 중독되어 있던 때였어요. 내 불행은 더는 배울 게 없다고 생각하면서부터 시작됐어요. 세상의 멘토 노릇을 하게 되면서부터…… 맞아요, 오만해졌죠. 오늘 나는 그 실패로부터 이야기를 시작하려고 해요."

세상의 멘토 노릇은 그녀를 무대 위로 끌어올렸다고 했다.

"나는 함부로 조언하기 시작했어요. 애정 없는 조언들, 비난들……. 내가 아는 모든 것이 세계인 것 같은 착각들로 모든 사람들을 조율할 수 있다고 생각했죠. 모두들 나에게 굽실거리기만 했어요. 나는 더 막중한 책임감을 갖고 윗사람 노릇을 했죠. 그런 태도가 집에서라고 달랐을 리 없죠. 가족들도 조금씩 내게서 멀어졌어요. 그때 딸아이가 혹독한 사춘기를 겪던 때였어요. 아이 방에서 상자 하나를 발견했는데, 거기 신문과 잡지에 난 내 기사들이 모아져 있었죠. 내 얼굴에 검붉은 가위표가 그려져 있는 걸 봤어요. 두 얼굴의 괴물, 저질, 이중인격자…… 이런 말들이 잔뜩 쓰여 있더군요."

윤의 평온한 눈에도 잠시 그날의 충격이 떠오르는 듯 붉게 흔들렸다.

"세상은 나에게 찬사만 보냈어요. 나는 나를 위한 전략서를 철저하게 만들었고 그 전략서대로 치열하게, 열정적으로 살았는데, 열다섯 살짜리 여자아이의 눈앞에서는 그 모든 것이 가식적이고 쓸모없는 휴지조각이 되어버린 거죠."

윤은 억울했다고 했다. 자신의 완벽함을 따라오지 못했던 아이의 탓이라고 생각했다고 한다.

"나는 엄마 노릇도 열심히 했다고 생각했었으니까요. 일하는 중에도 학원 스케줄을 챙겼고, 인생의 포트폴리오를 그려줬고, 건강을 위한 식단을 짰어요. 계획하고 실행하고 다시 조정하며 살아가던 나날이었어요. 가정도 또 하나의 완벽한 자회사처럼 만들려고 했던 거예요. 아이의 숨겨진 상자를 열어봤을 때, 나는 너무 속상해서 고래고래 소리를 질렀어요. 그리고 아이에게 비난을 퍼부었어요. 네가 누리는 이 모든 것이 엄마의 것이다, 존경까지는 아니더라도 인정해라. 겨우 열다섯 살짜리에게……."

윤의 눈빛이 흔들렸다. 아이는 입을 다물고 문을 닫았다고 했다.

"그날 이후 누구와도 소통하려 하지 않았어요. 아이는 그동안 내내 아팠던 거예요. 나는 아프다고 외치는 수많은 힌트를 무시하고 있었어요. 그저 좋은 스펙을 쌓는 것이 인생을 위해 최선이라고 앵무새처럼 되풀이했어요. 어떤 친구를 만나는지, 마음을 주고받는 친구는 있는지, 무엇 때문에 학교가기가 싫은지 귀 기울이지 않았어요. 마음을 닫은 아이를 붙들고 이제는 병원을 여기저기 끌고 다녔어요. 그러기를 한 1년쯤 했나. 어떤 선생님이 말하더군요, 실타래를 풀어야 한다고. 당신에게 왔던 그 첫 순간에 이 아이에게 바랐던 걸 다시 떠올리라고 말이에요. 그 말은…… 참 아팠어요. 15년 전 나는 아이를 원하지 않았어요. 막 매니저로 승진할 때였죠. 출산과 육아가 내 발목을 잡는다고 생각했어요. 그냥 내게 온 숙제라고 여겼어요. 그래서 잘해내야 한다고 생각했었죠. 나는 정말 온 마음으로 이 아이를 끌어안았나. 그저 나의 부속품, 내가 가진 재산이라고 생각했던 건 아닐까. 그러니까 너도 나의 자랑이 되어줘야 한다고 아이를 내몰았던 건 아닐까. 그런 어미라서 부끄러웠고, 그런 어미의 아이로 태어나게 한 게 미안했어요. 비로소 겁이 났어요. 그동안 믿었던 나에 대한 신뢰가 무너지면서 어디서부터 시작해야 할지 두려웠어요. 상담도 받고, 노력도 하면서 나는 나의 실패를 받아들이기로 했어요. 나는 가짜였던 거예요. 진짜는 하나도 모르면서 어른 노릇만 흉내 내느라고 정말 힘들었다는 생각이 들더군요. 남들이 느끼는 행복, 아름다움, 진심. 이런 건 하나도 몰랐던 거죠. 기가 막힌 거예요. 열심히 살아서 오히려 진짜를 다 잃었다는 자괴감은 내 인생 전체를 송두리째 흔들어놓았죠.”

윤은 세상의 멘토 노릇을 내려놓기로 했다. 여대생들이 부러워하는 자리도 내려놓기로 했다.

“그렇다고 내 인생의 모든 것이 부질없다는 패배감으로 쓰러질 수는 없었어요. 나의 실수나 실패를 받아들이기로 했으니까.”

윤은 다시 모든 것으로부터 배우자, 가장 가까운 소리를 듣고 헤아리고 배우자, 그것만 생각했다고 했다.

"그 경험을 통해서 내가 참 나약한 존재라는 것을 알았어요. 나도 이렇게 작은 아이 때문에 상처받을 수 있구나. 어른처럼 굴었지만 칭찬만을 듣기 위해 질주했던 어린아이였구나. 자만심을 내려놓으니 여유가 생겼죠. 아이와의 관계도 마찬가지였어요. 더 이상 아이를 치료 대상으로 생각하지 않기로 했어요. 우리는 둘 다 나약한 사람들이라는 게 닮았더군요. 인정받고 싶어 하고, 사랑받고 싶어 하고. 그래서 천천히 속도를 맞춰보기로 했어요. 함께 손잡고 걷는 법, 웃는 법, 불만을 말하는 법도 배워나갔죠. 일상을 함께 꾸려나간다는 것도 배우기 시작했어요. 느끼기 시작했고요. 그렇게 조금씩 조금씩 그 시간들을 건너갔어요. 멋진 엄마인 척할 필요는 없지만 괜찮은 사람으로 살고 싶었으니까요. 나 자신을 위해 투자하기 시작했죠. 열심히 배우고, 즐기고, 행복하게 하루를 보냈어요. 더 길게, 더 오래 일하기 위해서 내가 놓치고 있는 것들을 발견하고 다시 배우는 게 필요했어요."

"그래, 뭘 배우기 시작했나요?"

한순간도 윤에게서 눈을 떼지 않던 티아 할머니가 물었다.

"생활의 기술. 내 삶의 한순간, 한순간을 충분히 느끼는 삶의 디테일."

나는 윤이 디테일에 대한 이야기를 한다고 했을 때 그것이 완벽한 조화와 치밀한 아름다움에 관한 이야기일 거라고 생각했었다.

"디테일은 완벽함에서만 나오는 게 아니었어요, 그건 삶의 무늬 같은 거죠. 보통은 크기와 높이만 생각하잖아요. 중요한 건 삶을 더 풍부하게 느끼는 태도였어요. 나는 그동안 모든 것을 숙제처럼 치열하게 해냈어요. 상사 노릇도 엄마 노릇도 모두 다. 진짜 고수는 스스로에게 엄격하지만 그 단계를 넘어서면 즐겁게 재미있게 꺼내놓을 줄 아는 여유가 있어야 하더군요. 나는 우선, 먹고 살고 사랑하는 삶의 디테일을 배우기로 했어요."

윤은 '살림'이라는 말을 꺼냈다.

"내 인생의 살림을 다시 들여다보는 시간을 가졌어요. 살림의 정신은 주부에게만 필요한 것이 아니었어요. 손끝으로 펼쳐 진심에 닿게 하고, 나를 행복하게 하고, 세상에서 잊혀진 가치들을 살려내지요. 가장 기본적인 것을 잃어버리고는 아무것도 제대로 굴러가지 않아요. 먹는 법, 생활하는 법, 사랑하는 법을 새로 배우기로 작정했어요. 어느 곳에서나 한 가지 정도의 쓸모 있는 지식이나 지혜를 얻는 것은 쉬운 일이었어요. 세상의 스승들은 곳곳에 숨어 있더군요. 그들 모두가 모든 점에서 세상의 멘토라고는 생각지 않아요. 그들도 인간적인 어려움과 약점이 있는 법이에요. 한 사람에게 딱 한 가지를 얻자, 라고 생각하면 세상에는 스승이 너무 많아요. 그 사람들의 방식에 감동받을 준비만 하면 되는 거죠. 나는 다시 인생이라는 거대한 학교의 학생이 되기로 작정했어요. 내가 누군가로부터 배우는 것에 즐거움을 느끼고 감사를 느낀다는 것이 놀라운 변화였어요."

윤은 아이들일수록 생활의 기술을 폭넓게 익히도록 해야 한다고 말했다.

"책만 읽지 말고, 배우러 나갔으면 해요. 우리도 이렇게 다른 사람의 생각을 들으러 모이는 것처럼요. 내가 살고 싶은 삶의 방식, 때로는 소비 방식을 다시 생각하는 시간도 가지면 좋겠죠. 단지 소비하고 끝나는 것이 아니라 물건과 마주 볼 수 있는 디테일을 알아가기도 하면서 말이에요. 무엇이든 스스로 해보지 않으면 알 수 없지만 그 본질을 존경하고 존중하는 마음이 있다면 삶의 디테일을 알아갈 수 있다고 생각합니다. 디테일은 모든 사람이 달라야 정답입니다. 같은 상품 하나 몸에 지녔다고 같아지는 것이 아니라는 말이지요. 성숙한 세상에서는 물건 자체에 집착하지 않습니다. 차고 넘치지만 활용하지 않으면 그 무엇도 가치가 없어요. 잘 활용하는 지혜, 즐기는 방법. 이런 것이 풍요겠지요. 티아 할머니와 함께 그릇을 고르러 간 적이 있습니다. 할머니는 겉도 보고 속도 들여다보시더군요. 그릇을 만든 사람과 이야기도 나누고요. 깊이가 좋다, 속이 좋다, 라며 쉽게 들여다보지 않는 곳의 감촉도 느껴보려 하셨지요. 그날 밤 새로운 그릇 때문에 식탁이 정말 근사했어요. 우리는 내내 그릇을 만든 장인의 이야기를 했어요. 이름이 알려진 도예가는 아니었지만 평생 그릇 굽는 일만 한 사람에 대한 존경만으로 충분했죠. 하물며 식탁 위의 그릇도 그릇의 역사가 있고 만든 사람의 영혼이 있는 거예요. 그릇의 세계관과 그릇을 사는 사람의 세계관이 딱 만나는 접점. 우리가 딱 우리 스타일이다 생각하는 물건을 만났을 때, 가슴이 두근거리잖아요. 마치 괜찮은 사람, 생각이 통하는 사람을 만났을 때처럼 말이에요. 어느 부분의 접점이 일어나야 우리는 그 물건을 내 생활 속으로 끌어옵니다. 그렇게 생각하면 물건 하나에도 우리의 세계를 확장시키는 힘이 있는 거였어요. 모든 것이 신기하고 놀라웠습니다. 세상의 멘토 노릇을 하다가 세상이라는 거대한 학교의 학생으로 돌아온 저는 여전히 배우고, 그 배움에서 세상과 대화하는 능력을 키워나가는 중입니다."

윤의 얼굴에서 나는 어떤 무늬를 보았다. 그리고 팔짱을 끼고 이야기를 듣던 재이를 바라보았다.

"예전보다 더 당당해졌어. 멘토 따위는 벗어버리고 세상의 학생이 되었다고 말하지만 더 당당해졌어. 아, 기분 나빠. 저런 여자는 실패도 멋지게 포장할 줄 아는 거야."

재이의 목소리는 까칠했지만 처음과 같은 적대감은 사라진 듯했다.

"티아하우스에서도 생활의 기술을 배우는 생활학교가 열리잖아. 우리는 모두 학생이야. 선생이기도 하고."

빛자루 아줌마의 말에 윤이 고개를 끄덕였다.

"맞아요. 학교라는 게 뭐 별건가. 지혜를 나누는 사람들이 모여 있으면 그게 진짜 학교지."

이렇게 말하는 지안도 음식 학교의 선생이자 학생이다.

"누구나 배우고 가르칠 수 있다는 것이 티아하우스의 생각이라 정말 좋아요. 그냥 배우는 것이 아니라, 그 기술이 내 삶을 조금 행복하게 만들 수 있게 지혜를 나누자는 이야기를 하고 싶습니다. 내가 아는 생활의 지혜가 조금 더 넓어져서 사람들과 함께 나누었을 때 세상을 바꾸는 문화가 만들어지는 것과 같아요."

윤은 이야기를 이어갔다. 오랫동안 멘토 노릇을 했던 그 시절에도 아마 그녀는 가짜가 아니었을 것 같다. 저런 에너지, 저런 열정은 쉽게 만들어지는 것이 아니니까.

"낮은 자세로 세상의 오리진들을 경험하러 다니다 보면 내 마음을 가장 겸손하게 여는 것이 필요했어요. 티아 할머니가 그릇 만드는 사람의 세상에 경의를 표해라, 좋은 멸치를 잡는 사람에게 존경을 보내라고 했던 말을 기억합니다. 이제는 진짜를 만들기 위해 얼마나 많은 사람들이 각자의 자리에서 밤잠을 설치는지 들여다봅니다. 그리고 땀의 의미를 배웁니다. 그러다 보니, 그들을 도울 수 있는 진짜 방법들이 보이기 시작하더군요. 그리고 끊임없이 삶을 풍요롭게 만드는 생활의 기술들을 내 일상과 연결시켜보려고 노력합니다. 작은 것, 놓치기 쉽지만 사람 마음을 두드리는 것을 찾는 것입니다. 작은 것이 혁신이지요. 그리고 작은 것이 닫혀 있던 우리 아이의 마음도 풀어주었고요. 나는 여전히 달려나갈 거예요. 하지만 예전처럼 방향도 모르고 달리지는 않아요. 사람들과 함께 달릴 거예요. 그 가치를 모르는 세상과 부딪히고, 대화하고, 해결해나갈 겁니다."

윤의 목소리는 열정이 가득했지만 다급하지 않았다. 경험을 통해 지혜를 알아가는 사람다웠다. 눈가의 주름도 섬세한 조화를 이루었다. 우리는 윤에게 따뜻한 박수를 쳐주었다. 그녀는 이제 누군가를 변화시키려 노력하지 않는다고 했다.

"스스로 배우는 과정을 거치면 더 단단해진다는 것을 알았으니까. 그것을 어떻게 발견하고, 분류하고, 이어나갈지는 개인의 몫으로 남기는 게 아름다워요. 개인이 디테일을 쌓아나가기 위해서는 뭐든 스스로 겪어내야 하니까요."

여름밤이 깊어질수록 풀벌레 소리도 짙어졌다.

그날, 나는 그동안 티아하우스에서 찍은 사진들을 분류했다. 카테고리를 어떻게 정할지, 어떤 순서로 할지는 순전히 그동안의 내 습성을 돌아보는 것으로부터 시작한다. 그리고 쉽고 아름답게! 디테일을 배우기 위해서는 완벽함에 대한 남모르는 노력이 필요하지만, 그것이 밖으로 드러날 때는 물 흘러가듯 아름다워야 하기에.

삶은 계속 새로운 디테일을 배우는 과정이구나.

일하고, 휴식하고, 다시 일하고,
책상에 앉아서, 혹은 내내 선 채로 일상과 마주하는
고단한 시간.

더러는 상처받고
더러는 상처 주며
그러나 더 좋은 방향을 끊임없이 생각하는 사람들,
삶을 즐겁게 만드는 방법을 연구하는 사람들,
작고 소소한 지혜를 나누는 사람들.
그들이 생활의 예술가들이란다.

나는 오늘도 그들에게 배운다.
나이는 중요하지 않지. 그들은 나의 스승이니까.

우리 모두는 서로가 서로에게 배우는 것을 즐긴다.
신나는 것은 평생 더 배울 것이 남았다는 사실 때문이지.
당신에게 생활 예술가의 시간은
세상의 학생이 되는 것, 그 경험과 지혜를 세상과 나누는 스승이 되는 것.
그때, 우리는 인생의 무늬를 만들어간다.
당신은 이제, 생활 예술가다.

티아 할머니의 노트 *p.145*

나는 이곳에서
내가 지상에 뿌리 내릴 이유를
발견해나가고 있다.

자리를 얻게 되면 비로소 피고 지는 내 역사도
시작되는 거겠지.

여름 쉼표

내 모습을 발견하며
살아가는 즐거움

8월이 되자 티아하우스에는 나무수국이 지천으로 피었다. 꽃집 여자 정원은 사람들이 예쁘다고 생각하는 것은 수국의 꽃이 아니라 꽃받침으로 이루어진 가짜라고 알려주었다. 정원은 자기가 나무수국 같기를 바란다고 했다.

"나무수국은 가을과 겨울 정원에도 제 몫을 해요. 나는 나무수국이 좋아요. 생생한 젊음일 때는 그 탐스러움이 좋고, 가을이나 겨울에 서서히 색이 변하지만 여전히 꽃으로 존재하니까."

나는 정원이 결혼으로 인연을 맺고 싶은 마음이 없다는 것을 알았다. 그건 너무 거추장스럽다고 말했다. 그리고 혼자로 충분하다고도 했다.

나는 그녀의 분명한 삶의 계획이 부러웠다. 대개는 자신의 삶에 확신이 없다. 상황에 나를 맞추고 있을 뿐이다.

여름에 지안은 가지냉국수를 만들었다. 국수를 삶아 보라색 가지무침 고명을 올리고 볶은 당근, 양파, 호박과 함께 내놓는 지안의 간단 국수다. 국

간장과 다시마를 우린 심플한 장국을 시원하게 내놓는 가지냉국수는 모두가 좋아했다. 아스파라거스 샐러드도 빠지지 않았다.

티아하우스에는 늘 많은 사람이 오갔다. 여자들만 오가는 것도 아니었다. 여자들이 데리고 온 남자들도 있었고, 늘 보는 사람, 처음 보는 사람도 많았다.

여름이 깊을 때 나는 그녀를 처음 보았다. 여자는 국수를 후루룩후루룩 소리 내어 먹었다. 원래는 소리를 내며 먹는 것이 예의에 어긋난다고 생각했다. 그런데 오늘은 창밖에 아침부터 내리는 비와 어우러져서 오히려 생동감 있게 느껴졌다.

국수를 먹던 그녀는 맥주 한 잔을 숨 쉴 틈 없이 들이켜고는 섭섭한지 다시 뜨거운 커피 한 잔을 따랐다. 투명하고 어두운, 생각이 많은 얼굴. 처음 보는 얼굴이었다.

"티아하우스에 잔 고장이 나면 늘 나를 부르죠."

여자는 궁금해하는 내 얼굴을 읽었는지 먼저 말했다.

"못하는 게 없는 기술자랍니다. 그런데 다른 지역에 살아서 아주 가끔 오지요. 여기 한 번 오면 할 일이 너무 많아."

빗자루 아줌마는 여자의 어깨를 툭툭 쳤다. 그녀도 처음의 나처럼 이곳과 어울려 보이지 않았다. 블랙 후드 티에 달린 모자를 뒤집어쓴 그녀는 작은 소년처럼 보였다. 사람들은 그녀를 '전문가 경수 씨'라고 불렀다. 재미있는 별명이다. 소년 같은 전문가 경수 씨는 사람들에게 뜨겁고 진한 커피를 한 잔씩 다 따라주었다.

"아버지가 원래 배 만드는 일을 했어요. 덕분에 저도 배 만드는 곳에서 잔뼈가 굵었죠."

"거기서 무슨 일을 하나요?"

"그라인더 작업. 아, 그게 선박의 페인트 작업 전에 하는 도장 작업 같은 거예요. 파이프 사이에서도 일을 하고 천장에 매달려서도 일해요. 너무 단조로우니까 가끔 노래를 부르기도 하고."

"손 한번 봐도 돼요?"

"못생겼는데……."

쑥 내민 손이 의외로 작고 곱다.

"힘들지 않아요?"

"그럼요. 하루에 두 번 휴식 시간이 있는데 그때 모여서 커피를 마셔요. 다들 농담도 조금 하고 모여 앉아서 장난도 치죠. 멋진 말을 하지도 않고, 대단한 걸 가르쳐주지도 않아요. 그냥, 어깨너머로 배워라. 거긴 그래요."

그녀는 나에게 둥근 자국이 그려진 사진을 한 장 보여주었다.

"먼지를 뒤집어쓰면서 우리가 온종일 마주하는 그라인더 작업이에요. 이렇게 둥글게 원이 생기거든요. 페인트칠을 해버리면 안 보이는 부분이죠. 우리는 사람 눈에 안 보이는 걸 만들어요."

나는 그녀의 말이 멋있다고 생각했다. 안 보이는 것을 만든다는 것은 어떤 것일까? 누가 알아주지 않아도 삶의 유용한 일을 하는 사람들은 많다. 그녀가 보여준 사진을 가만히 들여다보았다. 모이고 흩어지는 생각의 선 같다는 생각을 했다.

"반복적인 일을 하는 사람들이 정말 근사한 게, 자신들이 대단한 일을 한다는 걸 모른다는 거예요. 이 사람들은 배가 이 세상 어디까지 가는지 알고 싶어 하지 않아요. 그냥 생활이고 인생이에요. 한자리에서 같은 일을 반복하는 게 세상을 한 바퀴 도는 것과 다르지 않다고 해요."

경수는 자신도 아직은 관찰자에 불과하다고 했다.

"나는 아직 진짜가 되지 못한 거예요."

나는 진짜들에 의해 만들어져 이제 막 세상을 향해 나아가는 한 척의 배를 떠올려보았다. 가까이서 보면 얼마나 큰 몸집을 가지고 있을지 가늠이 되지 않을 것 같았다. 우리 삶 역시 한 치 앞을 가늠할 수 없다. 운명이라는 것도 너무 거대해버리면 그냥 하루하루 살아가는 것과 다른 말이 아니다.

"배가 진짜 멋질 때는 언제예요?"

나는 자꾸 그녀에게 질문을 하고 싶어졌다.

"온 세상을 다 돌아다니다가 폐선이 되어 돌아올 때라고 하더라고요. 그런 배는 칠이 다 벗겨지고 처음 가진 무늬들을 다 드러낸대요. 아직 그런 배를 만나지 못했어요. 어떤 느낌이 들까, 기대하고 있어요."

"경수 씨는 꿈이 뭔가요?"

그녀는 조금 웃으며 '정규직'이라고 답했다.

"그래서 가족이 조금 안심하는 생활을 주는 것. 지금도 나쁘지는 않아요. 일하는 건 긍지를 줘요. 가족을 부양하게 하니까. 함께 일하는 사람들은 '이상한 나라의 경수'라고 부르죠. 매일 하는 작업도 황홀하게 바라보고 있으니까. 나는 아직 그 속에 몰입하지 못하고 있어요. 부끄러운 일이에요. 갈

길이 멀어요······."

소년 같던 그녀가 빛나 보이는 순간이었다. 얼굴을 찍어도 실례가 되지 않겠냐고 묻자 그녀는 "사진은 남기고 싶지 않아요"라고 정중히 거절했다. 나는 대신 그녀가 맛있게 비운 맥주잔과 커피 잔을 찍었다.

경수 씨는 그날 온종일 티아하우스의 곳곳을 점검해주고 갔다. 티아 할머니와 한참 이야기도 나누고 갔다.

"멋진 여자지요?"

티아 할머니는 멀리서 다시 한 번 꾸벅 인사하는 전문가 경수 씨에게 오래오래 손을 흔들어주었다. 빗자루 아줌마는 기차 안에서 먹으라며 간식을 싸주었다. 과일과 채소를 양념 없이 구운 티아하우스의 과자였다.

"뭐든 그득그득 챙겨주고 싶어. 막냇동생처럼."

빗자루 아줌마는 언제나 두 손 가득 선물을 들려 보내야 뿌듯한 사람이었다. 경수 씨는 그 많은 간식을 들고 내일 작업장으로 돌아가겠지. 그리고 다시, 일상을 살며 그 일상 속에서 아름다움을 발견하겠지. 티아 할머니가 아끼는 사람은 다 이유가 있다. 어디서나 삶의 본질을 발견하는, 그런 사람. 그러고 보니 그녀는 정말 티아하우스와 어울렸다.

"차가운 맥주 한 잔 더 어때요?"

부엌으로 돌아온 빗자루 아줌마는 벌써 냉장고 앞에 다가서 있다.

모두 한 명씩 손을 들었다.

"이것 봐, 다들 원한다는 거지. 한낮에 맥주 한 잔이라."

술을 못 마시는 어린 엄마 차경만 레모네이드를 마셨다.

"아쉽지만, 수유가 끝난 후에."

차경은 원래 술을 잘 마신다고 했다.

"아기 때문에 잠시 휴지기예요."

"아쉽지 않나요? 아기 때문에 뭐든 못 하잖아요. 밤잠도, 친구 만나는 것
도, 차가운 맥주도."

나는 진심으로 안타까워서 물었다.

차경은 레모네이드 한 잔을 맥주 마시듯 맛있게 들이켰다.

"원래 병따개로 맥주병 뚜껑을 통, 하고 따는 소리를 좋아했죠. 지금도
거품이 내 입술에 닿는 그 느낌을 너무 사랑해요. 나는 정말 너무 열심히
놀아서 아쉽지 않나 봐요. 밤새 클럽에서 놀다가 새벽에 밤공기를 마시면
후…… 자유가 살아 있는 것 같았죠. 우리 엄마는 한국에서는 도저히 날 감
당할 수 없다며 미국 이모 집으로 나를 보내버렸죠. 시골에 있는 하이스쿨
을 다녔어요. 난 빨리 놀기 위해 영어도 빨리 배워버렸어요. 마음이 맞는 사
총사를 만들어 운전면허를 따자마자 터덜거리는 벤 하나를 샀죠. 우리는
늘 맥주 바에서 일하는 리사라는 친구를 기다렸어요. 리사가 아르바이트가
끝나면 우린 낡은 벤에서 화려하고 유치하고 번쩍이는 옷으로 바꿔 입었
어요. 땀 냄새, 값싼 화장품 냄새, 저렴하지만 멋진 옷들……. 가끔 그 친구
들도 그립고, 그 벤도 그리워요. 우리가 그 차를 민트 색으로 만들어주었죠.
거기서 밥도 먹고 잠도 잤어요. 그리고 이름도 지어줬는데…… 내 멋진 민
트카라반."

차경의 눈동자가 조금 아스라해졌다. 그러나 이내 현실로 돌아와 잔잔한 미소를 보였다. 그동안 봐왔던 어린 엄마 차경은 언제나 화장기 없는 얼굴에 아이를 어르는 모습이었다. 나는 처음부터 엄마 차경을 만났다. 친구들과 밴을 타고 돌아다니던 소녀 차경은 상상한 적이 없다. 차경은 제 몸에서 한 번도 아이를 떼놓지 않았다. 그냥 아기는 차경과 하나의 존재였다. 그녀보다 나이가 훨씬 많은 신부들도 차경에게는 함부로 말을 놓지 않았다. 엄마라는 자리는 그런 것이다. 그런데, 날라리 차경이라니. 뭔가 기분 좋은 반전이다.

"해변에서 스트립쇼를 한 적도 있고, 친구들과 춤추고 노래하며 몇 날을 밤새우기도 했어요. 남자 친구가 전 세계에 열 명도 넘었던 적도 있어요. 짧은 기간 동안 불꽃처럼 놀았죠. 대학에 들어가자마자 한 학기 즈음은 미친 듯이 공부를 하기도 했어요. 그때 모범생 남편을 만났죠. 우리는 당장 결혼해야 했어요. '엄마, 나는 이제 결혼을 해야겠어.' 수화기 너머 엄마는 너무 놀라 숨소리도 안 들렸어요. '한국 사람이고, 건강하고 내 말에 잘 웃어. 여자 친구가 하나도 없었대.' 엄마는 다른 질문을 하지 않았어요. 엄마는 늘 한국 사람과 결혼을 하라고 했거든요. 엄마가 영어를 못하기 때문이래요. 다시 배울 수가 없대요. 그런데 내 남편은 미국에서 태어나서 한국말을 못 해요. 하하. 처음 사위를 만난 날, 엄마의 표정을 기억해요. '말이 통하지 않는 건 아주 나빠. 같은 나라 말을 써도 나는 네 아빠를 이해하지 못할 때가 많거든.' 그렇게 심통을 부리던 엄마가 이제는 사위와 대화하기 위해 외국어를 배워요. 영어를 열심히 배워서 사위에게 한국말을 가르칠 야심에 불타고 있어요. 아이를 낳을 때가 되자 남편과 한국으로 돌아왔어요. 지금은 엄마하고 사이가 좋아요. 아이 덕분이죠. 엄마는 내가 엄마가 되었다는 사실이 믿기지가 않는 눈치예요. 아이 엉덩이를 씻기는 내 손도 신기하고, 자장가를 불러주는 노랫소리도 신기하다고 말해요. '너는 모든 것을 빨리 배우는구나. 한심한 아이가 아니었어.' 엄마는 진심으로 나를 인정했어요. 여자 대 여자, 사람 대 사람으로."

차경은 레모네이드를 맥주처럼 한 잔 더 들이켰다. 레몬의 거품이 묻은 입술을 쓱쓱 닦았다.

"나는 뭐든지 잘 배워요. 쓰임새가 있거든요. 노는 것도 배워야 놀아요. 쓸모 있는 건 뭐든 잘 배워요."

빗자루 아줌마는 차경의 어깨를 툭툭 쳤다.

"멋진걸. 차가운 맥주쯤은 언젠가 마음껏 마실 수 있을 텐데, 뭐."

"연애는 찬란하고, 결혼은 거대한 블랙홀이죠. 어떤 모험이 기다리고 있을지 모르겠어요. 짜릿한 청춘은 갔지만, 지금부터의 내 삶도 기대가 돼요. 나는 잘 놀았기 때문에 많이 인내하는 에너지도 얻을 수 있었어요. 결혼을 하면서 연애는 끝나고 새로운 사랑이 시작되는 거죠. 마냥 행복하지만은 않다는 걸 알아요. 그래도 어른의 사랑을 해볼 생각이에요. 진짜 어른이 많이 사라져버렸지만 한번 도전해보려고요."

차경의 옆모습을 찍었다. '어른여자'다운 진지한 얼굴이다.

"맞아. 대화하고, 조율하고, 논쟁하고, 화해하고, 시시덕거리며 우리는 기꺼이 그 블랙홀 속에서 살아가지. 그 블랙홀에 뛰어들 차례를 기다리는 신부들을 좀 봐. 결혼 생활이 시작되어야만 발견되는 진실이 있지. 상대방의 놀라운 비밀 같은 것. 좋은 것이든, 나쁜 것이든, 모두 다."

빛자루 아줌마는 의미심장한 미소를 지었다. 그 미소에 신부들의 얼굴이 복잡해진다. 흥미진진해 보인다고 해야 할까. 9월 1일의 신부는 곧 다가올 새로운 인생을 떠올리자면 거대한 폭풍 앞에 선 것 같다고 했다.

"그래도 기대나 설렘이 더 큰 건 사실이에요. 좋아하는 사람과 새로운 인생을 시작하는 거니까. 더 이상 이별을 걱정하지 않아도 되고."

"맞아."

지안이 그녀의 손을 꼭 잡아주었다.

"나는 말이에요, 결혼하고 한참까지 이상한 꿈을 꾸곤 했어요. 꿈속에서 이 사람하고 자꾸 헤어지는 거야. 그러면 꿈속에서 탄식하지. 아우, 또 누구를 새로 만나 시작하나. 그러다 눈을 뜨면 옆에 남편이 있잖아요. 안도감이랄까, 든든했어요. 요즘은 그런 꿈도 안 꾸게 되네."

지안은 여전히 남편을 보면 설렌다고 살짝 고백했었다. 물론 미울 때도 있고 남 같을 때도 있지만, 대체적으로 남편과 함께 걸어가는 인생이 외롭지 않아서 좋다고 했다.

빛자루 아줌마의 생각은 비슷하면서도 조금 달랐다.

"아이를 낳기 전까지는 그래도 예측이 가능하지. 아이를 낳으면 파도타기를 하면서 스릴 넘치는 인생을 만나지. 즐기든가, 지치든가, 둘 중 하나를 선택해야 해."

빛자루 아줌마의 말은 거침이 없다. 9월 1일의 신부는 겁이 나지만 기대

중이라고 말했다.

"겁내지 마요. 빗자루 아줌마는 나빠. 나는 결혼의 행운을 만날 수 있다고 믿어요. 예측하지 못한 선물들도 있으니까."

어린 엄마 차경의 말에 굳었던 얼굴이 풀리는 신부들도 보였다.

"모두들 자신만의 세상을 가지니까요. 이제 어른다운 사랑을 하고, 어른다운 이별도 하고, 어른다운 인생도 살아낼 때가 되었으니까."

지안은 언제나 따뜻한 격려로 신부들의 긴장을 풀어주었다.

여름 날씨는 들쭉날쭉하다. 도대체 일기예보를 믿을 수도 없다. 우산을 준비하면 마음이 조금 편할까. 때로는 폭풍우가 몰아칠 때도 있겠지. 예측할 수 없는 일들을 만나면서 우리는 조금씩 성장한다.

지금, 나의 세상은 어떤가 생각해본다. 아무것도 없는 평온한 세상, 가끔씩 비가 좀 흩뿌리고 오후 3시쯤의 무료함이 있는 세상. 그런데 티아하우스에서 나는 온갖 종류의 인생을 맛본다. 따뜻한 국수 같고, 차가운 맥주 같고, 뜨거운 커피 같은 것들. 아주 사소한 감정들. 그래서 더 길고 강렬하고 평범한 이야기들.

늦은 점심은 천천히, 영원히 끝나지 않을 것 같은 속도로 이어졌다. 빗줄기의 소리가 더욱 깊어졌다. 조금 어둑했지만 티아하우스의 부엌은 청량했다. 이 정도면 여름도 괜찮아. 가끔 비가 쏟아져도, 나쁘지 않아.

이 사람들은 배가 이 세상 어디까지 가는지
알고 싶어 하지 않아요.

그냥 생활이고 인생이에요.

한자리에서 같은 일을
반복하는 게
세상을 한 바퀴 도는 것과 다르지 않다고 해요.

맛,
마음을 따라가는
식탁

직관을 믿어요. 스스로에게 자신감이 없어질 때는
기본부터 천천히 다시 시작해야 해요.

기본에 자신감이 생기면 직관도 따라오니까요.

"어느 해 생일, 미래의 남편을 생각했던 적이 있었죠.

나는 그때까지 한 번도 만난 적이 없는 그 사람을 원망했어요.

오려면 진작 오지 그랬냐,

지금 이 순간 나는 딱 죽을 만큼 외롭고 쓸쓸하다. 라면서."

guest 지안
요리사, 맛을 어우러지게 하는 여자

티아 할머니의 집에는 수많은 이름의 수프가 있다. 비트가 들어간 빨간 수프, 브로콜리가 들어간 초록 수프, 감자나 양파로 만든 하얀 수프, 닭고기가 기본이 되는 투명한 수프. 그뿐인가. 부드러운 달의 수프는 자꾸 먹고 싶어지는 마법 같은 부드러움이 있었다. 비 오는 날, 바람 많이 부는 날, 눈 오는 날의 수프도 빛깔이 다르고 질감이 다르고 재료가 달랐다. 이 섬세한 요리는 티아 할머니와 지안의 몫이었다. 티아 할머니의 부엌에는 벽면 가득 레서피를 꽂아두는 곳이 있었다. 거기에는 이런 글귀도 있었다.

'먹고 싶은 것이 있으면 언제든 써두세요. 그리고 그 음식을 잘하는 사람이 있으면 언제든 부엌을 쓰세요. 그리고 나누세요.'

티아 할머니의 생각은 여자들을 부엌으로 불러들였다. 우리는 원하는 음식을 쓰거나 그려서 꽂아두었다. 티아 할머니는 이것을 '음식 편지'라고 불렀다. 그리고 이곳을 '모두의 부엌'이라고 불렀다. 티아 할머니의 부엌에서는 누구든 요리사나 손님이 될 수 있었다. 때로는 여자들이 아이디어처럼 긁적여놓은 메뉴의 이름들이 티아하우스의 공식 요리가 되기도 했다.

이곳에서는 무엇이든 의미를 두고 이름을 붙여주는 것을 좋아했다. 그중에서 내가 가장 좋아하는 메뉴는 '목요일 출근하기 싫은 날의 샌드위치와 심심한 날의 수프'다. 지안은 집에 있는 주부들을 위해서 '아무도 모르는 월요일 아침의 자유와 평온'이라는 이름의 메뉴도 개발해놓았다. 이 메뉴는 주말에 북적거리던 가족들이 직장으로, 학교로, 혹은 유치원이나 어린이집으로 가고 난 후 잠시 느끼는 쉼표의 시간을 의미한다고 했다. '널브러진 집안일을 후딱 해치우고 햇살 잘 드는 쪽으로 의자를 놓고 잠시 앉아 있는 시간'이라고 설명도 해주었다.

그런 날의 조용한 고독은 누구에게나 필요하다. 직장을 다니는 나에게는 주말의 아침이 그런 시간이다. 아무와도 말을 섞지 않을 수 있는 자유, 종일 좋아하는 음악만 들어도 좋은 그런 시간. 내게는 '비 오는 일요일 아침'이라는 이름의 메뉴가 어울릴 것이다. 비 오는 일요일 아침에는 커피콩을 갈고 딱 한 잔만 커피를 내릴 것이다. 그리고 식빵을 구워야지. 요즘은 지안에게 혼자 먹는 메뉴를 배우는 중이다. 이제 나에게도 몇 개의 메뉴가 생겼다. 그건 참으로 든든하고 소박한 기쁨이었다. 주말 아침에 나는 움직임을 줄이고 느릿느릿 식사를 할 수 있게 되었다. 뭔가 나를 위한 시간을 가지는 것 같았다.

예전에는 미처 몰랐다. 밥이라는 것이 얼마나 중요한 것인지, 지겨운 것인지, 외로운 것인지, 따뜻한 것인지. 종일 먹지 않아도 허기지지 않던 시절이 있었다. 그것이 특권인 줄도 몰랐다. 그때는 밥을 먹지 않음으로써 나의 슬픔을 표현했었다. 밥과 삶이 얇은 종이 하나 차이라는 것을 알지 못했다. 함부로 마음을 표현하고, 함부로 마음을 버렸다. 삶의 가장 기본적인 것을 낮추어 보았다. 그 덕에 나는 나를 위해 제대로 된 밥상을 준비하는 법을 배우지 못했던 것이다. 아직도 나는 나를 초대하고 축하하고 위로하는 방법을 알지 못하는 것이다.

"어느 해 생일, 미래의 남편을 생각했던 적이 있었죠. 지금 그 사람은 무엇을 하고 있을까? 친구들과 술을 마시고 있을까, 테헤란로를 혼자 걷고 있을까, 다른 여자를 위해 구두를 고르고 있을까. 나를 알지 못하는 당신은 대체 무엇을 하고 있는 걸까. 그해 생일날, 나는 그때까지 한 번도 만난 적이 없는 그 사람을 원망했어요. 오려면 진작 오지 그랬냐, 지금 이 순간 나는 딱 죽을 만큼 외롭고 쓸쓸하다, 라면서."

지안에게도 쓸쓸한 미혼 시절의 그늘이 있었다고 했다. 우리는 모두 비슷한 경험이 있었다. 마음이 조급해지면 자신의 존재가 작게 느껴지는 경험 말이다. 나도 그랬다. 나를 사랑하지 않는 어떤 남자는 나와의 약속을 가볍게 미뤄버렸다. 새로운 애인이 생겨 바빠진 친구들과는 연락이 닿지 않았다. 초라하지 않기 위해 미소를 띠며 퇴근했던 나는 미래에 정해진 내 사람이 하나 있다면 그를 원망하겠다고 생각했다. 그리고 중얼거렸다. "엉뚱한 여자한테 애쓰지 마라. 그리고 나타나려면 웬만하면 지금이 기회가 아닐까 한다"라고.

사실은 생일을 함께 보낼 사람이 없어서가 아닐 것이다. 어쩌면 그때 나는 자기 연민에 빠져 있었는지도 모른다. 생일 따위에 불행을 느끼다니. 그런데도 원래 가장 마음이 약해지는 순간은 세상 모두가 행복해야만 한다고 강요하는 스페셜 데이에 일어난다. 밸런타인데이, 크리스마스, 설날이나 추석보다 그런 점에서 생일은 한 수 위다. 이날은 존재의 의미를 상기시키는 하루가 아닌가.

금요일 브릿지 타임을 앞두고 지안에게 전화를 걸었다. 그녀는 이번 브릿지 타임에 여자들을 위한 생일 식탁을 차릴 거라고 했다. 무슨 음식을 할까 생각하니 너무 많은 아이디어가 떠올라 온종일 쉬는 중이라고 했다.

"그래서 마늘을 까고 있어."

알이 짱짱하니 싱싱한, 흙냄새가 물씬 나는 마늘을 접으로 샀다고 했다. 좋은 마늘을 만나는 날에는 왠지 부자가 된 것 같다고 지안은 쑥스러운 듯 덧붙였다.

"그래서 하루 종일 마늘을 까고 있다고요?"

"나, 좀 할머니 같은 구석이 있어"라며 지안이 웃었다.

나는 까놓은 마늘을 사는 것에 거부감이 없었다. 대세라고 생각했다. 편리함의 대세. 대형 슈퍼마켓을 이용하는 현대인의 대세. 그런데 지안은 오후를 고스란히 바쳐 마늘을 까고 씻고 찧는다고 했다.

통화를 끝내고 나는 지안을 상상했다. 카메라를 대지 않아도 그것은 나에게 한 컷의 사진으로 다가왔다. 긴 생머리를 예쁘게 틀어 올린 지안의 뒷모습을 생각했다. 베란다 창을 열어젖히고 가을의 달콤하고 시원한 바람과 멀리서 불어오는 꽃향기와 피아노나 첼로가 마늘의 푸르고 매운 향 아래 조용조용 흐르는…… 평온하고 아름답고 소박한 풍경. 뭔가 그녀만의 원칙과 철학이 있는 풍경.

지안은 할머니 같다고 말했지만, 나는 그 표현이 참으로 좋았다. 조금은 부럽기까지 했다. 내게 지안의 모습은 젊은 날의 티아 할머니 같기도 했다.

가을이 되면 신부들은 바빠졌다. 브릿지 타임에는 10월과 11월의 신부 다섯 명만이 왔다. 그리고 늘 모이는 우리. 작곡가 수하도 참석했다.

지안의 브릿지 타임은 모두를 위한 생일 식탁으로 준비되었다. 잘 차려진 음식 대신 재료들이 쌓여 있었다. 부엌으로 난 창이 모두 열리고 티아하우스의 재료들이 햇빛을 받았다. 그릇과 식기들도 햇빛 속으로 꺼내졌다. 오늘은 모두 부엌에 둘러앉았다. 브릿지 타임은 부엌으로 옮겨졌다.

지안은 음식을 보면 마음을 읽을 수 있다고 말했다.

"감정에 따라 필요한 음식이 있어요. 뭔가 자극이 필요한 날에는 몸이 먼저 매운맛을 불러요. 그런 날은 빨강. 날씨가 신선하니 샐러드가 먹고 싶다, 흙냄새가 물씬 나는 좋은 땅에서 자란 채소들이 먹고 싶다, 그런 날은 초록. 이별을 해서 몸과 마음을 추스려야 하거나 중요한 시험이 있으면 온몸이 경직되니까 따뜻한 온기가 필요할 테니 그런 날은 노란색이나 크림색에 가까운 수프류가 제격이에요. 색과 질감과 향이 몸과 마음을 감싸 안으니까. 음식은 가장 단순하고 소박한 신호예요. 힘내라, 기운 내라, 괜찮다, 그런 메시지를 스스로 들을 수 있다면 훨씬 현명하게 조절할 수 있을 거예요. 나는 언제나 오늘의 내 감정은 무슨 색깔일까, 무슨 색깔을 원할까 생각해요. 여자들의 생일날에는 어떤 감정이 몰려올까요? 아침에는 뭔가 붕 떠 있죠. 선물 상자를 앞에 둔 어린아이처럼 설레기도 해요. 그러다가 오후가 지나가면 끝도 없이 우울해지죠. 나이에 맞게 살아갈 생각을 하면 마음이 무거워져요. 그러니까 이런 날은 모여 앉아 북적북적하게 보내도 좋아요."

지안은 마흔이 넘으면서 생일을 가볍게 대하기로 마음먹었다고 했다.

"그냥, 생일은 의례예요. 나는 형식이 주는 이야기도 필요하다고 생각해요. 존재를 축하받는 날이잖아요. 그러니까 제일 먼저 내가 나 자신에게 예를 다해줬으면 좋겠어요. '와, 멋진데. 한 해만큼 더 풍성해졌어. 축하해!' 스스로에게 작은 선물이라도 줄 수 있으면 좋겠죠. 축하를 받고 싶으면 소문을 내면 되고, 조용히 보내고 싶으면 그저 여러 날 중의 하루일 뿐이라고 생각하면 돼요."

지안은 쉽고도 어려운 음식을 하나씩 해보자고 말했다. 조랭이떡국은 티아 할머니의 주문이었고 구절판은 재이의 생각이었다. 신부들은 지안과 티아 할머니 주위로 몰려들었다.

"생일날 아침에 먹고 싶은 음식이라면 따끈한 정도의 온기가 딱 좋아요. 그리고 조금은 번거롭지만 과정을 거치는 시간이 들어가면 더욱 좋겠고요."

지안은 떡국 국물을 만들 양지머리를 올려놓고 구절판에 들어갈 달걀지단을 준비하느라 분주했다.

"누가 달걀지단 만들어볼까?"

달걀지단이라…… 우리는 모두 동시에 고개를 가로저었다. 지안은 노른자와 흰자를 우선 그릇에 나누고 흰자는 젓가락으로, 노른자는 그릇을 툭툭 치며 기포를 없앴다.

"생활의 거품을 없애는 거야. 잡념을 잠재우는 훌륭한 방법이지."

티아 할머니는 그저 고요히, 가볍게 움직였다. 돌려 깎은 오이와 당근을 채 썰어 초절이 양념에 담가놓고 노란 지단, 하얀 지단을 탁탁탁 채 썰었다. 도마에 칼이 닿는 소리가 맑고 경쾌했다. 손은 점점 리듬을 탔다. 그 바쁜 손은 숙주를 반투명하게 삶아내고 밀전병을 동그랗게 부쳐냈다. 얇고 투명한 하얀 달이 하나씩 하나씩 만들어졌다. 밀전병은 각각 붙지 않게 잣 한두 개를 올리고 차곡차곡 쌓여갔다.

"구절판은 손이 너무 많이 가는 요리군요. 나는 인내심을 거부하는 유전자를 가진 것 같아 힘드네요."

재이가 고개를 절레절레 흔들었다. 구절판을 먹고 싶다고 말한 건 재이였는데 말이다.

"역시 이름이 어려운 음식은 만드는 법도 어려워."

"원래 담백한 걸 표현해내기가 어려운 법이지. 이건 담백하면서도 디테일이 있거든. 화려한 속살이 베이직한 껍질로 싸이지. 재킷 안쪽의 패턴처럼."

지안의 손은 빠르고 단순하다. 티아 할머니는 젓가락으로 떡의 가운데 부분을 살살 지그시 눌러가며 조랭이떡의 모양을 만들었다. 나는 요리 중

인 티아 할머니의 등을 찍었다. 여자의 등은 직선이자 곡선이다. 나를 지키
겠다는 의식을 할 때는 꼿꼿하지만 무방비 상태로 있을 때는 한없이 굽은
슬픔이다. 티아 할머니의 등은 군살 없이 단단해 보였다. 애쓰지 않아도 등
이 곧은 여자는 매력이 있다. 그녀의 표정은 언제나 부드러웠지만 내면은
저렇게 차고 곧고 우아한 것이리라.

"조랭이떡은 그냥 만들어진 것을 사고 싶어요."

재이는 여전히 볼멘소리를 했다.

"쌍둥이같이 똑같은 떡보다는 조금씩 다른 조랭이떡이 더 이야기가 있
어 보이지 않나요? 진짜 같잖아."

지안은 음식을 할 때면 에너지가 넘쳐 보인다. 바쁘게 손을 움직이면서
도 우리가 늘어놓는 감상이나 불평 한마디도 흘려듣지 않았다.

"차라리 과정을 간편하게 하고 나는 그 시간을 즐길래."

재이는 또 한마디 덧붙였다.

그러고 보니 조랭이떡국 속의 앙증맞은 떡 모양은 조금씩 달랐다. 아주
섬세한 차이.

신부들은 벌써 친구가 된 것 같다. 구석 자리에 서서 여자들을 관찰해보
면 여자들은 샛길로 벗어날 때 가까워진다. 수업 시간의 잡담이라든가 매
점에 들른 여학생들처럼 사적인 이야기를 공유할 때 쉽게 마음을 열었다.
무언가를 같이 나눈다는 것, 배움이라든가 음식이라든가 아름다운 것을 공
유할 때면 어떤 강렬한 연대감이 우리를 묶었다. 그건 우정과도 비슷하고
동료애와도 비슷한 감정이었다. 같은 편이 된 느낌. 편안하고 따뜻했다. 나

도 카메라를 내려놓고 그녀들과 같이 팔을 걷어붙였다. 우리는 모두 한동안 이야기를 멈추고 단순한 움직임에 빠져들었다. 미술 시간에 모인 여학생들처럼 조랭이떡 모양 만들기에 집중했다.

살짝 살짝 모양이 다른 조랭이떡 위에 잘 우러난 국물을 붓고 양념한 양지머리로 웃기까지 얹으니 소박한 한 끼의 조랭이떡국이 만들어졌다. 색깔이 다소곳한 구절판도 소복소복 접시에 쌓였다. 손이 많이 간 음식이라고는 믿어지지 않는 겸손한 소박함이었다.

우리는 간만에 엄마가 차려주는 밥상을 대하듯 마음이 정겨워졌다. 적절한 길이와 비례. 이건 테크닉으로만 할 수 있는 게 아니다. 마음이 들어가야 한다. 과정은 결국 마음이다. 최근의 나는 그런 마음을 어디에도 쏟은 기억이 없다. 조금 서글펐다. 나에게는 어떤 대상이 필요한 것이다. 과정을 담은 마음을 주고 싶은 대상.

"내 생일에는 오직 나에게 마음을 집중하세요. 누군가 나를 행복하게 만들 수 있을 거라고 기대하고 실망하지 말아요. 다른 사람 어떤 누구도 나를 행복하게 만들 수는 없어요."

등을 보인 채 티아 할머니가 말했다. 나는 마음을 들킨 듯 얼굴이 붉어졌다.

"직관을 믿어요. 스스로에게 자신감이 없어질 때는 기본부터 천천히 다시 시작해야 해요. 기본에 자신감이 생기면 직관도 따라오니까요."

나는 노트에 지안의 말을 따라 '직관'이라고 썼다. 왠지 운명 같은 뉘앙스가 풍겨서 좋았다.

"아, 그런데 베이커리는 그러면 안 돼. 용량이 틀리면 이도 저도 안 되거든. 그건 냉정한 과학이야. 기술이라고."

지안이 친절하게 덧붙였다.

"모든 부분에 이성과 감성이 함께 필요하다는 말이구나."

늘 똑똑한 재이가 정리를 해주면 누군가는 또 그걸 되풀이해주며 감탄도 한다. 아, 이제 그걸 구분해야지. 나는 늘 이성적이어야 할 부분에서 마음이 흔들렸고, 가끔 모든 것을 내던질 열정이 필요한 순간에 이리저리 계산하느라 기회를 놓쳤다.

"나를 위한 생일 식탁은 절대로 내가 준비하지 않을 거예요. 그건 너무 슬퍼."

수하는 지안의 친구 같지 않다.

"나는 세상에서 귀찮은 게 제일 싫어. 그저 맛보는 게 제일 좋아."

그러면서도 숙련된 조수처럼 지안의 옆에서 쓱싹쓱싹 음식을 해냈다. 투덜대면서도 제일 먼저 손을 움직이고 몸을 움직였다.

티아 할머니는 식탁보를 새로 깔고 꽃집 여자 정원이 가져온 가을꽃들을 가장자리에 놓았다. 그 풍경이 좋아서 나는 또 한 컷을 찍었다. 오늘은 그냥, 모두의 생일이다. 이곳에 있는 모든 여자들의 생일. 그래서 서로 "생일 축하해!"라고 한마디씩 건넨다. 그러고 나니, 다들 웃음이 났다. 처음 만난 사람과도, 오래 만난 사람과도 서로의 존재를 축복하는 시간.

"아, 맛있어요."

우리는 모두 웃었다. 맛있다는 말이 다르게 느껴진다. 그건 어쩌면 아날로그 같은 것. 다소 느리고, 단순하고, 고지식하고, 투박한 것. 어린 날의 추억 같은 것. 여름밤의 반딧불 같고 가을밤의 옛날이야기 같은 것. 그런데 희한하게도 꼬였던 마음도 풀어내는 것. 지안의 '온종일 마늘 까기'처럼, 직접 손에 매운 향을 묻히며 몸과 마음에 스며들게 하는 그 어떤 것. 드럼세탁기의 쉽고 빠른 건조보다는 햇빛 가득, 바람 가득 부는 하늘 아래 빨래를 천천히 말리는 것처럼.

돌아보면, 내 인생에 언제나 완벽한 정찬은 없었다. 언제나 인스턴트처럼 살았다. 그저 앞으로 나아가는 게 중요했다. 내 존재의 원형을 들여다본다는 것은 어렵다기보다는 두려웠다. 그러니 그 뼈대 위에 나만의 맛을 가져본다는 것은 더욱 상상하기 어려웠다. 나는 늘 어정쩡했다. 열심히 살았지만 의미를 몰랐고, 사랑을 했지만 그 속에서 온전하게 아름다운 사람이 될 수 없었다. 티아하우스에서는 모든 여자가 특별하다고 말한다. 모든 여자가 생활인이자 예술가라고 한다. 나도, 그럴 수 있을까?

그날 밤은 오래 이야기하고, 오래 잠들지 않았다. 티아 할머니는 우리를 위해 옛날이야기를 펼쳐놓았다. 옛이야기는 우리를 들뜨게 만든다. 옛날의 맛, 옛날의 추억, 옛날의 사랑 같은 것들. 그 오래된 맛을 음미하며 현재의 우리는 웃었다. 하도 많이 웃어서 수하는 다이어트가 되겠다고 말했다.

티아 할머니는 기타를 연주했다. 마흔 살에 피아노가 아닌 기타를, 마흔다섯 살에는 첼로가 아닌 더블베이스를 배웠다고 했다.

"연주는 여전히 형편없지만 아직 배우는 중이라서."

티아 할머니는 짧은 연주를 마치고 무대 위의 연주자처럼 고개를 깊이

숙이고 인사를 했다. 그러고는 일거리가 남아 있다며 작업실로 떠났다.

나는 언제나처럼 티아 할머니의 노트를 들고 구석 자리에 앉았다. 빛자루 아줌마가 푹신한 방석을 가져다주었다. 나는 티아 할머니처럼 등을 곧게 펴고 조그만 소리로 읽었다. 사람들이 이야기를 멈추고 가만히 내 목소리에 귀를 기울이는 것 같았지만 개의치 않았다. 이상하게도 내 목소리에는 조금씩 힘이 실리고 있었다.

언제나 본질은 심심하지.

한 숟가락의 소금, 한 숟가락의 설탕이 있다면

그것이 얼마나 진실을 가리는 것일까.

언제나 본질은 기다려주는 맛이지. 무색무취의 밥처럼,

그 자리에서 백 년이고 천 년이고 사람들 곁에 있어주는 것.

세상의 수많은 향신료는 희로애락이 되고,

애끓는 구애의 대상이 되고, 시가 되고 문화가 되지만,

언제나 얌전히

제 존재를 자랑하지 않는 본질은

주목받을 수가 없어.

하지만 본질이 흐트러지면 모든 것이 엉망이 되지.

밥은 쌀이 좋아야 하고,

빵은 밀가루가 좋아야 해. 그건 진리야.

티아 할머니의 노트 p.56

맛은 미세한 균형을 잡아가는 과정이란다.

재료의 본질을 잃지 않으면서도 어우러지는 합의 힘.

그러기 위해서는 국물의 맛이 도를 넘지 않도록

적정한 선을 지켜주는 것이 중요하다.

맛을 즐기는 방법도 마찬가지지. 여유가 없으면

온전한 맛을 알 수가 없다.

내일만 생각하면

지금 이 순간의 귀함을 지나쳐버리는 것과 닮아 있지.

맛있다는 건 살아 있다는 것. 평온하다는 것.

우울하면 맛을 모른단다. 슬프면 맛을 잃는 거지.

어서 먹고 나가서 무얼 해야지, 하는 생각에만 집중하면

지금 이 순간의 맛을 놓치고 만다.

내 눈앞의 맛에 집중하기를. 오감을 충분히 활용하기를.

내 앞에 있는 사람에게 온전히 집중하기를,

그와 나누는

인생의 맛을 놓치지 말기를……

티아 할머니의 노트 *p.145*

아무 날도 아닌 날을 축복해보렴. 먹기 싫은 음식 재료도

여러모로 궁리하면 오늘부터 먹을 수 있게 되는 것처럼 말이다.

아무 날도 아닌 날에 네가 왔다.

어쩌면 상처받고 추위에 떨며 네가 만들어졌는지도 모르겠다.

길을 잃은 별처럼 네가 왔는지도 모르겠다.

여름 더위가 토마토의 단맛을 만들 듯이,

겨울 추위가 배추의 단맛을 만들 듯이.

너는 좀 단단해져야 했기에

지금 외롭고 쓰리고 아픈 건지도 모른다.

원하는 날씨만 있는 게 아니라서,

견뎌야 할 것들이 있어서 채소들은 자란다.

여름에 맛있는 채소가 있고

겨울에 맛있는 채소가 있듯이

우리 삶도 그러하다. 한 톨의 씨앗과 땅속 작은 벌레들,

햇빛과 바람, 눈과 비, 농부의 거친 손, 한숨과 감탄,

수많은 에너지들이 만나 건강하고 맛있는 채소가 만들어진다.

수많은 인연과 스토리가 모여

당신이라는 세계가 완성되었던 것처럼.

티아 할머니의 노트 *p.6*

말, 나의
아름다운 도구

사람과 사람 사이도 서서히 다가가야 한다.
서둘러 친해지면 상처받을 일도 많아진다.

외로워서 이야기를 꺼내놓고,
공감이나 동조를 얻고 싶어
너무 많은 것을 꺼내다 보면 의지하게 된다.

무리를 하면 사랑도 우정도 금이 갔다.

"조금 거칠어도, 문맥이 매끄럽지 않아도

그 순간의 대화, 그 순간의 이야기를 소중하게 생각하는 사람이라면

그 말은 힘을 가집니다."

guest 강하
성우, 말의 영향력을 펼치는 여자

가을이 깊어갈수록 나는 점점 티아하우스의 사람이 되어가고 있었다. 그리고 어쩌면 결혼을 숙제처럼 생각하지 않고 내 인생 가운데 하나의 선택이 될 수 있지 않을까 생각하게 되었다.

가을에는 달빛이 좋다. 처음으로 달을 찍었다. 둥글고 부드럽고 멀다.

"괜찮아. 꽤 좋은 데, 뭘."

나는 자주 혼잣말을 했지만 그 혼잣말이 더 이상 외롭지 않았다. 오랜만에 대문 밖으로 나갔다. 티아하우스의 길을 찍고 창가에 매달린 비를 찍고 나무를 찍었다. 이제는 사람 그 자체보다 그 사람이 지나간 길, 그 사람이 보는 비와 바람, 그 사람이 숨 쉬는 공기를 찍고 싶다는 생각을 한다. 그 흔적들에서 내 마음을 발견하곤 했다.

티아 할머니의 노트에 몇 장의 사진을 붙여놓았다. 할머니는 내 사진에 아무런 코멘트도 하지 않았다. 티아 할머니는 인생의 선배 같은 행동을 하지 않는다. 그냥 우리와 같이 이야기를 나누고, 듣고, 음식을 함께 먹는다.

판을 벌이는 것, 안주인 역할만 한다. 이곳에서의 내 역할도 사진을 찍는 것, 이야기를 듣는 것, 그리고 조금씩 나의 이야기를 찾아가는 것이다.

티아하우스에 오기 전의 나는 누군가와 소통하는 삶을 살지 않았다. 친구들이 있었지만 긴 세월을 함께하지 못했다. 그들은 모두 슬그머니 사라져버렸다. 결혼을 했거나, 애인이 생겼거나, 생활에 시간을 다 빼앗겼거나 아니면 그 어떤 이유도 없이 사라져버렸거나. 누구와도 이야기를 나누지 않고 지내는 주말이 많아질수록 나는 혼자 있는 것도 즐기지 못하게 되었다. 이곳에 오기 전 나는 점점 나의 세계가 작고 초라해진다고 생각했다. 그건 타인을 바라보는 내 시선과도 닿아 있었다. 그 전에는 세상에 두 종류의 여자만 있다고 생각했다. 나이가 들어가며 더욱 말이 많아지는 여자, 그리고 더욱 말이 없어지는 여자.

"외로워서 그래. 외로우면 사람이나 물건에 기대. 아니면 혼자만의 세상에 더 빠져들거나."

빗자루 아줌마에게 이런 말을 꺼내면 너무나 명쾌한 답변이 돌아온다.

"예전에는 하루 종일 203호 아줌마, 304호 아줌마 모두 모여 앉아 1203호 아줌마 이야기를 하고 그랬어. 허망하지. 나중에는 얼굴 근육이 땅기고 아프다니까. 억지로 웃어서. 그런데 잘 들여다보면 다들 외로운 거야. 돌아서서 쓸쓸하다 혼잣말을 하게 된다고. 그래서 요즘은 다들 안쓰러워. 친구도 안쓰럽고, 남편도 안쓰럽고, 가족도 안쓰럽고…… 지나다니는 고양이도 안쓰러워. 마흔이 넘으면서 나만 외로운 건 아니라는 걸 알게 되면 체념인가, 마음이 넓어져."

빛자루 아줌마는 그 측은지심 또한 살아내기 위한 마음의 장난 같다고 덧붙였다.

빛자루 아줌마가 만든 갓 구운 단풍잎 쿠키를 지안이 가져왔다. 커피와 차는 각자 알아서 좋아하는 것을 좋아하는 컵에 담았다. 지안도 꽤 자주 외롭다고 했다.

"우리는 다 외로워요. 여기 있는 사람들 모두 다. 자신이 소모적으로 변한다는 생각 때문인 것 같아요. 그러면서 다시 나를 찾고 싶다고 말하지. 뭔가 생산적인 일과 창조적인 일을 하고 싶다고. 그건 우리 호르몬이 살아 있기 때문이야. 그럴 땐 도움을 받아야지. 서로 에너지를 주고받는 거예요. 생각을 주고받고 좋은 아이디어를 모으다 보면 길이 생기기도 하거든. 우리도 늘 유용한 이야기만 하는 건 아니야. 그래도 봐, 나이와 상황에 상관없이 재미있잖아. 재미없는 모임은 오래갈 수 없어."

빛자루 아줌마는 지안이 가지고 온 쿠키를 입에 넣고는 금세 행복한 표정을 짓는다. 저렇게 눈과 입을 동시에 움직이며 눈웃음을 만들 줄 아는 사람은 흔치 않다.

"맛없는 모임은 아주 지루해. 팔짱 끼고 딱딱한 얼굴로 앉아 있는 워크숍 같은 건 너무 싫어. 차라리 뜨개질을 하거나 모여 앉아 아이들과 큰 소리로 책을 읽는 편이 나아."

나는 빛자루 아줌마의 쿠키를 입에 넣었다. 이건 그냥 쿠키가 아니다. 빛자루 아줌마가 세상과 소통하는 방식이다. 그녀의 생각이고 스토리이며 나누고 싶은 마음이다. 누구에게나 의견을 묻는 그녀의 열정이 가득 들어 있기 때문이다.

"어때? 이건 차하고 잘 어울려. 달지 않고 점잖은 맛이지?"

빗자루 아줌마는 요즘 꽃집 여자 정원의 노트를 열심히 연구하고 있다고 했다. 정원의 단풍잎 노트는 나도 자꾸 들여다보게 된다. 티아 할머니의 노트 옆에 정원의 단풍잎 노트가 꽂혀 있다. 정원은 열심히 기록하고 단풍나무에 관심이 있는 사람들은 열심히 새로운 단풍잎들을 배웠다. 빗자루 아줌마는 쿠키를 만들고 그림책 작가인 12월 14일의 신부는 스케치를 하기 시작했다. 정원이 시작한 이야기는 작은 가지를 치고 다른 사람들에게도 영향을 미쳤다. 나는 한 사람의 이야기가 그것으로 끝나는 게 아니라 이어지고 또 이어져나가는 풍경을 목격하고 있다. 사진으로 담을 수 없을 만큼 아름다워서 나는 그저 이 사람들과 함께 있는 시간을 온전히 느껴보자, 마음먹었다.

꽃집 여자 정원은 작업복을 입어도 근사했다. 티아 할머니가 직접 만들어주었다는 정원사용 작업복은 어떤 나무나 꽃과도 어울렸다. 정원은 오후 내내 우리에게 단풍잎 이야기를 해주었다. 산딸나무, 계수나무, 느릅나무, 미루나무, 싸리나무, 메타세쿼이아, 플라타너스, 모과나무, 떡갈나무, 화살나무, 상수리나무, 밤나무, 층층나무, 감태나무……. 나뭇잎에 따라 단풍의 빛깔은 미묘하게 달랐다. 가을빛은 너무 뜨겁지 않고 사람의 마음을 조금씩 물들였다. 정원은 언젠가 단풍사전을 만들 거라고 말했다.

"나는 '물들다'라는 표현이 참 좋아요. 천천히 물들어가는 거 말이에요."

"우리 나이랑 맞아요."

"맞아요. 우리 나이가 이제 막 단풍 들기 시작하는 나이죠."

"아니야. 아직 너무 푸릇해."

빛자루 아줌마는 너무 어리다고 못을 박았다.

"당신들은 아직 무르익지 않았어. 적어도 오십은 되어야 단풍 들 나이지."

"그러면 단풍을 기다리는 나이라고 해둘게요."

나는 단풍을 기다리는 마음으로 단풍 이파리를 본다. 정원은 가을빛을 받아들이는 온화함, 소임을 다하고 내려놓는 경건함, 투명하게 번지는 맑음이 단풍의 본질이라고 말했다.

"단풍을 온전히 즐기려면 멀리서도 보고 가까이서도 봐야 해. 나무 아래에서도 보고, 빛을 안고서도 보고, 그 투명한 투과와 번짐을 은은히 볼 줄 알아야 해. 그게 참 어려워. 마음이 다급해지기 쉽거든. 요즘은 너무 많은 것을 알려고 하지 않아. 내가 아는 걸 조금 더 깊이 들여다보려고 하는 편이지."

정원은 티아하우스에서 늘 조용하게 움직였지만, 오래 몰두하는 모습을 보았다. 나는 정원의 노트에 꽂힌 사진을 들여다보았다. 생강나무와 당단풍, 박달나무가 서로 다른 색깔의 물듦으로 어우러져 있었다.

"가을에는 단풍잎을 구경해요. 사람 많은 곳 말고, 나만 아는 동네의 단풍을 찾아요."

정원은 느릿느릿 걷거나, 빠른 걸음으로도 걸으며 가을을 온몸으로 느낀다고 말했다.

"내 나이를 즐기는 방법이에요. 자연스럽게 익어가는 것들을 보는 게 공부가 돼요. 어떤 책보다 더 깊이 있는 인생 학교죠."

그녀의 얼굴에 스며 있는 평화, 평온, 알 수 없는 자신감이 여기서 나오는 건지도 모르겠다.

"나무가 다 다르듯이, 단풍잎의 색이 다 다르듯이 똑같이 살 필요는 없으니까요."

늘 결혼을 준비하는 이곳에서 결혼을 하지 않는 삶을 선택할 수 있는 정원의 선택도 그녀답다고 생각했다.

"단풍이 물드는 것처럼……."

나는 조그맣게 되뇌었다. 사람과 사람 사이도 서서히 다가가야 한다. 서둘러 친해지면 상처받을 일도 많아진다. 그래서 친해지는 게 두렵기도 했다. 외로워서 이야기를 꺼내놓고, 공감이나 동조를 얻고 싶어 너무 많은 것을 꺼내다 보면 의지하게 된다. 무리를 하면 사랑도 우정도 금이 갔다.

천천히 서로에게 물들자. 그렇게 친구가 되는 법을 배우자.

나는 지금까지 네 번의 브릿지 타임을 경험했다. 구경꾼처럼, 그리고 손님처럼. 그러다가 티아 할머니의 바람처럼 조금씩 조금씩 브릿지 타임의 중심으로 다가가고 있었다.

단풍잎은 초록일 때보다 물들기 시작할 때 아름답다. 제 빛깔을 그제야 뿜어낸다. 천천히, 천천히, 그러나 어느 순간 온 천지를 감싸는 따뜻한 힘…… 단풍잎처럼 물들고 싶다는 생각을 감히, 해본다.

노트에 이렇게 쓰고 있을 때, 티아 할머니가 나를 불렀다.

다섯 번째 브릿지 타임이 시작되었다.

강하는 녹음기를 들고 있었다. 우리는 함께 차를 마셨다. 10월에 먹기 좋은 국화차다. 티아 할머니는 국화차를 마실 때면 굽혔던 허리를 다시 바르게 고치게 된다고 했다.

"좋은 품성을 주는 차예요."

차 한 잔에도 고마움과 경의를 표했다.

겨울에 결혼을 할 신부들은 가을이 지나기 전에 준비할 것이 많다고 푸념을 늘어놓았다. 강하는 열심히 신부들의 이야기를 녹음했다. 분명 오늘 브릿지 타임에 쓸 재료일 것이다. 빗자루 아줌마의 친구인 강하는 성우이자 잡지 발행인이라고 했다. 이름이 참 듣기 좋다는 생각을 했다. 상쾌한 느낌이 드는 이름처럼 목소리는 단정하면서도 풍요로웠다.

"티아 할머니, 감사합니다. 저에게 멋진 기회를 주셨습니다. 저는 말을 통해 세상과 만나는 사람입니다. 제 목소리는 은행에서, 지하철에서 많이 들으셨을 거예요."

우리는 잠시 술렁였다. 맞다, 그 목소리다. 1호선 전철을 타기 위해 줄을 서고 있을 때, 한동안 좋아했던 선배를 잊겠다 혼자 생각했던 그 밤에……
"인천행 기차가 들어오고 있습니다"라고 내게 말하던 그 목소리다. 그리고 그 밤에 전철이 가는 끝, 인천에 갔었다. 나를 낯선 도시로 실어 날랐던 그 목소리.

"그런데 아마 처음 제 목소리를 듣고는 알아채지 못했을 겁니다. 여러분의 일상에 그토록 많이 끼어들었는데 말입니다. 왜냐하면 제게는 전철의 목소리, 은행의 목소리, 정보 프로그램이나 다큐멘터리의 목소리가 따로 있기 때문이죠. 목소리는 더 다가가게 만들기도 하고, 더 멀어지게도 만듭니다. 전화로 이야기할 때면 목소리의 힘은 더욱 커집니다. 나이에 맞는 목소리가 있는 것은 아닙니다. 상황에 맞는 목소리라고 하는 편이 더 맞을 겁니다. 아까 우리는 자신의 목소리를 녹음해보았습니다. 일반적으로 가장 중간 톤의 자기 목소리를 2라고 생각해봐요. 그리고 1, 2, 3의 목소리가 있다고 구분해봅시다. 어떨 때 조금 더 톤을 높이나요? 어떨 때 톤을 조금 낮추나요? 사실, 나의 기본이 되는 목소리 톤을 정확히 파악하고 있다면 상황에 따라 세 가지 정도의 톤을 적절하게 꺼내 쓸 수 있습니다. 목소리가 직업인 저 같은 경우는 아홉 개 정도로 세분화해놓습니다. 어떤 진중함, 어떤 발랄함, 어떤 묵직함. 목소리는 수십 가지로도 나눌 수가 있습니다. 자신의 기본 톤을 한번 녹음해보고 들어보는 것이 좋습니다. 녹음해보면 내가 자주 쓰는 말의 톤과 표현이 들리게 되죠. 객관적으로 자신의 목소리를 평가할 수 있습니다. 호감을 주지 못하는 습관적인 추임새가 있을 수도 있고, 의외로 짜증 섞인 목소리일 수도 있지요. 우리, 자기 목소리 한번 들어볼까요?"

강하는 다시 한 번 녹음기를 대고 일일이 우리의 목소리를 녹음했다. 강하는 브릿지 타임을 시작하기 전 티룸에서 우리 목소리를 녹음해본 것과 비교해주었다.

"지금 녹음기 앞에서의 목소리는 조금은 공식적인 톤으로 들릴 겁니다. 아까 대화를 하는 자연스러운 상황에서는 톤이 조금 높지요."

"내 목소리, 좀 맘에 안 드는걸. 우아하지 않아. 근데 너무 나답다는 게 문제지."

빛자루 아줌마가 너스레를 떨었다. 맞다, 빛자루 아줌마다운 목소리다.

"목소리에도 색깔과 톤이 있습니다. 물론 목소리는 그 하나만을 가지고 이야기할 수는 없어요. 왜냐하면 특유의 제스처나 눈빛이 주는 힘이 있으니까요."

"그렇구나…… 맞다. 맞다…… 라는 말을 내가 이렇게 자주 하나?"

빛자루 아줌마가 깜짝 놀라며 말했다.

우리는 목소리뿐 아니라 자신이 습관적으로 자주 하는 말들을 발견했다.

강하는 작은 잡지사 편집자로서 경험한 인터뷰 기술도 덧붙였다.

"'소리'라는 이름의 잡지예요. 경영이 어려워서 1년에 몇 번 못 나온답니다. 잡지를 하면서 저는 사람과 사람이 만나는 인터뷰에 관심을 가졌습니다. 의외로 목소리가 중요한 역할을 하더군요. 처음 만나는 사람과 마음을 열고 대화하는 것은 참 어렵습니다. 그런데 인터뷰는 일정 부분 마음이 열려야 원활한 관계를 열어주거든요. 이때 목소리를 돕는 몇 가지 팁들을 익히면 유용하겠죠. 살면서 우리가 인터뷰이가 될 기회도 있지 않겠어요? TV에 나오는 명사들을 볼 때 어색한 시선과 손짓, 긴장 때문에 갈라지는 목소리로 신뢰도까지 반감되는 사람도 있어요. 그걸 보면 참 안타깝죠. 다른 사람에게 신뢰를 줄 수 있는 자신만의 목소리 톤을 기억하세요. 내 목소리의 기본 톤은 2번이에요. 이것보다 조금 낮고 단호한 나만의 1번 목소리, 가장 높은 톤의 3번 목소리는 조금 들뜬 분위기나 감정을 표현할 때 어울리겠죠. 과하지 않은 손짓, 너무 깜빡이지 않는 시선, 적절한 고갯짓, 그리고 무엇보다 중요한 것은 내용입니다. 자신 없는 이야기를 할 때면 불편하고 어색해지죠. 반면 이야기에 자신이 있으면 어눌해도 매력이 있답니다. 그리고 잊지 말아야 할 한 가지. 가장 중요한 건 이야기를 할 때가 아니랍니다. 바로, 상대방의 이야기를 들을 때지요. 이 사람이 괜찮은 사람이구나, 느끼는 순간은 진지하게 듣는 자세를 볼 때예요. 저는 아주 작은 잡지를 만들다 보니 인터뷰 시간을 대충 때우려는 사람들을 만나기도 해요. 그럴 때 그 사람들의 품격이 보이죠. 아무리 아름다운 목소리를 가진 사람이라도 그 인터뷰는 가짜가 되고 맙니다. 아이들과 이야기할 때도 눈을 맞추고, 그 아이의 이야기를 온몸과 마음으로 다 듣고 있다는 것을 표현해주면 존중받고 있다고 생각한다잖아요. 어른들의 대화도 다르지 않답니다. 소통이 잘 되면 마음이 열리고, 마음이 열리면 놀라운 변화가 생기지요. 하다못해 좋은 목소리와 좋은 태도는 단골집도 생기게 하고, 연애도 하게 하고, 덤이라도 하나 더 얻을 수 있게 하죠. 타고난 목소리가 얇고 가느다란 사람도 연습하고 의식하면 조금 더 두께감이 있는 목소리를 낼 수 있습니다. 대화에서 자기도 모르게 밴 안 좋은 습관도 고쳐나가면 바꿀 수 있습니다. 인터뷰나 사람들 앞에 나서서 말하는 자리는 공식적인 대화죠. 이런 경험이 쌓이면 대화의 기술은 늘어납니다. 그러나 이 기술보다 더 필요한 덕목이 있어요. 조금 거칠어도, 문맥이 매끄럽지 않아도 그 순간의 대화, 그 순간의 이야기를 소중하게 생각하는 사람이라면 그 말은 힘을 가집니다."

강하는 우리를 모두 일으켜 세웠다. 그리고 아랫배를 두드려보라고 했다. 작은 북을 두드리듯 우리는 리듬을 만들며 목소리를 내보았다.

"목소리는 목에서 나오는 게 아니에요. 아랫배에서 나오는 소리를 내세요. 몸을 따뜻하게 데워주는 것 같답니다. 뱃살이 붙지 않는다는 놀라운 소문도 있지요. 티아 할머니는 동네 아이들이 놀러오면 그림책을 읽어주시잖아요. 소리 내어 책을 읽으면 목소리에 힘이 생깁니다. 자신의 목소리도 귀로 듣게 됩니다. 잡념도 사라집니다. 티아 할머니는 아이들에게 책을 읽어주는 시간이 되면 글자 하나하나에, 이야기 속에, 그리고 아이들이 집중하는 그 고요한 순간 속에 살아 있는 에너지를 느낀다고 하셨지요. 그 낭독의 힘이 할머니의 건강 비법이기도 하다는 것을 압니다. 좋은 말, 아름다운 이야기를 하도록 집중하세요. 좋은 이야기를 입 밖으로 끄집어내면, 좋은 에너지가 우리의 배와 목과 뇌를 자극한답니다."

강하가 말을 할 때 우리는 모두 집중했다. 빗자루 아줌마도 추임새를 넣지 않았다. 그건 그녀가 우리를 응시하는 눈빛 때문인지도 모르겠다. 말하는 내내 강하는 한 사람, 한 사람을 응시하고 전체를 보았다. 어떻게 그것이 동시에 이루어지는지 모르겠지만, 나는 그녀가 고개를 끄덕일 때 나도 모르게 따라서 고개를 끄덕이고 있었다.

"말이 가진 힘을 믿으세요. 요즘은 소통이 중요하다고 말은 하지만, 생활에서 배우거나 노력하지는 않는 것 같아요. 어떻게 전화를 받고, 어떻게 말을 건네고, 어떻게 상대방을 설득할 것인지, 어떻게 저만치 있는 사람에게 내 마음을 전달할 것인지 고민하고 연구하며 다가가세요. 함부로 던지는 말은 다른 사람에게 상처를 주고, 생각 없이 던지는 말이 쌓이면 그 사람은 고립되고 말죠. 말과 표정을 나누는 방식, 이야기하는 방식, 시간을 나누는 방식, 공감을 나누는 방식을 생각하면 결국 상대를 배려하게 되고, 진심을 더 잘 전달할 수 있게 된답니다. 목소리와 말은 이어져 있습니다. 목소리에 신경 쓰는 사람이 말의 힘에 신경 쓰지 않는다면 좋은 옷을 입고 좋은 행동은 못하는 것과 같아요. 세상 밖으로 나오는 말은 나의 품격을 꺼내 보이는 것과 같지요. 잘 전달하세요. 그리고 잘 들으세요. 내 안의 목소리도, 타인의 목소리도 놓치지 마세요."

말은 목소리와 태도와 마음이 결합된 것이라고 강하는 말했다. 잘 듣고 잘 말하는 것만 해도 오해가 덜어지고 조금 더 가까워질까.

말은 마음에 스미고 인생에 스민다. 미워하는 말을 혼자 중얼거리다 보면 그 사람의 단점이 생명력을 가져 나를 공격하게 된다. 말은 소통하고 풀어내는 것이지만 이상한 에너지로 공격성을 가질 때도 있다. 나쁜 감정은 말이 되는 순간 새로운 분노로 발전하기도 하는 법이다.

가끔 나는 꿈을 꾸었다. 내가 커다란 주머니로 변하여 어느 날 팡, 하고 터지는 꿈이었다. 아마도 풍선처럼 터지면 부정적인 말들이 곳곳에 흩어졌겠지. 엄마는 내게 아버지 욕을 실컷 하고 나면 개운한 표정으로 마치 아무 일 없었다는 듯 저녁밥을 지었다. 나는 그 모든 비난과 힐난과 상처의 말을 들고 너덜너덜해졌는데 엄마는 언제 그런 일이 있었느냐 싶게 개운한 표정으로 변했다. 엄마가 한동안 집을 나가 있을 때 나의 귀는 비로소 편안해졌다. 비록, 엄마가 없는 삶이었지만 무능한 아버지와 말없는 오빠 사이에서 나는 침묵의 편안함을 느꼈다. 돌아온 그녀의 독설은 또다시 시작되었다. 너희 아버지는 무능하다, 게으르다, 한심하다, 나는 이렇게 살 사람이 아니다……. 내가 열아홉이 되어 독립했을 때는 전화로 이 내용을 되풀이해 들어야 했다. 이상하게도 엄마는 오빠에게만은 그런 말을 하지 않았다. 눈을 마주치지 않는 오빠 앞에서는 그녀도 말을 조심했다.

그날 밤, 우리는 티룸에 모여 앉았다. 나는 처음으로 가족에 관한 이야기를 꺼냈다. 그것은 내 오랜 짐이었다. 나는 자라는 내내 쓸모없는 아이일지도 모른다는 생각을 했었다. 그래서 어린 시절의 나는 최대한 눈에 띄지 않도록 늘 조그맣게 몸을 말아 웅크리고 있었다.

"모든 어른이 지혜로운 것은 아니야. 그녀도 삶의 버거움을 토해놓을 통로가 필요했겠지. 하필이면 그게 가장 가까이 있는 연약한 아이였다는 게 문제였겠지만. 연민을 갖되 그 속에서 헤어나와, 이제."

재이는 언제나 잘된다, 잘할 수 있다, 괜찮다는 이야기를 듣고 자랐다. 나는 재이가 어떤 어려운 상황에서도 스스로 중심을 잡는 능력이 그 긍정의 말에서 비롯된 거라고 생각했다.

"내가 결혼을 하지 않겠다고 결정했을 때, 엄마는 '됐다, 밥 먹어라' 했어. 몇 날 며칠을 굶고 있어도 더 먹으라 권하지 않았어. 그냥 침묵해줬어. 그게 참 고마워. 너무 힘들 때는 아는 척을 말아줬으면 좋겠다 싶거든. 믿고 기다려주는 침묵. 그게 백 마디 말보다 힘이 됐어."

"아, 나도 그런 엄마가 되고 싶어."

어린 엄마 차경의 말처럼 나도 누군가에게 그런 사람이 되고 싶다. 힘이 되는 말을 하는 사람, 혹은 말없이 힘이 되는 사람. 어쩌면 나도 언젠가는 오랜 불화를 끊고 엄마를 여자 대 여자로 이해할 수 있지 않을까, 그런 생각도 하면서.

푸념이 되면 안 돼. 이야기를 나누어야 해.

감정의 짐을 지워주면 안 돼. 친구가 안 되지.

마음속의 목소리를 들어보렴.

진심을 담은 통로를 열어보렴.

가끔은 침묵도 힘이 되는 법.

가끔은 말과 말 사이의 눈빛도

말이 되는 법.

티아 할머니의 노트 p.80

6th Bridge Time

편집,
한 권의 인생

사랑이라는 이름으로,
나는 완벽하게
실패로부터 보호되도록 키워졌어요.

그건 시도와 도전,
어쩌면 삶의 열정으로부터 분리되었다는 것과
같은 말이에요.

"아직 완성되진 않았어요. 다른 사람들보다

모든 것이 느리겠죠. 그것 또한 내가 감당할 무게란 걸 알아요.

나에게 인생을 편집한다는 것은

주인공이 나라는 것을 각성하는 것부터 시작되었어요."

guest 수효
편집자, 인생을 편집하는 여자

더운 여름을 무사히 넘겼다. 그리고 가을이 잠시 우리에게 왔다. 짧은 연애처럼 잠시 들뜨던 우리는 다시 웅크린다. 11월의 티아하우스 부엌은 무 조리는 냄새로 가득하다. 무는 갖가지 요리법으로 겨울 식탁을 지켰다. 티아 할머니의 환절기 대비책 중 하나인 무 도라지 정과를 먹는 계절이기도 하다. 할머니는 늘 '감기에 지지 않는 무도라지 정과'라고 불렀다. 그래서일까, 누구도 감기 때문에 힘들지 않았던 가을이었다.

나는 매달 한 명의 신부를 집중적으로 찍었다. 1월 20일의 신부는 키가 크고 마른 여자다. "결혼은 준비할 게 별로 없어요. 오히려 논문 때문에 여유가 없어요"라고 말할 때는 그 무심함이 조금 건방져 보이기도 했다. 나는 패기가 있는 젊은 아가씨들이 부럽다. 쉽게 발견되지 않는 덕목이니까.

그녀는 결혼식이 다가올수록 티아하우스에 더 자주 왔다. 한 번 오면 티아 할머니의 부엌에 오래 머물다 가곤 했다. 부엌 모임은 자연스럽게 빛자루 아줌마와 지안, 그녀의 친구 수하, 꽃집 여자 정원, 나와 재이가 모이곤 했는데 최근 들어 1월 20일 신부도 늘 함께 만나게 되었다.

"드레스도 다 맞췄고, 봄까지 더 살이 찌면 안 되니까 신부는 달콤한 것들은 먹지 마요. 오늘 내가 만든 빵은 괜찮을 거야."

빗자루 아줌마는 오늘도 한 바구니 가득 먹을 것들을 가져왔다. 요즘 빗자루 아줌마는 말린 채소를 넣은 효모빵을 만드는 데 집중하고 있었다. 말린 견과류나 채소를 넣은 빵은 달지 않았지만 풍미가 좋았다.

"요즘 결혼사진에 필요한 소품들을 고르고 있어요. 막상 결혼을 앞두고 있으니까 어떤 것도 쉽게 선택되지 않아요. 결혼을 생각하면 어떤 소품들이 있을까요?"

"가방. 아마 여러 번 싸고 싶을 거야."

너무나 태연한 빗자루 아줌마의 말에 우리는 웃음을 터뜨렸다. 1월 20일의 신부만 웃지 않았다.

"가방 하면 신혼여행만 떠오르는걸요. 우리는 매년 여행을 갈 거예요. 약속했거든요."

"가방의 개수가 달라질 거야. 아이를 낳으면 또 기저귀 가방 하나가 추가되지. 가방을 싸다가 여행을 포기하는 날도 올 거야."

"그래서 저는 아이를 낳지 않을 거예요."

"그것도 존중받아야 할 선택." 재이가 고개를 끄덕였다.

"여행을 못 갈까 봐? 뭐, 그건 그대의 선택이니까. 하지만 꼭 서로 합의가 돼 있어야 해."

바른 말 하기 좋아하는 빛자루 아줌마는 뭔가 불편한 인상이다. 가끔 이런 풍경을 볼 때가 있다. 결혼한 사람들과 결혼을 앞둔 사람들, 결혼과 거리가 있는 사람들이 모이다 보면 이상하게 서로의 다른 입장과 다른 생각들이 부딪힌다. 신부들은 결혼의 낭만적인 면만 듣고 싶어 할 때가 있다. 결혼한 사람들은 가끔 어른 노릇을 하고 싶을 때가 있다. 가끔은 그 불협화음도 재미있는 논쟁이 되기도 했다. 이때 주로 악역을 맡는 빛자루 아줌마가 "결혼의 진짜는 신혼여행을 다녀와 집에 여행 가방을 푸는 그 순간부터다"라고 초를 치는 멘트를 얹으면, 아직 낭만 속에 있고 싶은 신부들은 불편해한다. 1월 20일의 신부도 마찬가지인 듯 보였다. 그녀는 로맨틱한 순간을 최대한 느끼고 싶어 했다. 소녀같이 뾰로통한 신부의 얼굴을 보며 미소가 절로 지어졌다. 괜히 심술을 부린 빛자루 아줌마도 신부가 다른 방으로 건너가자 우리를 보고 눈을 찡긋했다.

"이것 봐, 결혼은 합의와 균형이야. 계약서를 쓰지는 않지만 아무리 좋은 계획도 서로 합의가 안 된다면 분란의 단초가 되지. 게다가 사람 마음은 자꾸 변하는 게 문제야."

"그래도 아직 유부녀도 아닌데, 기분 좀 맞춰주시지."

마음에 담아두지 못하는 걸로 우주 최고인 재이도 결혼식을 앞두고 감정이 오르막 내리막을 달렸다고 했다.

"어떤 날은 내 마음이 인생을 끝까지 살아본 것처럼 자신만만하다가, 또 어떤 날은 지금 당장 도망가고 싶을 만큼 모든 게 불확실하고 그랬어. 뭔가 불안한 예감은 더더욱 증폭되지. 그러다가 빵! 하고 터졌지."

"무슨 일로?"

궁금한 건 못 참는 빗자루 아줌마가 이 대목에서 그냥 넘어갈 리 없었다. 모두들 재이를 흘깃 바라보았는데, 의외로 재이는 담담했다.

"나는 결혼하기에 좋은 조건을 가진 여자. 하지만 그 사람 곁에는 또 한 명의 여자가 있었던 거죠. 조건은 아쉽지만 마음이 끌리는 여자. 이 신파 같은 사실을 알게 되었을 때 오히려 안개처럼 답답했던 시야가 선명해졌어요. 그 사람은 결혼의 가장 우선 조건인 진실함에서 결격 사유를 가진 거예요."

무엇이든 심플한 것을 좋아하는 재이는 복잡한 상황을 오래 방치해두지 않았다.

"그건 그냥 나에게 던져진 공 같은 것이었어요. 그 공을 오래 가지고 있는다고 해서 더 현명한 결과를 얻을 수 있는 건 아니죠. 나는 그 공을 다시 던졌어요. 판단은 언제나 신속하게, 그리고 후회 없이. 그뿐이에요. 1년쯤 지나니까 별일 아닌 일이 되던걸요."

결혼을 앞두고 예민한 날이 많았던 재이가 생각났다. 그때는 내가 그 아이의 이야기를 들어줄 여유가 없었다. 아마 그녀도 나에게 조언을 구할 필요는 못 느꼈을 거다. 판단은 스스로 하는 것이기에. 가끔 우리는 누군가에게 자신의 결정을 지지해달라고 말하기도 하지만 그럴 때도 결국 최후의 결정은 스스로가 한다.

"오늘 브릿지 타임 주제는 편집이던가요?"

다시 1월 20일 신부가 부엌에 들어왔다. 빗자루 아줌마가 "결혼하기 전에 정리가 필요한 건 허릿살이 아닐까?"라고 묻자 그녀는 "괜찮아요. 티아 할머니가 잘 가려주시겠죠" 하며 금세 깔깔 웃었다.

"긍정적이라 결혼 생활은 잘하겠네."

빛자루 아줌마가 슬며시 덕담을 건넸다.

티아하우스에는 구석구석 책이 자리하고 있었다. 티아 할머니는 책을 덮는 것도 중요하다고 했지만 나는 이곳의 책들을 사랑했다. 요리 책들은 팬과 주걱이 있는 부엌에 자리를 차지하고 있었다. 2층에서 3층으로 올라가는 모퉁이에 있는 책은 한 달에 한 번 종류가 바뀌었다. 처음에 이 작은 변화를 알았을 때 수효에게 물었다. 그녀는 티아하우스의 책을 담당하고 있었다.

"아주 작은 기준이 있죠."

계절에 따라, 밤과 낮의 길이에 따라, 그리고 브릿지 타임의 주제에 따라 위치를 바꾼다고 했다. 우주에 관한 책, 색과 어둠에 관한 책, 마음을 읽는 책 그리고 마법과 정원에 관한 책들은 이곳에서 저곳으로 서서히 움직인다고 했다.

"별의 흐름처럼."

수효는 짧게 덧붙였지만 진심으로 이 과정을 좋아하는 것처럼 보였다. 티아 할머니가 나에게 사진 기록자의 자리를 준 것처럼 그녀에게는 티아하우스의 사서 자리를 내어준 것이다. 책이 조금씩 움직이고 있어서 즐겁다고 말했더니 그녀는 그 작은 부분을 발견해줘서 오히려 고맙다고 했다. 그렇게 웃는 모습은 처음 보았다. 나도 아무도 모르게 숨겨놓은 사진 속 장치들을 알아봐주는 사람을 만나면 온종일 설렜다. 그 사람의 세계를 알아봐준다는 것은 그 사람의 존재를 다시 빛나게 해준다. 그날 나는 티아하우스 안에 수효라는 여자가 만든 세계가 있다는 것을 알았다. 다른 사람들이 알든 모르든 그건 중요하지 않았다. 티아하우스를 방문하는 몇몇 여자들은 자신의 세계를 하나씩 만들어놓았다. 수효의 세상은 책을 읽는 사람의 세상과 만났다.

"어떤 날은 연애소설이 우주의 기원과 섞이고, 어떤 날은 추리소설이 철학 책과 만나게 해요. 표지 컬러도 중요하죠. 왠지 모르게 함께 읽고 싶도록 배열해요."

이번 브릿지 타임의 주제는 수효가 낸 아이디어였다. 우리는 그녀가 예전에 편집과 관련된 직업을 가졌으려니 생각했다.

"책을 편집하는 것은 아니에요. 내 인생의 편집자가 되려 하죠. 이제야 겨우."

수효는 편집은 인생의 열쇠를 스스로에게 쥐여주는 것에서 시작한다고 했다.

"편집자나 기획자는 어떤 프로젝트가 주어졌을 때, 그 일을 관통하는 맥락을 잡는다고 합니다. 권한을 가진다는 거죠. 맥락을 정하면 방향이 나오고, 그에 따라 불필요한 것과 필요한 것을 판단하게 됩니다. 수많은 정보 속에서 내가 원하는 것을 색깔과 순서, 취향에 따라 재조합하는 힘, 그것이 편집의 힘이죠. 재조합되었을 때는 과거도 현재도 아닌 전혀 새로운 세계가 만들어지죠. 그 세계를 발견해나가는 기쁨을 나누고 싶어요."

나는 수효의 화법이 좋았다. 무심한 눈빛도 그녀에게 어울렸다.

지안은 수효에게 어떻게 편집에 관심을 두게 됐느냐고 물었다.

"부모님은 작은 소도시에서 가장 유명한 분들이죠. 많은 재산을 가졌지만 검소했고, 기부에도 인색하지 않았어요. 언제나 정확하고 옳은 사람이었죠. 특히 장녀인 나를 무척…… 사랑하고…… 무조건 도와주고 싶어 하셨어요. 나는 어렸을 때부터 내 방 청소를 해본 적이 없어요. 언제나 대신, 모든 걸 다 해주셨죠."

그녀는 편집 이야기를 하다 말고 자신의 이야기를 꺼냈다.

"역시 부잣집 따님들의 세상은 달라. 우리는 맨날 방 안 치운다고 혼났었잖아."

빗자루 아줌마의 너스레에도 수효는 웃지 않았다.

"유능한 사람들도 실수를 하죠. 그런 사람들이 실수를 하면 결과가 더 나빠요. 세상에 대한 지혜를 가지고 있다고 착각하니까. 특히 자식들에게 실패 없는 지름길을 내주고 싶어 하죠. 사랑이라는 이름으로. 나는 완벽하게 실패로부터 보호받으며 키워졌어요. 그건 시도와 도전, 어쩌면 삶의 열정으로부터 분리되었다는 것과 같은 말이에요. 청소만 안 한 게 아니에요. 나는 어른이 되도록 내 책장을 내가 배열한 적이 없었어요. 가방을 싸는 것, 숙제를 하는 것, 대학을 정하는 것, 남편을 정하는 것까지. 이해가 되나요?

나는 내 인생을 살아볼 기회가 없었어요."

수효는 슬프지도 즐겁지도 않은 애매한 표정으로 서 있었다. 그녀는 고해성사는 아니라고 말했다. 먼발치에 앉아 빗자루 아줌마와 은식기를 닦고 있던 티아 할머니는 조용히 고개를 끄덕였다. 지안은 티아 할머니 대신 말을 이어갔다.

"지금의 당신은 자신의 인생을 살아가는 힘이 있잖아요. 오히려 그런 환경을 인정하고 껍질을 깨고 나올 생각을 했다는 게 대단해요. 어쩌면 그건 당신이 모르는 부모님의 또 다른 유산일지도 몰라요."

수효는 서른 살이 넘어 사춘기를 경험했다고 했다.

"그건 독립의 첫 번째 몸부림이죠. 나는 내가 몸만 커버린 아이라는 것을 인정했어요. 뭔가 쓸모 있는 사람이 되자. 내 인생의 큰 틀과 작은 순서를 내가 정하는 연습을 시작했어요. 실패해보고, 시도해보는 시간을 경험했죠. 아직 완성되진 않았어요. 다른 사람들보다 모든 것이 느리겠죠. 그것 또한 내가 감당할 무게란 걸 알아요. 나에게 인생을 편집한다는 것은 주인공이 나라는 것을 각성하는 것부터 시작되었어요."

수하의 편집은 직관에 가깝다고 했다.

"내 감정을 운동장에 내려놓아요. 음표가 따라붙죠. 아, 나 이렇게 말하니까 천재 같은데?"

수하는 깔깔 웃었다. 수하는 늘 고치지 않고 단번에 써 내려간 첫 번째 직관이 옳다고 했다.

지안에게 인생의 편집은 명쾌한 테마에 가깝다고 했다.

"나는 늘 심심한 밥과 간이 적절한 나물 반찬 같은 인생을 살고 싶어요. 그래서 자연을 열심히 탐구해서 좋은 재료를 보는 눈을 키우고, 함께 음식을 나누고 싶은 좋은 사람들을 만나고 싶어 했죠. 요리를 대하는 내 마음은 인생을 대하는 내 방식과 다르지 않아요. 일의 우선순위를 정하고 잡맛을 없애고 좋은 재료, 좋은 감각, 좋은 사람들을 더하죠. 기준이 명확하면 인생이 심플해져요. 복잡하지 않죠."

수효는 자신의 인생이 한 권의 얇은 책처럼 편집되기를 바란다고 했다. 목차만 봐도 납득이 가는 삶. 그래서 아직은 더하기보다는 빼기에 주력하고 있다고 했다.

"내 인생의 큰 틀을 세우고, 그 주제에 걸맞지 않은 것을 삭제해보려고 합니다. 이건 아닌데, 하면서 끌려왔던 인간관계도 여기에 포함됩니다. 이건 아닌데, 하면서 끊을 수 없었던 습관도 포함됩니다. 잘 정리하는 법은 잘 버리는 법을 아는 것이라고 생각합니다. 잘 버리려면 우선순위를 정해야겠죠. 지금 나에게 필요한가, 미래의 나에게 필요한가. 우리는 과거 나에게 필요했던 감정에 연연하기도 합니다. 물건도 마음도 추억이라는 이름을 끌고 와서 차마 버리지 못하고 현재의 내 공간을 점유하지요. 더러는 몇십 년이 넘도록 아무 의미 없이 남아 있고요."

1월 20일의 신부의 세계는 확장 중이라고 말했다. 그녀의 인생은 모으고 합하는 과정을 거듭하고 있다고 했다.

"지금의 나는 풍요로운 책이 되고 싶어요. 때로는 설명도 자세한 책, 그림도 다채로운 책, 재미있는 책, 설레는 책이 되고 싶어요. 연애의 기억들도 다 삭제하고 싶지는 않아요. 그 길 위에서 이제 결혼을 하는 거니까. 아직은 그 과정을 거치고 있는 내 인생 앞에 또 어떤 일이 펼쳐질지 흥미진진하니까요."

수효는 이제 만나고, 충돌하고, 확장과 소멸을 거듭하며 새로운 우주가 탄생하는 편집을 통해 한 권의 책처럼 개인의 역사가 쓰인다고 말했다.

"한 권의 책처럼 우리의 인생은 이미 반 이상이 쓰였지만, 여기서 포기하면 안 되지요. 아무도 거들떠봐주지 않을지라도 내 인생의 책은 극적으로 달려갑니다. 지금부터가 중요합니다. 반전은 미리 등장하지 않아요. 후반전을 앞두고 나타나거든요. 맥락을 찾고 테마를 정하고 뺄 것과 더할 것의 순서를 정하되 인생의 아름다움을 잃지 않는 것, 이것이 편집의 묘미가 아닐까요. 부디 내 인생의 편집자가 되어 다채로운 한 권의 책 같은 인생을 다시 써보시기 바랍니다. 그리고 기대와 설렘을 가슴에 품고 삽시다. 저는 저 자신에게 가끔 질문합니다. '자, 다음 페이지가 어떻게 펼쳐지기를 기대하니?'"

수효는 가끔 '알로하!'라고 인사를 건넬 때가 있었다. '알로하'는 그냥 '안녕하세요'가 아니다. 이 순간의 기분을 함께 나눈다는 의미라고 한다. 오늘 이 순간의 기분은 내 인생을 새롭게 편집하고 싶어지는 '설렘'이다.

나는 무대 위에 놓인 수많은 책을 카메라에 담았다. 책 한 권과 한 사람의 인생이 이어진다면 내 인생은 어떤 책에 가까울까. 나는 정말 심심한 책 한 권을 쓰고 있다. 오늘 이곳에 온 겨울 신부들은 인생의 가장 낭만적인 한 페이지를 채우는 중일까?

누군가는 오늘 집으로 돌아가 결혼 전 자신의 인생을 편집할 것이다. 가슴에 묻을 추억과 남겨놓을 추억을 분류해볼 것이다.

가끔은 가벼워질 필요도 있는 것 같다. 나는 몇 년 동안 통화하지 않은 전화번호를 몇 개 삭제했다. 그리고 몇몇 이름에게는 안부를 물었다. 아마도 내 마음에 그들을 편집하고 싶지 않은 이유가 있지 않았을까. 통화 한 번 안 해도 주소록에 남겨두고 싶은 인연도 있는 법이다. 인생의 편집은 다시 생각하고 다시 가다듬기의 반복이다.

티아하우스를 나와 조금 걸었다. 11월이 주는 서늘한 무게감이 느껴졌다. 오늘 밤은 집까지 걸어갈 것이다. 중간에 버스를 타기도 하겠지만, 몇 정거장 앞에 내려 또 걸을 것이다. 여전히 공기는 차고 며칠 전 내린 눈이 녹지 않았지만, 나는 내 인생의 책에 '천천히 산책하다'라고 한 줄 쓰고 싶은 모양이다.

인생의 가벼움을 위해 무엇을 버릴 것인가?

인생의 행복을 위해 무엇을 얻을 것인가?

다음 페이지를 위해 나는 무엇을 할 것인가?

티아 할머니의 노트 p.98

가을 쉼표

아직도 우리를
설레게 하는 것들

가을의 티아하우스는 사과 냄새가 가득했다. 티아 할머니는 아기 주먹만큼 작은 산사과를 좋아했다. 산사과는 식탁 위에 오래 두고 먹어도 달콤했다. 시간이 더 깊은 향을 주었다. 토마토의 계절이 지나면서 티아하우스의 아침 접시에는 늘 사과가 놓였다. 처음에 나는 늘 껍질을 벗겨 먹었다. 티아 할머니는 껍질 그대로 사과를 베어 먹었다. 가끔은 사과를 얇게 저며 빵 위에 올려 먹기도 했다. 12월 30일의 신부 고요는 나와 다른 방식으로 사과를 깎는다. 나는 사과 껍질을 다 깎은 다음 한 조각씩 자르고, 고요는 먼저 사과를 네 조각으로 나눈 다음 다시 나누기를 반복한다. 빗자루 아줌마는 껍질째 쪼갠 다음 맨 마지막에 껍질을 깎는다. 사람마다 주어진 일의 순서가 다르다. 그런 건 쉽게 바뀌지 않는다. 자기 몸에 최적화된 습관이기 때문이다.

몸이 기억하는 행동은 얼마나 많을까. 몸이 기억하는 것은 쉽게 버려지지 않는다. 운전을 하는 것, 수영을 하는 것, 자전거를 타는 것, 뜨개질을 하거나 바느질을 하는 것……. 티아 할머니는 사람의 손이야말로 창조의 근원이라고 말했다.

"우리 손이 하는 일이 많아야 해요. 손이 생각하게 해야 해. 피아노를 치고, 꽃을 가꾸고, 정갈한 살림을 해내지. 게다가 얼마나 부지런하게 움직이는지. 여자들의 손이 살림을 피어나게 하고 사람과 사람 사이에 온기를 흐르게 하지. 손을 많이 움직여요. 글을 쓰거나, 그림을 그리거나, 빨래를 널거나 움직이는 손은 작은 세계를 하나 창조하는 거예요. 그러니 자주 들여다보아야 해요. 쓰다듬어주고, 아껴줘요. 건강한 노동을 한 후에."

가끔 티아 할머니는 하던 일을 멈추지 않고 이야기를 한다. 그리고 다시 고요히 손을 움직이는 일 속으로 빠져든다. 연필로 글을 쓰기도 했지만 경쾌하게 자판을 두드리며 노트북에 메모를 남기기도 했다.

나는 여전히 기록자이자 관찰자다. 아직은 이곳의 삶을 그저 바라보는 여행자. 그들의 삶으로 훌쩍 뛰어들지도 못한다. 여행자들은 그저 몇 장의 엽서만 살 것이다. 고통이라는 이름의 엽서, 열망이라는 이름의 엽서, 결국 내가 맛보지 못할 것 같은 사랑이라는 이름의 엽서. 나는 삶에 정착하여 경험하고 깨지고 부딪히는 대신 어슬렁어슬렁 그 언저리를 산책하고만 있는 것이다. 멀리서 바라보는 삶은 아름답다. 안경을 벗고 바라보는 세상처럼 선명하지 않아서. 어쩌면 나는 비겁한 사람이다. 그렇게 서른다섯 해를 살아왔다. 그래도 지금은 그들의 이야기를 듣는다. 나와는 전혀 다른 이야기로부터 나와 같은 감정을 얻는다. 조금씩 조금씩 다가선다.

12월 15일의 신부, 나는 그녀를 '고요'라고 부른다. 그녀가 노래를 불렀을 때, 우리는 그녀에게 빠져들었다. 물기가 스며 있는 듯한 목소리. 티아 할머니와 지안이 가을밤을 위한 간식을 만드는 동안 우리는 정원에서 고요의 러브 스토리를 들었다.

"나는 밤 비행기를 타고 적도를 날아갈 때 행복해요. 시간을 날아가는 기분이 드니까요. 밤 비행기에 타기 전날 좋아하던 사람이 편지를 줬어요. 비행기를 타고도 한참 동안 그 편지를 열어보지 못했죠. 혹시, 이별의 편지일까 봐. 불이 꺼지고 사람들이 모두 잠잘 때 편지를 열어보는데, 내가 새로운 세계로 떠나고 있다는 걸 알아챘어요."

모두들 지금 막 밤 비행기를 탑승한 듯 기꺼이 이야기 속으로 빠져들고 싶은 가을밤이다.

"스튜어디스에게 와인 한 잔을 가져다달라고 부탁했어요. 모두들 자고, 조명이 달빛처럼 편지 위로 떨어지는데 가슴이 떨려왔어요. 아주 오랫동안 좋아한 사람이었거든요. 공간을 뚫고 시간을 뚫고 그 사람의 마음과 내 마음이 만나고 있다는 확신이 들었어요. 그리고 그에게 답장을 썼어요. 글씨가 흔들렸고 와인을 조금 엎지르기도 했는데, 그 또한 내 마음 같았어요."

여자들은 가장 편안한 자세로 고요의 이야기를 들었다. 나도 푹신한 쿠션에 몸을 기댔다. 열어둔 창으로 가을 달빛이 길게 들어왔다. 마치 우리 모두 밤 비행기를 타고 적도를 날아가는 것 같았다. 때로는 특별한 장소가 감정을 증폭시킨다. 평소에 몰랐던 떨림과 설렘도 발견한다. 놀랍게도 비행기나 기차, 버스 안에서 사랑이나 이별의 감정이 더욱 커졌다는 이야기를 들을 수 있었다. 나는 딱 한 번의 연애와 서너 번의 이별을 경험했다. 그중에는 기차에서 헤어진 사람도 있다. 그와 연애를 한 것은 아니었다. 아주 오랜 시간 그를 마음에 두었을 뿐이다. 그가 나를 돌아봤던 것은 한두 달 정도였을 것이다. 나는 그 짧은 인연을 오래 붙잡고 있었다.

낯선 도시에서 그를 다시 만나게 되었을 때 그는 나에게 따뜻한 밥 한 끼와 차 한 잔을 사주었다. 그리고 서울로 올라가는 기차표를 내게 쥐여주었다. '서울행'이라고 쓰여 있었다. 기차가 막 떠날 때 그는 영화 속의 한 장면처럼 손을 들어주었다. 그걸로 끝이었다. 오래된 인연이 비로소 각자의 길로 멀어져 갔다. 생각해보면, 나는 그 짧은 만남과 흐지부지 끝내버린 마지막을 미련스럽게 잡고 있었다. 끝나지 않았다고 생각한 것은 나의 일방적인 억지였다. 부끄러웠지만 정리가 되었다. 그날 비가 왔던가. 모든 이별에는 적당한 풍경이 필요하다. 나는 그날의 기억을 이별이 아닌, 작별이라고 부르고 싶다. 그건 내 마음에 대한 작별이었다. 나도 누군가에게 소중한 사람이었다고 믿고 싶었으나 그렇지 않았다. 나는 드넓은 밤하늘을 날아가고 있는 내 마음의 끝을 바라보았다.

이제 그만.

조용히 그 마음을 불러들였다. 나는 '서울'로 돌아왔다. '나'로 돌아왔다.

끝을 확인하기에 적절한 것이 기차다. 천천히 멀어지기 때문에 작별의 확신이 더욱 분명해진다. 나에게도 밤 비행기를 타고 올라 하늘의 천장까지 닿을 것 같은 벅참을 느낄 수 있는 날이 올까, 잠시 기대해본다.

"기회가 있어요. 누군가 밤 비행기를 타고 떠날 때 당신이 고백을 하면 되겠군요. 고백을 반드시 받아야 하나, 해버리면 되지."

빗자루 아줌마다운 방법이다. 12월 20일의 신부와 11월 30일의 신부는 눈을 반짝였다.

"그래서 그 사람과 결혼하나요?"

우리는 모두 이 아름다운 러브 스토리의 엔딩을 위해 그녀에게 주목했다. 그녀는 숨을 한 번 고르고 가볍게 고개를 가로저었다. 모두 웃음을 터뜨렸다. 증폭된 사랑은 비행기에서 내리자 환상의 날개를 접어버린 것이다.

가을밤이 깊어갈수록 세상의 모든 것이 제가 가진 색과 향을 드러냈다. 티아 할머니는 티룸의 창을 열어젖혔다. 달의 향기가 풍겨 들어왔다. 달빛이 마당의 조명과 섞여 아지랑이처럼 따뜻해졌다. 할머니는 모두에게 따뜻한 국화차를 돌렸다. 언제나처럼 한 사람마다 작은 트레이 위에 티 포트와 찻잔 그리고 빗자루 아줌마가 구운 달지 않은 쿠키가 놓였다. 우리는 예쁜 선물을 받아 든 여자아이들처럼 기분이 좋아졌다. 나도 작별을 고했던 밤기차의 기억을 내려놓았다. 그 순간 여자들의 티룸은 이야기 속의 밤 비행기처럼 아늑해졌다.

오늘을 살아가는 사람들은 모두 고요히 잠들고, 아름다웠던 한때를 이야기하는 우리만 깨어 있는 그 순간. 우리의 이야기만, 새벽에 들은 고백의 말만 오롯이 살아나 심장을 간지럽혔다. 생명력이 짧아도 괜찮다. 그 순간의 진심은 그것만의 가치가 있는 법이다. 변덕도 아니고, 변심도 아니다. 공간이 잠시, 우리에게 선사한 마법 같은 이야기. 티아하우스에서나 가능한 추억담이다. 사랑은 우주적 테마라서 우리를 몽상에 잠기게 한다. 참으로 기묘한 경험이다.

티아하우스의 브릿지 타임은 정해진 시간에만 펼쳐지는 게 아니었다. 여자들은 누구나 자리 하나만 있으면 이야기를 펼쳐놓았다. 그때마다 우리는 이야기하고, 노래하고, 몸을 움직였다. 그리고 앉아 간식을 먹거나 차를 마셨다. 옹이가 그대로 보이는 소박하고 단순한 나무 탁자에 둘러앉아 빛자루 아줌마의 쿠키를 맛볼 때면 마음이 스르르 열렸다. 내가 좋아하는 아줌마의 쿠키는 가을 쿠키다. 가을에 태어난 사람에게 기운을 주는 쿠키라고 했다. 나는 그 말을 그냥 믿고 싶다. 가끔은 어떤 사소한 물건이 가까운 사람보다 더 큰 위안이 되기도 한다. 마음의 사치다. 삶에 꼭 필요한 필수품만을 사고, 낭비를 싫어하지만 가끔은 작은 사치를 즐길 줄도 알게 되었다. 그것도 티아하우스를 방문하면서부터 생긴 변화다.

빛자루 아줌마의 쿠키들은 모두 이야기가 있었다. 은색과 민트색이 섞인 쿠키 상자도 마음을 끌었다. 계절 쿠키의 종이 상자에는 숙녀와 어린 소녀의 그림이 있었다. 가끔 그 숙녀는 서른다섯 즈음의 내가 되기도 한다. 서른다섯 즈음의 내가 꿈꾸는 나의 모습. 그녀의 어린 딸은 손을 맞잡은 엄마처럼 여유롭고 따뜻한 여자가 되겠지, 나는 쓸데없는 상상까지 하며 빛자루 아줌마의 계절 쿠키를 기다렸다. 가을 쿠키 중에서도 내가 가장 좋아하는 쿠키는 단풍잎 쿠키다. 꽃집 여자 정원의 노트에서 아이디어를 얻은 단풍잎 쿠키는 티아 할머니가 보성에서 가져온 여름 녹차와 같이 마시면 더 좋았다. 내 몸속에서 다른 색깔, 다른 계절이 섞이는 듯한 묘한 기분이 들었다. 우리는 모두 각자의 생일에 맞춰 쿠키를 먹었다. 지안은 검고 뜨거운 커피를 내려 재이와 함께 겨울 쿠키를 나눠 먹었다. 그 둘은 겨울에 태어났다. 빛자루 아줌마는 겨울 쿠키를 만들 때 용기와 지혜를 밀가루에 가득 뿌렸다고 농담을 했다. 재이는 용기와 지혜로 무장된 씩씩한 공주처럼 겨울 쿠키 위에 가득 내려앉은 슈거파우더를 장난스럽게 베어 물었다.

"나는 칭찬에 정말 약해."

쿠키 아티스트가 된 빛자루 아줌마는 오늘따라 신이 났다. 잘 먹어주는 것만으로도 뿌듯해지는 엄마 마음이 든다고 했다.

"봄 쿠키에는 다시 사랑할 수 있는 부드러움을 넣었지. 여름 쿠키는 차가운 커피와 어울리게 더 담백하게 만들어야 해. 여름에 태어난 사람들은 열정적이니까 열정 쿠키라고 할까. 요즘은 비 오는 날 혼자 먹는 쿠키 맛을 연구 중이야. 가을 쿠키는 곡식과 열매가 듬뿍 들어가지. 크랜베리를 듬뿍 넣은 연애와 프러포즈의 쿠키야. 예쁘지? 나는 나이가 들수록 예쁜 게 그렇게 좋아. 뭐든 작고 소소한 것들이 예뻐. 겨울 쿠키는 올 한 해도 멋지게 잘 보냈다고 응원하는 쿠키야. 더 부드럽고 고소해야지. 몸에도 나쁘지 않아야 하고. 내 부엌에서 이런 예쁜 것들이 따뜻하게 구워지고 있다고 생각하면 나도 괜찮은 여자가 된 것 같아."

빛자루 아줌마는 특히 티아 할머니의 칭찬을 들으면 더 신이 나는 것 같았다. 티아 할머니가 엄지손가락을 조용히 치켜들 때면 소녀처럼 뺨이 발그레해졌다.

"이 사람의 쿠키는 보통 쿠키가 아니라니까. 내가 빛자루 아줌마의 소원을 담아 마법을 조금 넣어놨거든."

티아 할머니도 한마디 거드셨다.

두 사람의 이야기를 들으면 나는 잃어버린 어린 시절이 다시 내 무릎 위로 따뜻한 담요를 덮어주는 것 같다. 확신과 용기, 다 잘할 수 있다는 어른의 격려 같은 것들이 선물 상자에 가득 들어 있는 것만 같다. 비난받지 않고, 서두르지 않고, 차근차근. 나도 행복할 수 있을 것 같은 확신이 있는 세상. 그 속에 나도 한 발쯤 들어서 있는 것 같다.

어떨 때는 모르는 사람의 위로가 힘이 된다. 때로는 잘 아는 사람의 칭찬이 성장을 돕는다. 꽃집 여자 정원이 팔다 남은 꽃들을 한가득 가져와서 유리컵과 그릇마다 꽂았다. 활짝 핀 꽃도, 막 시들어가는 꽃도 함께 어우러져 아름답다. 눈부시게 아름답다.

나는 나를 위한 위로가 필요하다. 나만을 위한 쿠키 상자처럼. 슬픔을 한 입 베어 물면 그 슬픔을 극복할 수 있다는 희망이 혀끝에 닿는, 긍정의 에너지가 가득한 선물이 필요하다. 내가 했던 사랑은 모두 어리석고 외로운 놈들이었지만, 앞으로 내가 만날 사람들은 그렇지 않을 것이다. 빗자루 아줌마가 만든 가을 쿠키는 연애와 프러포즈의 쿠키라니까, 그걸 믿어본다.

나는 티아 할머니의 노트를 껴안고 잠을 청했다.

아닌 것은 온몸으로, 온 마음으로 거부해도 좋아.

당신을 함부로 판단하려는 모든 것들과 화해하지 마라.

맞서라. 타협이 되지 않으면 잠시 멀어져 있어라.

서로가 서로에게 존중을 배워야 한다.

애정이 담기지 않은 충고는

무시해도 괜찮다. 그건 그저 비난일 뿐이니까.

티아 할머니의 노트 *p.99*

매듭,
끝과 시작

청춘은 그렇게 천방지축 부딪히다가
어느 날
닻을 내린다.

쓸쓸해져서, 혹은 시간이 다 되어서.

"저는 어렸을 때 머리를 땋아주던 엄마의 손길을 기억합니다.
그때 매듭을 짓는 엄마의 손길과 눈길을 떠올려봅니다.
세상에서 가장 귀한 것을 대하는 마음, 그것이었겠지요."

guest 그녀
12월 21일의 신부, 출발선에 선 여자

오빠를 만나고 돌아왔다. 오빠는 공부를 잘했었다. 그에게는 불행이었다. 가난한 집안의 공부 잘하는 아들에게는 미래가 정해져 있다. 고시를 보거나, 대기업에 일찍 입사하거나. 오빠는 전자를 선택했다. 그에게는 운이 부족했다. 여러 시험을 유랑했다. 그러니 아무것도 되지 않을 수밖에. 늘 빛나던 그의 눈도 흐려져갔다. 나는 매년 오빠의 마른 어깨와 굽은 등을 만났다. 약간의 용돈을 잠바 주머니에 넣어놓고 돌아왔다.

어렸을 때, 엄마가 우리를 두고 몇 년 집을 떠나 있을 때 오빠는 나의 유일한 보호자였다. 어두운 밤길 버스 정류장 앞에서, 비 오는 날 우산을 들고서, 한참 큰 어른처럼 나를 기다렸다. 중학생 때였나. 하는 일마다 풀리지 않던 아버지는 술을 마시는 날이 점점 많아졌다. 아버지가 교과서를 모조리 빗속에 던져버렸던 날, 오빠는 말없이 찢어진 책을 한 장, 한 장 말려놓았다. 다정함을 배울 수 있는 환경은 아니었지만 나는 오빠의 따뜻함을

알았다. 그냥, 가만히 느꼈다. 그리고 그 따뜻함 속에 지쳐버린 차가움도 알
았다. 엄마가 돌아왔을 때 오빠는 "엄마"라고 부르지 않았다. 지금도 오빠
는 엄마의 안부를 묻지 않는다. 따뜻함을 채워나가기에는 그의 일상이 너
무 추웠다. 오빠를 만나고 돌아오는 날에는 나도 추웠다. 엄마는 돌아와서
열심히 살았다. 하지만 보상받을 수 없었던 유년 시절의 기억까지 덮히지
는 못했다.

　나에게 남자는 오빠와 닮은 사람이거나, 다른 사람이거나 두 종류였다.
경제적으로 무능했던 방랑가 아버지와 달리 오빠는 성실했다. 성실함이 세
상에서 빛을 발할 수 없다는 것은 슬픈 일이다. 나는 가끔 오빠의 신부를
만난다면 어떤 생각이 들까, 상상해보곤 했다. 두꺼운 책 속에 숨겨져 있던
그녀의 사진을 보며, 사랑했던 그녀와 이어질 수 있었다면 그의 인생은 달
라졌을까, 종종 생각했다.

　연말이 되면 티아하우스에서는 손편지를 쓰는 시간이 있다. 모두 모여
앉아 연하장을 만들었다. 새로 온 신부들도 몇 보였다. 그렇게, 그녀를 만났
다. 티아하우스에서, 12월 21일의 신부인 그녀를. 안경을 벗었지만 나는 금
세 그녀를 알아보았다. 오빠의 방에서 발견했던 사진 속의 그녀. 바닷가에
서 머리카락을 날리며 웃던 그녀, 잘 웃지 않는 우리 오빠를 웃게 하던 그
녀. 그녀는 나를 알지 못한다.

　"안녕하세요?"

　목소리가 참 좋다고 생각했다. 빗자루 아줌마와 이야기하는 그녀의 옆모

습을 바라보며 나는 반가웠다.

당신이군요. 그 외로운 남자를 잠시, 행복하게 해주었던 마법을 부렸던 그 사람.

그들의 사연 따위는 궁금하지 않다. 사실, 나 자신도 사랑이라는 것에 대해 말할 것이 없다. 나는 언제나 사랑을 상상했었다. 외롭던 어린 시절, 그 누구도 나를 돌아봐주지 않던 그 시절에도 나는 사랑이 현실로 일어날 거라고 믿지 않았다. 그것은 아무 근심 걱정 없는 아이들의 몫이었다. 누군가를 좋아하던 시절에는 머뭇거리다 놓쳐버렸다. 나는 제대로 시작하는 법도, 끝내는 법도 몰랐다. 그때, 모든 노래가 내 마음을 읽었다. 모든 노랫말들이 나에게로 달려왔다. 길을 걷다가 나는 한 번씩 몰래 울었다. 그 사람과 함께 걷던 길을 다시 걷는 것만으로도 좋았던 시절이 있었다. 처음으로 내게 따뜻함을 주었던 그 사람과 처음으로 사랑받던 내가 아직도 그곳에 있을 것만 같아서 기다리고 또 기다렸다. 그런 날 밤이면 나를 향해 웃던 예전의 그가 꿈속에 찾아왔다. 누구에게나 있는 그렇고 그런 이야기. 그리고 지금은 까맣게 잊었다. 그래서 사람의 인연은 끝이 나면 되돌릴 수가 없다. 마음은 다시 붙여 쓰기 어렵다. 쓸쓸하지만 아픈 진실이다. 당신도 그렇겠지. 12월 21일의 신부. 녹슬지 않는 마음이 어디 있을까. 나는 자꾸 눈을 깜빡였다. 나도 모르게 눈이 뜨거워졌다.

그날, 빛자루 아줌마의 오랜 친구 동백이 왔다. 동백은 결혼 생활 15년을 마무리하고 싶어 했다. 빛자루 아줌마는 동백이라는 사람이 고지식하고 단정하고 화가 날 정도로 정직하다고 말했다. 빗자루 아줌마답지 않게 차분한 목소리였다.

"결정은 모두 내려졌어요. 그 부분에 대한 조언은 필요 없어요. 좋은 매듭을 짓고 싶다는 생각을 해요. 여기서 내가 시작했으니까 여기서 마무리하는 법을 듣고 싶었어요."

동백은 빗자루 아줌마의 소개보다 더 평온해 보였다. 티아 할머니는 동백에게 차가운 레몬 탄산수 한 잔을 따라주었다.

"티아하우스에서 시작한 신부들이 모두 헤어지지 않고 산 건 아니에요. 헤어지지 않는다고 반드시 성공적인 결혼이라 할 것도 아니고요. 그냥, 우리는 살면서 가장 최선의 선택을 할 뿐이에요."

티아 할머니는 동백에게 결혼을 통해 맺어진 인연들과 정리하는 방법도 생각해보자고 했다. 여행을 떠나거나, 스타일을 바꾸는 것보다 먼저 자기 안으로 깊이 들어가서 담담하게 정리하자고도 했다. 차분히 정돈하는 것이 결정을 내린 사람의 성숙함이라고 덧붙였다.

"아이들에게는 계속되는 인연이겠지요. 저는 남편 쪽 부모님, 형제들과 아주 친했어요. 그들도 나의 가족이었죠. 이상하게 나에게 실망을 주었던 남편보다도 남편의 가족들과 남이 된다는 사실이 쓸쓸할 정도예요."

"아마도 습관 때문일 거야. 가족이라는 습관."

빗자루 아줌마는 흔들리는 모든 것들에게서 네가 굳건할 수 있을지 알아보라고 충고했다. 동백은 빗자루 아줌마의 이야기에 고개를 끄덕인다.

"천천히, 너무 급하지 않게. 나의 선택이 아이에게 너무 큰 변화가 되지 않도록 최선을 다할 거예요."

이번 브릿지 타임에는 '매듭을 짓고, 앞으로 나아가는 사람을 위해'라는 부제가 붙었다. 결혼 생활을 마무리하는 동백, 새롭게 시작하는 12월과 1월의 신부들. 하나의 시절이 끝나야 그다음 문이 열린다.

동백은 우리에게 티아 할머니와 그동안 많은 시간을 보냈다고 이야기해주었다.

"마음이 지옥일 때, 티아 할머니는 저를 데리고 부엌으로 가셨죠. 제가 좋아하는 의자에 저를 앉히고 한나절 있다가 가라 하시더군요. 저녁이 될 때까지 여기 그냥 있었죠. 소파에 몸을 깊숙이 포개고 잠시 눈을 감고. 티아 할머니가 저녁을 해주셨어요. 채소 씻는 소리, 칼질하는 소리, 보글보글 끓는 소리…… 그저 부엌에서 나는 소리만 들으며 거짓말처럼 한숨 푹 자고 일어났어요. 결혼하고 누군가 나를 위해 저녁을 차려준 적이 없었어요. 오래전 엄마가 돌아가신 이후에는 더더욱 그랬죠. 어린 시절부터 나는 믿음 직한 장녀였어요. 좋은 언니, 좋은 딸, 좋은 회사원이 되었고, 좋은 아내, 좋은 엄마가 되기 위해 참 많이 애썼어요. 그냥, 모든 일들이 눈앞에 흘러가더라고요. 가끔 나한테 불합리한 일들이 일어났는데, 그때마다 너무 애썼어요. 노력했어요. 스스로 강하다고 생각했고……. 맞아요, 시시한 사람이고 싶지 않아서 그랬나 봐요. 티아 할머니가 그날 먹을 때는 먹는 것만 생각하자, 그러셨죠. 하나의 행동에는 하나의 생각만이 필요하다며. 숟가락으로 국 뜨고 뜨거운 밥 한술 뜨고…… 밥알 꼭꼭 씹으며, 달다는 생각을 했네요. 내가 두려운 건 뭘까, 헤어지는 게 인생의 오점이라고 생각하는 건 아닐까⋯⋯. 할머니가 그날, 이건 오점이 아니라 종결이라고 하는 거다, 라고 하셨어요. 그냥 한 시절이 끝나고 문을 닫는 거다, 모든 관계에는 끝이 있다, 당신에게 그것이 왔을 뿐이다, 라고. 그 말이 참 힘이 됐어요."

이제 동백의 얼굴은 복잡하지 않다. 단호하고 아름답다.

"이제는 모든 감정을 참아내지 마. 쉽게 울게 하는 노래 몇 곡은 간직하고 있어야 돼."

친구인 빗자루 아줌마가 덤덤한 얼굴로 말했다.

"나도 그런 노래들이 있어요. 쉽게 눈물을 확 흘려줘야 기운이 나거든요."

재이는 따뜻한 커피를 나누어주며 백 곡은 될 만한 노래 제목들을 보여주었다.

"말도 안 돼. 이 노래는 내가 기분 좋을 때 듣는 노래야."

빗자루 아줌마와 재이는 서로 다른 감정선을 가지고 노래 이야기로 빠져들었다.

"실컷 울고, 실컷 화내고, 뭐든 다 쏟아부으면 다음 단계도 쉽게 온대요."

재이는 다시 음악 목록을 정리했다. 동백을 위한 아이디어들이 수없이 쏟아졌다. '지금 당장 할 것'이라는 부제가 붙었다. 세계에서 가장 멋진 여자가 되겠다고 다짐하는 것, 옷장 정리를 하는 것, 지금 당장 쓰레기를 버리고 오는 것, 미용실을 가는 것, 옷 사이즈를 한 치수 줄여보겠다 다짐하는 것, 그리고 당장 실천하는 것, 정말 배우고 싶은 것을 생각해보는 것, 어린 시절 살던 동네에 가보는 것, 그때 꿈을 떠올려보는 것, 다시 설레는 목표를 찾아보는 것.

우리는 모두 마지막에 대한 생각을 해본다. 열심히 생각해본다. 끝을 느끼는 것과 끝을 마무리하는 것은 다르다는 생각도 해본다. 그건 선택과 움직임을 필요로 한다.

동백은 이제 이별을 잘 극복하는 방법들을 찾아 나설 것이다. 노래도 듣고, 여행도 하고, 자신을 바쁘게 혹사하기도 하면서. 끝이 있으면 시작이 있고, 시작이 있으면 끝도 있다.

12월 21일의 신부는 작은 상자를 하나씩 나누어주었다. 빈 상자를 받아 들고 우리는 그녀의 이야기를 들었다.

"오늘 저는 매듭에 관한 이야기를 하려 합니다. 인생에서 매듭을 잘 짓는다면 다음 단계로 건너갈 수 있는 힘을 받는 거라고 생각해요. 매듭에는 끝을 위한 매듭과 관계를 더 견고히 잇기 위한 매듭이 있습니다. 저는 어렸을 때 머리를 땋아주던 엄마의 손길을 기억합니다. 그때 매듭을 짓는 엄마의 손길과 눈길을 떠올려봅니다. 세상에서 가장 귀한 것을 대하는 마음, 그것이었겠지요. 매듭은 시작할 때와 끝낼 때 모두 중요합니다. 인연도 그래요. 한 시절을 매듭지어야 할 때가 있습니다. 스스로 끝이라는 것을 알 때가 오죠. 회사를 옮겨야 할 때, 결별이나 죽음 등으로 매듭지어지는 인연의 끝도 있습니다. 여기, 지난 사랑을 봉하여 작은 상자에 가두었습니다. 심호흡을 한 번 크게 하고 상자를 닫았습니다. 멈추어야 할 순간은 누가 가르쳐주는 것이 아닙니다. 인연이 다했을 때 우리는 수많은 사인을 받게 됩니다. 울리지 않는 전화, 미뤄지는 약속들, 침묵 같은 것들. 식어가는 마음을 확인하는 것은 그리 오래 걸리지 않습니다. 가장 불행한 것은 그 시기가 두 사람에게 다르게 다가온다는 거죠. 어느 날 더 이상 설레지 않을 때, 도망갈 평계를 찾습니다. 그리고 언제 그 마음을 영원히 닫을지 시기를 볼 뿐입니다. 우리가 누군가로부터 먼저 돌아설 때, 어떻게 하면 좋은 사람으로 기억될까 잠깐쯤은 생각합니다. 그것이 사랑에 대한 예의라고 생각합니다. 여자들은 갑자기 연락을 끊고 세상에 없는 사람처럼 굴지는 않습니다. 그가 스스로 알아채기를 기다려줍니다. 가끔은 그게 더 큰 상처가 된다는 걸 모르고 말이죠. 저는 헤어질 때 좋은 사람이 되기 위해 시간을 끌 필요는 없다고 생각해요. 가혹한 시간이니까요. 마음이 식어버린 사람의 상자는 이미 닫혔습니다. 그리고 온갖 신호로 '안녕'이라고 말합니다. 가장 아픈 것은 아직도 사랑이 남은 한 사람이 자신의 연애 상자를 닫을 때입니다. 그 상자 속에는 의미 있는 이야깃거리가 수없이 들어갈 것입니다. 아주 사소한 기록들에도 추억을 놓을 수가 없습니다. 무척이나 사랑스럽던 추억들. 작은 메모와 사진들, 선물들. 한동안 심장 깊숙이 그 상자를 간직합니다. 거리를 지나다 비슷한 사람을 만나도, 함께 듣던 음악을 듣다가도 상자의 뚜껑이 들썩들썩합니다. 그런 날이면 가슴이 아파지고 눈이 뜨거워져 견디기가 힘들 겁니다. 그들의 상자는 술을 마시거나, 계절이 바뀔 때 또다시 들썩거려 헤어진 연인에게 전화를 걸고 싶게 만듭니다. 그러나 그 사람들에게도 시간은 흘러갑니다. 다른 좋은 사람을 만나고, 웃게도 되고, 울게도 되고, 여러 번의 가을과 겨울을 건너 아름다운 봄날이 오면 그때 상자를 한번 꺼내봅니다. 꽁꽁 묶어두었던 마음이 풍선처럼 하늘로 날아가죠. 기다렸다는 듯이 말이에요. 그때 한 번 손을 흔들어줍니다. 안녕…… 잘 가라. 한때 진짜 좋아했었다. 마음 한편이 짠하지만 그리운 건 그때 한 사람을 향해 달려갔던 마음일 겁니다. 이제 그 마음을 풀어줍니다. 그렇게 한 시절이 고요히 문을 닫죠. 그리고 가벼운 발걸음으로 진짜 삶으로 돌아섭니다. 우리에게는 숨겨진 상자가 몇 있을 것입니다. 잊어버렸던 사랑, 잊고 지내던 꿈. 후회가 되는 인연의 상자가 깊은 가슴속에 있을 겁니다. 그게 무엇이든 상자를 열어야 합니다. 끝과 직면해야 합니다. 완전히 떠나보내기 위해서는 일정한 시간이 필요하고, 또 용기가 필요하니까요. 때가 되었을 때 좋은 마무리를 하는 것이 다음 단계로 건너가는 데 정말 필요하지 않을까 싶어요. 매듭을 잘 짓는 사람만이 그 기억을 추억으로 간직할 자격도 있다고 생각합니다."

우리는 모두 빈 상자 하나를 들여다보았다. 눈에 보이지는 않지만 나에게도 매듭짓지 못한 감정들이 몇 남아 있었다. 그 시기가 언제가 될지는 모르겠다. 끝은 다음 시작을 알리겠지.

12월 21일의 신부는 새로운 시작을 한다. 그녀의 상자 속에는 내가 아는 한 남자의 기억들이 들어 있을 것이다. 몇 번을 그녀 앞을 스쳐 지나갔다. 그러다 용기를 내어 열흘 앞으로 다가온 결혼을 축하한다고 말했다. 모든 신부에게 늘 하는 축복의 말처럼. 이야기를 막 끝낸 12월 21일의 신부는 상기된 얼굴로 고맙다고 말했다.

그 남자는 구차하게 굴지 않았을 것이다. 단정하고 분명한 사람이니까. 그녀가 결혼한다는 걸 안다면, 다시는 그리워하지도 않을 것이다. 옛 전화번호 따위는 저장해놓지도 않을 것이다. 나는 그를 대신해서 그녀와 악수를 했다. 그들은 마지막 상자를 완전하게 비우는 순간을 만날 것이다. 그 시간이 지나야 비로소 끝은 완성된다.

그날 밤, 여자들은 '한때 조금 사랑했던 남자 이야기'를 했다. 여자들이 모여 옛 남자의 이야기를 하는 것은 통과의례와 같다. 남자들이 군대 이야기를 하듯, 여자들은 지나간 남자들의 이야기를 한다. 이제는 상처도, 슬픔도 아닌 그저 하나의 기억이 된 이야기들. 그 마음이 더 이상 상자 속에 남아 있지 않다는 뜻이다.

깊은 밤에 함께 모이면 조금 더 솔직해진다. 모두들 메이크업을 지우고, 크림을 바르거나 머리를 말리며, 가장 얇은 옷을 입은 자유로움에 들떠 마음을 끄집어낸다. 12월 30일의 신부는 세상에서 가장 별로인 남자에 대해 이야기하기 시작했다.

"나는 좋은 느낌을 남기고 헤어지려는 사람들은 싫어. 헤어지는 건 그냥 헤어지는 거지. 이별에 어떤 허세를 부리는 것만큼 보기 싫은 건 없더라고."

"나는 늘 좋은 사람인 척했는데. 이상하게 먼저 말하지 못하겠던데?"

"아, 그거 난 정말 싫어. 그냥 애초부터 마음이 없었거나, 변했거나 둘 중

하나인데 뭘 그렇게 감정을 질질 끌어."

12월 30일의 신부와 31일의 신부는 서로 다른 생각으로 고개를 저었다. 12월 30일의 신부는 허세에 찬 남자의 이별 선물을 받은 적이 있다고 했다.

"이별 선물로 빨간 스메그 냉장고를 사주더라고. '거기다 네가 좋아하는 차가운 맥주와 제일 좋아하는 책만 넣어둬' 이런 말을 하는데, 무슨 드라마 찍는 줄 알았잖아."

"그래서 받았어?"

"당연하지. 주는 건 받는 거야. 너의 허세를 받아주고 잊혀진 여자가 되어주겠다, 그렇게 생각했지. 그 선물을 받는 것도 나의 허세였을까. 사실은 결혼을 앞두고 이 예쁜 냉장고를 신혼집에 가져갈까, 말까 망설이게 되기는 해."

"무슨 소리야, 가져가야지. 신혼 생활에 유용하게 써."

여자들은 낄낄거렸다. 지나간 이별은 이제 아프지 않다. 가끔 지나간 사람들이 궁금한 것은 상대도 나를 생각하고 있을지 모른다는 착각 때문이다.

"내가 예전에 잠깐 만났던 남자는 동시에 세 여자를 사귀고 있었어."

"말도 안 돼."

"정말이에요. 근데 용서가 되더라고. 멋졌거든. 그럼 용서가 돼."

차경의 말에 우리는 모두 고개를 저었다.

"멋진 남자를 만나면 불안하잖아요."

12월 31일의 신부는 잘생긴 남자를 곧 남편으로 맞을 예정인 듯했다.

"잘생긴 걸로 치면 아마 내 첫사랑이 최고일걸."

재이는 무심한 표정으로 말했다.

"첫사랑 이름이 정우성이야."

우리는 모두 웃음을 터뜨렸다.

"내 첫사랑은 체 게바라였어."

빛자루 아줌마의 농담에 재이도 오랜만에 웃었다.

"내 첫사랑은 너무 독했어요."

우리는 1월 3일의 신부 미도의 이야기를 들으며 꽃집 여자 정원이 만든 크리스마스트리에 오너먼트를 달았다. 따뜻한 불빛이 티룸을 가득 채웠다.

"키가 아주 크고 마른 사람이었어요. 걸을 때면 힘차 보였지만 어쩐지 허전해 보이기도 했었죠. 처음 만났을 때 나는 막 열아홉이 됐을 무렵이었어요. 유치하고 순진한 또래 남자아이들만 보다가 처음으로 남자 같은 남자를 봤다고 생각했죠. 나에게 '안녕!' 하고 악수를 청했어요. '악수는 안 해요'라고 말하자, 그가 조금 당황하며 웃던 기억이 나는군요. 그 사람, 내 사촌 언니의 연인이었어요. 그렇다고 안 될 게 뭐람. 나는 젊고, 아름답고, 자신감에 가득 차 있었는데. 안 된다고 생각한 그 순간부터 나는 온 우주에 내 마음이 닿을 수 있도록 신호를 보냈죠. 그 사람이 나를 돌아볼 수 있도록 주문을 걸었어요. 그는 좋은 사람이었으니까 나를 설득하려 했죠. 그러면서 나를 만나고, 내 눈을 보고, 내 이야기를 들어줬어요. 모든 사랑은 이야기를 들어주면서 증폭되는 거라는 걸 몰랐던 거예요. 매일 나는 고아원

166

에 맡겨진 아이처럼 불행해하면서 그 사람을 기다렸죠. 그를 괴롭혔어요. 그래서 결국 그 사람이 나를 선택할 수밖에 없도록. 아주 영악한 계집아이였다고요, 나란 사람은. 그리고…… 그 사람이 왔어요. 그 밤을 잊을 수 있을까. 그 사람을 사랑했던 건 거짓말처럼 잊어버렸는데, 그 밤의 공기와 소리와 빛깔은 잊을 수가 없어요. 그 키 큰 남자가 내 집 앞 가로등 아래 웅크리고 앉아 있던 그날의 풍경을 말이에요. 그때가 스물네 살 가을이었죠. 오랫동안 금을 그어놓았던 그 사람의 세계가 나의 세계로 백기를 들고 쓰러졌던 날이었어요. 정말 기쁠 줄 알았거든요. 그런데 슬펐어요. 진심으로 슬프다고 생각했어요. 나는 더 이상 열아홉 살짜리 소녀가 아니었으니까. 나도 내 마음의 향방을 몰랐던 거예요. 그래서 그가 정말로 언니에게 이별을 고하고 나에게 왔을 때 덜컥 겁이 났던 거예요. 갑자기 사랑이 너무나 무겁다는 생각이 들었어요."

"열망이 빛을 잃었던 거겠지."

재이는 그 대책 없었던 젊은 아가씨에게 한마디 건넸다.

"그동안 아랑곳하지 않던 모든 것들이 두려워지기 시작했어요. 영화와 같은 일은 일어나지 않았죠. 내 마음은 굳건하지 않았으니까. 사촌 언니의 연인일 때 만난 시간이 가장 불꽃같았지. 이루어질 수 없다고 생각했으니까. 정말 나에게 올 줄 모르고 그랬다는 게 변명이 될까? 그 사람은 나한테 음악을 많이 들려주었어요. 좋은 책을 권해주고 좋은 풍경을 보여주고 싶어 했죠. 내 사진을 찍는 것도 좋아했어요. 생각해보니 우리가 함께 찍은 사진은 단 한 장도 없었네요. ……그래서 이제는 그 사람 얼굴이 기억나지 않는 건지도 몰라. 그 사람은 많은 걸 잃으며 나에게로 왔었던 거예요. 내가 학교를 졸업할 때까지 기다렸고, 사촌 언니가 다른 사람을 만날 때까지 기다렸고, 너무 많이, 너무 오래 기다렸죠. 나는 자꾸 핑계를 대기 시작했어요. 함께할 수 없던 시절의 핑계들이 그때서야 거대하게 다가왔어요. 내 열정이 폭발할 때에는 아랑곳하지 않던 가족들의 시선을 이야기하고, 그와 나의 다른 점을 버거워하고, 우리가 살아온 환경의 차이를 떠올리면서. 그러면서 아마 그 사람도 내 마음의 변화를 알아챘던 것 같아요."

"아…… 불행한 한 남자를 위해 건배를."

빛자루 아줌마는 포도주 한 잔을 슬며시 쥐여주었다.

"그 사람이 그랬어요. 너는 나에게 오지 않을 거야…… 그렇지? 너는 나를 사랑하지만 두려운 거야…… 그렇지? 이미 그 사람은 내 사랑이 식은 걸 알고 있었지만 그렇게 물었어요. 나는 고개를 끄덕였죠. 죽도록 미안했지만, 여전히 마음만은 변치 않는 척을 했죠."

세월이 지나 그때 그 순간을 떠올리면 죽도록 부끄러운 일이 있다. 사람은 누구나 실수를 하고, 처음부터 잘못 맺어진 인연은 스쳐 지나야 옳은 것인지도 모른다. 미도는 이제야 그걸 알겠다고 했다.

"나는 내 감정에 휘말려서 그 사람의 한 시절을 엉망으로 만들어놓았던 거예요. 아마 평생 미안해할 거예요."

"앙큼한 젊은 날을 위해 또 한 번 건배를."

티아 할머니는 지난봄에 담가놓은 과실주들을 몽땅 내놓을 태세였다. 빛자루 아줌마와 지안, 어린 엄마 차경은 집으로 돌아가고, 재이와 나, 수하는 미도와 함께 새벽까지 이야기를 나누었다. 우리는 그 밤에 모두 같은 추억을 공유한 사람처럼 가슴 한구석이 서늘해졌다. 청춘은 그렇게 천방지축 부딪히다가 어느 날 닻을 내린다. 쓸쓸해져서, 혹은 시간이 다 되어서. 그리고 평화를 꿈꾼다. 폭풍 같은 사랑은 사랑이 아니라 열정과 가까운 것인지도 모른다.

"그건 그냥…… 나의 오만함이었어요. 거칠 것 없던 시절의 오만한 에너지."

잘 마무리되지 못한 관계도 있는 법이다. 그냥, 서둘러 도망가버린 관계도 있다. 내일 보자고 약속하고 평생을 보지 못하는 친구도 있고, 내일 보자는 약속도 없이 스쳐 지나가는 인연도 있다. 그러나 우리는 그것이 열린 결말이 아니라는 것쯤은 안다. 이미 마음은 닫히고 시간은 멀어졌다. 그것 또한 영원한 끝, 이다.

몇 주 후, 나는 오빠의 전화를 받았다. 마지막이라고 생각했던 시험에 합격했다는 소식이었다.

하나의 끝은 하나의 시작이다.

당신은 새로운 도시로 떠나겠다고 했다.

다른 공기를 맡고, 다른 꿈을 꾸고, 예전 일기는 모두 찢어버릴 거라고.

나는 너무 서두르지 말라고 부탁했다.

청춘은 촌스러운 거니까.

첫사랑은 서툴고 부끄러운 거니까.

그래서 제정신을 차리고 나면 없었던 일로 하고 싶을 만큼

멀리, 저 멀리 도망가고 싶은 법이니까.

마음이니까 변하는 거지.

사람이니까 변하는 거지.

언제나 다시 만날 이유는 헤어졌던 이유만큼 크지 않은 법이란다.

잘, 돌아서는 법을 배우는 사람이 있을까.

과거 속에서 잠시 기웃거리기도 하겠지.

잘못된 선택도 하고 바보 같은 모습도 보이는 게 사람이지.

당신이 정말 떠날 수 있는 날은

평온을 찾은 그날이다. 당신이 조금 더 어른이 된 시간이지.

축하해. 비로소, 당신은 시작한다.

한 시절을 닫고, 새로운 문 앞에 섰다.

티아 할머니의 노트 *p.*167

마음이 식어버린 사람의 상자는
이미 닫혔습니다.

그리고 온갖 신호로 '안녕'이라고 말합니다.

가장 아픈 것은 아직도 사랑이 남은 한 사람이
자신의 연애 상자를 닫을 때입니다.

멋,
진짜를 찾는 탐험

자신의 세계가 견고하고 튼튼한 사람이
다른 사람에게도 에너지를 잘 전하지.

하지만 실패나 고통 속에 있는 사람도
감동을 줄 때가 있어.
그 순간을 견디고 있다는 것 자체만으로도
멋지다고 생각하거든.

"스타일은 매력적인 껍질이에요.

시간이 지나면 지루해지고 남들의 시선에 연약하죠.

너무 얇아서 말이나 행동으로

실체가 배어 나올 수밖에 없는 껍질이랄까."

guest 린
행복 소믈리에, 삶의 멋을 선별하는 여자

오늘의 방문자가 몇 명이나 될지는 다 모이지 않으면 모를 일이었다. 언제나 1월에는 티아하우스에 사람들이 조금 더 많이 모인다고 했다.

"1월일수록 사람들은 서로 지혜를 나누고 싶어지는 법이거든."

티아 할머니는 그릇장에서 식기를 몇 벌 더 꺼냈다. 할머니가 선택한 그릇은 테두리에 유약을 칠하지 않은 소박하고 단정한 모양새다. 빛깔은 화려하지 않지만 말갛게 세수한 열일곱 살 여자아이들 같았다. 이 표현은 할머니가 하신 말씀이다. 그릇을 꺼내면서, 곱구나, 제가 얼마나 고운지 모르는 열일곱 살 여자아이들 같구나, 라고.

짧은 겨울 햇살에 미리 내놓은 그릇들을 오래도록 지켜보다가 몇 컷의 사진을 찍어두었다. 할머니는 지난여름에는 색이 화사한 그릇들을 내놓았었다. 한 달, 한 달 계절이 조금씩 바뀔수록 그릇들의 빛깔과 모양도 미묘하게 변하고 있었다.

1월에는 몸을 덥혀주는 따뜻한 음식이 필요했다. 티아 할머니는 부지런히 음식을 준비했다. 티아 할머니의 냉장고에는 지난 크리스마스에 만들어놓은 채소가 들어간 김치만두가 그득했다. 좋은 떡국 떡도 채워졌다. 김치떡만둣국을 준비했다. 김치는 젓갈을 많이 쓰지 않아 시원하고 담백했다. 나는 음식을 준비하는 티아 할머니의 부지런한 발걸음을 찍었다. 속도감이 느껴지는 마음에 드는 사진이 나왔다.

"맨발로 다니길 좋아했는데, 푹신한 덧신을 신지요. 발이 따뜻하면 마음도 든든하지. 맨발로 다닐 수 있을 때까지가 젊음이라면 나는 이미 젊음을 잃어버렸다네."

할머니는 유쾌하게 노래를 만들어 불렀다. 노래 가사와는 달리 그녀는 너무나 젊고 아름다워 보였다. 젊음을 잃어버렸다는 말조차도 노래로 만들어버리는 여유는 그녀가 여전히 건강하고 아름답다는 증거일 것이다. 나는 티아 할머니의 날렵한 움직임과 바른 걸음걸이가 매력적이라고 생각했다. 할머니는 언제나 움직이는 선이 아름다웠다.

할머니는 수선스럽지 않은 빠른 몸짓으로 육수를 만들어내고 샐러드를 만들고 김치를 썰었다. 금요일 브릿지 타임을 기록할 때, 할머니가 나에게 주문한 것은 '부엌일을 도와야 하나 고민하지 말 것'이었다. 처음에 할머니의 부엌에 들어서면 뭔가 해야 하지 않나, 주저했었다.

"서울의 할 일은 기록하는 일이야. 이야기를 기록해. 너무 많이 말고, 적당히 기록해. 너무 많으면 옳은 걸 구별해내기 어려워. 단박에 한 컷으로 오늘을 설명할 수 있는 좋은 놈으로 부탁해요."

빗자루 아줌마는 티아 할머니가 골라놓은 멸치를 다듬었다.

"좋은 멸치를 고르는 방법은 알지? 이 은빛 멸치를 좀 봐. 내가 어렸을 때 잠깐 바닷가에 살았었는데 이 비릿한 냄새가 기억나. 신기한 게 말이야, 어린 시절의 냄새는 잊히지도 않아. 불쑥불쑥 튀어나오거든. 좋은 멸치를 찾으면 그런 바다 냄새가 다시 느껴지지. 티아 할머니는 좋은 물건을 고르는 데 선수야. 좋은 물건을 잘 고르는 여자야말로 멋진 여자지."

할머니는 늘 재료를 구하는 것 자체를 즐거워하곤 했다. 멸치는 통영의 시장에 가서 직접 골라왔는데, 너무 마음에 드는 식재료를 구할 때는 콧노래가 절로 난다고 했다. 좋은 멸치, 좋은 김, 좋은 다시마가 있으면 겨울이 걱정 없다고 했다. 홈 메이드에 집착하지도 않았다. 아침에 먹는 샐러드는 홍동마을에 살고 있는 린이 보내왔다. 아침 꾸러미에는 겨울 달걀과 요구르트, 샐러드가 일주일치씩 가득 담겨져 왔다. 린은 언제나 짧은 메모를 넣어 보냈다. 1월에는 어떤 채소가 좋은지, 젊은 농부들은 이 겨울에 어떤 마음으로 채소를 키우고 있는지, 하우스 딸기는 아직 당도가 뛰어나지는 않지만 곧 따뜻한 봄과 함께 달콤함을 키우고 있으니 조금만 기다려달라는 말도 잊지 않았다. 과일은 딸기와 토마토 모두 훌륭했다. 티아 할머니는 땅을 갈고 씨앗을 뿌리는 사람들이야말로 믿을 수 있는 친구들이라고 말했다.

"믿을 수 있는 사람이 있으면 그들의 히스토리를 가져다 써요. 그들의 스토리를 식탁 위에 올리고 사람들과 나누어요. 그게 현명한 거야. 세상의 모든 취향을 어떻게 다 익히겠어. 대신 좋은 눈과 마음을 가져야지."

티아 할머니는 재료를 받은 상자 위에 동네 아이들과 함께 그림을 그렸
다. 사인펜으로 그려진 그림은 상자 그림책이 되었다. 아이들과 동네 사람
들과 함께 작은 전시회를 열기도 했다. 티아 할머니는 티아하우스를 위해
전국의 재료들이 기다리고 있다고 말했다.

"나의 선택을 기다리지. 그렇게 생각하면 마음이 설레요."

1월의 차가운 공기가 티아하우스의 창에 와 닿으면서 입김처럼 하얗게
내려앉았다. 나는 정원에 나가 손님들을 맞았다. 오후 5시가 되자 눈발이
날리기 시작했다. 할머니는 나에게 정원의 조명을 켜두라고 말했다. 할머
니의 정원은 겨울에도 쓸쓸하지 않게 초록색을 잃지 않는 나무들이 자라고
있었다. 빗자루 아줌마의 옷은 짙은 자주색과 엷은 회색이 섞여 있었다.

"눈이 오시네. 이런 밤에 무슨 특별한 이야기가 필요하겠어. 이렇게 모여
있는 게 즐거운 거지."

빗자루 아줌마는 창을 열고 두 손에 눈을 담았다. 꽃집 여자 정원은 티아
하우스 곳곳에 당근과 고구마, 무의 밑동을 접시에 담아 물에 담가두었다.
푸른 기운이 곳곳에 가득하다. 지난 연말부터 호랑가시나무의 붉은 열매꽃
이 곳곳을 밝혔다.

"원래 호랑가시나무는 나쁜 기운을 쫓아준다잖아요. 이파리의 위엄을 좀
봐요. 열매는 술로 담가도 좋고, 잎과 줄기도 약으로 쓰여요."

마침 지안이 떡국을 끓일 긴 가래떡을 맞춰 왔다. 눈처럼 하얀색이다. 우
리는 떡을 썰었다. 티아 할머니 집에는 부엌칼이 모두 일곱 개나 있다는 것
을 오늘 알았다. 모든 칼이 일제히 밖으로 나서는 날은 그리 흔한 일이 아

니다. 티아하우스는 고요하면서도 동시에 시끌벅적하다. 사람의 소리가 가득한 날도 있지만, 그 많은 사람이 한 덩이씩 각자의 고독을 끌어안고 있을 때는 사람이 많아도 고요했다. 오늘은 시끌벅적 유쾌한 날. 부엌의 모든 물품이 모였다. 사람의 기운을 받았다.

"놀러 오는 사람들이 많으니까 넉넉히 해둡시다."

티아 할머니는 칼질을 멈추지 않는다. 나는 티아 할머니의 뒷모습을 카메라에 담았다. 뒷모습, 여자의 등, 어찌 보면 무방비한 한 사람의 뒤편. 할머니는 뒷모습과 앞모습이 다르지 않다. 에너지가 넘치지도 않고 그렇다고 부족하지도 않다. 늘 적절하게 균형이 잡혀 있다. 나는 늘 할머니의 앞치마를 눈여겨보았었다. 앞치마가 아니라 뒷치마 같다. 뒤쪽의 패턴이 더 화려하고 아름답다. 생각해보니 할머니의 스타일은 늘 눈에 띄지 않는 부분이 더 아름답다. 티아 할머니는 화려한 옷을 입는 것은 아니지만, 슬리퍼의 바닥, 코트의 안감, 앞치마의 뒤편처럼 살짝살짝 보이는 곳에 특히 독특하고 아름다운 색과 패턴이 숨어 있었다.

"……신년이 되었네. 떡국을 먹어야 하네. 음악부터 바꿔야지. 블랙을 입던 사람은 그레이로 변화를 주고, 모자를 써볼까. 스카프를 해볼까. 해피 뉴이어. 누구에게나 새로운 노래가 필요한 거지……"

티아 할머니를 도와 인생의 풍미를 나누는 린이 티아하우스에 왔을 때, 이 공간은 훨씬 따뜻한 밀도가 가득 들어찼다. 음악을 듣기에 딱 좋게 익은 공기다.

곧이어, 재이와 직장 동료 두 사람, 아이와 함께 도착한 어린 엄마 차경,

그리고 3월 2일의 신부와 결혼을 앞둔 신부 몇 명이 한꺼번에 도착했다. 거실에는 린이 골라 온 음악이 흘렀다.

3월 2일의 신부는 티아 할머니의 드레스 중에서 가장 클래식하고 보수적인 드레스를 골랐다고 했다. 티아 할머니는 가슴과 몸매의 선이 아름다우면 이런 드레스는 죄악이라고 농담을 건넸다.

"결혼식 하객들이 신부에게 '와!' 하고 탄성을 지르려는 마음의 준비를 하고 왔는데, 이러면 쓰나. 뭐라고 말해야 할지 망설이게 되는 몇 초간은 정말 복잡하거든. 다른 사람을 고민하게 만들지 마. 당신한테는 좀 더 위트 있는 드레스가 어울리겠어요. 그 전에 마음의 무게를 조금 줄여주고."

3월 2일의 신부는 우리의 여덟 번째 브릿지 타임에 초대되었다. 1월이었다. 크리스마스와 연휴가 막 끝난 때였다. 바쁜 사람들은 아주 바빠졌고, 시간이 많은 사람들은 시간이 더 많아져서 고통스러운 시절이었다. 티아 할머니는 나에게 여덟 번째 브릿지 타임에는 자신의 스타일에 대한 작은 변화를 꿈꾸자고 미리 말했었다.

이곳에서 만나는 멋쟁이들은 정말 많다. 그중에서도 린은 언제나 근사해 보였다. 값비싼 옷을 입는 것도 아닌데, 그녀의 걸음걸이, 눈빛, 뒷모습은 매력적이다. 하다못해 그녀가 가지고 다니는 작은 소품들 또한 눈길을 끌었다.

"사람들은 어떻게 입는가를 늘 고민해요. 옷장 문을 열면서 탄식하죠. 대체 작년에는 뭘 입었나. 그러면서 또 비슷한 스타일의 옷을 고르고 있죠. 스타일은 매력적인 껍질이에요. 시간이 지나면 지루해지고 남들의 시선에 연약하죠. 너무 얇아서 말이나 행동으로 실체가 배어 나올 수밖에 없는 껍질이랄까. 티아 할머니는 삶의 거친 실체를 만났을 때 그 사람의 진짜 멋진 면이 드러난다고 말씀하시죠. 이를테면 살면서 갑자기 소나기라도 쏟아지든가, 오늘같이 갑자기 눈발이 날리는 날이라도 만나면 진짜 내 것이 아닌 스타일들은 젖어버리고 맙니다. 스타일은 나를 온전히 가려줄 수는 없어요. 옷은 모던한데 생활 방식은 복잡하고, 옷은 우아한데 말할 때마다 분위기를 깬다면 안 될 일이에요. 물론, 그럼에도 불구하고 좋은 스타일의 장점은 제가 가진 방향으로 사람을 이끄는 재주가 있다는 거예요. 좀 더 자신감 있는 태도라든가, 자세라든가. 그럴 때 스타일은 한 사람에게 새로운 세계를 펼쳐주는 매개체가 되기도 합니다. 서로가 서로를 발견할 때 매력적인 에너지를 발휘하죠. 저는 개인적으로 모던한 스타일을 좋아합니다. 취향이에요. 화려함이 어울리지 않아서일 수도 있고요. 처음에는 옷만 모던한 것을 골랐어요. 그러다 내 라이프 스타일은 어떨까 생각했죠. 내 삶의 모던함은 무엇일까. 머리 스타일로도, 옷으로도, 가방이나 구두로도 해결이 안 되는 한 사람의 아우라는 어디에서 오는 것일까. 사람의 멋은 어디서 올까. 오늘은 이것에 대해서 이야기하고 싶습니다."

그녀가 여자들을 둘러보았을 때, 우리는 모두 긴장했다. 누구나, 돋보이고 싶은 마음과 튀고 싶지 않은 마음이 공존한다. 린은 자신이 생각하는 멋진 여자는 자신을 정확히 알고 흔들림 없이 제 길을 가는 무심한 여자라고 했다.

"많은 사람들을 관찰해봤어요. 길을 걷다 문득 쇼윈도에 비친 저 여자는 누구일까, 무표정한 저 얼굴은 누구일까 하고 당황스러울 때, 그 순간의 나를 불러 세우세요. 서른다섯이 넘으면 그 사람만의 기색이 얼굴에 남습니다. 눈, 코, 입의 아름다움은 인상과 기색에 밀려나버리죠. 예전에는 나이가 들면 미녀나 추녀나 비슷해지는 것 같아서 다행이다 싶었지만, 그때부터가 본질이 더 많이 드러나는 시기니 조심해야 하는 것 같아요. 청춘의 빛은 사라져도 나이 들수록 자신만의 멋을 찾아가는 사람이 있는가 하면 그렇지 않은 사람도 있으니까요. 이때가 비로소 자신만의 오리진을 발견하고 자신의 세계관을 멋으로 연결시켜야 하는 시기인 것 같아요. 멋의 첫 번째 과제는 어떻게 나의 장점을 특화시킬까, 생기를 유지할까에 대한 답을 내리는 것입니다. 저에게도 가장 중요한 과제입니다. 다른 사람들에게 아무리 어울려도 내게 어울리지 않는 것들이 있어요. 정확한 자기 발견이 중요해요. 내 얼굴색, 체형에 맞는 사이즈, 장점을 부각시키고 단점을 살짝 가려주는 센스. 이건 스타일의 기본이라 누구나 짐작합니다."

린의 직업은 '행복 소믈리에'라고 했다. 인생의 풍미를 선별하고 사람들과 그 멋을 나누는 직업이었다. 가끔 신부들을 위한 웃음 클래스와 커피, 티 타임도 만들어주었다. 무엇보다 린의 풍미에는 오감이 모두 활용되었다. 오늘 그녀는 색을 잘 활용하라고 말했다.

"나이 들수록 한 가지 색만 고집하지 말아요. 세상에 이렇게 많은 색이 있다는 건 우리가 활용할 것이 충분하다는 뜻이니까요. 색을 공부하세요. 딸기나 노을은 빨강을 배우기에 좋은 색의 원형이죠. 그냥 빨강이 아니라, 익어감에 따라 다른 느낌을 주지요. 거미의 검정, 나비의 노랑…… 아이들처럼 자연에서 색을 발견하세요. 새롭게 바라보세요. 나이 들수록 빨간색이 어울리는 남자가 멋진 남자라는 말이 있지요. 그만큼 멋스럽게 입기가 어렵기 때문이지요. 빨간색이 어울리는 남자의 멋은 얼굴색, 미소, 머리카락, 몸의 유연함 등을 모두 포함하는 말이지요. 생기를 유지하기 위해서는 무엇이 필요할까요? 오늘 우리는 검정색 옷을 입고 오기로 약속했습니다. 검정색은 만만한 색이 아니에요. 누군가는 초라해 보이고 누군가는 세련되어 보이죠. 다른 색과 섞였을 때는 어떨까요? 은회색과 섞였을 때, 보라와 섞였을 때 더 풍부하고 달라져요. 그걸 찾아보고 도전해보고 즐겨보세요. 내게 어울리는 것, 내가 했으면 좋겠다 싶은 것을 탐험하세요. 모험일 필요까지는 없고요. 조금씩 조금씩, 천천히 천천히 연습해보세요. 무엇이 당신과 의외의 조합을 이루어낼 수 있는지 찾아가는 생활 방식은 생기를 줍니다. 우리는 사람으로부터 가장 많은 에너지를 받아요. 사람을 공부하세요. 나와 비슷한 체형의 비슷한 생각을 가진 사람을 모방하는 시기도 거치겠죠. 그러다 보면 '나라면 이런 식이 좋아'라고 문득 아이디어가 떠오르는 지점도 발견할 거예요. 그때가 오면 당신도 다른 사람에게 좋은 영향을 끼칠 수 있겠죠. 누군가에게 좋은 에너지를 줄 수 있는 사람이라면 그 삶이야말로 멋지지 않을까요?"

티아 할머니는 만둣국을 내놓았다. 할머니의 앞치마는 레몬색과 회색이 섞여 있었다.

"할머니 앞치마엔 봄이 왔네요."

거리에서 만나는 평범한 옷차림에서 반 보쯤 달라 보이는 스타일을 가진 재이는 늘 티아 할머니의 스타일에 관심이 많았다.

"오래전에 다짐한 게 있어요. 겨울에는 늘 따뜻한 빛깔 하나쯤은 간직하자고. 저절로 따뜻해지지가 않는 나이니까."

티아 할머니는 오늘도 열심히 먹을 것과 마실 것을 테이블 위로 옮겼다. 린은 전신거울을 놓고 우리를 일일이 일으켜 세웠다.

"자, 입꼬리가 처져 있나? 다시 한 번 자신의 얼굴을 쳐다보세요. 나이가 들수록 아름답다는 건 '세상과 소통할 마음이 있는가'와 연결돼요. 여전히 자유롭고 조화로운가. 스타일이 화려하거나, 단정하거나, 시크하거나의 문제가 아니에요. 엄격해 보이면 안 돼요. 아주 작은 위트가 필요해요. 이것 봐요, 서울도 굉장히 편안해졌죠? 처음 볼 땐 재미없고 심심했는데."

린의 말에 모두 내 얼굴을 바라보았다. 나는 어색해서 하하, 짧게 웃었다. 사실 그동안 티아 할머니는 나에게 작은 액세서리를 하나씩 만들어주곤 했다. 어떤 날은 신부들의 웨딩드레스를 만들던 망사 천과 내 오래된 펜던트를 가지고 브로치를 만들어주기도 하고, 어떤 날은 검은 스웨터 밑단에 올을 풀어 느슨하게 만들어놓으셨다. 처음에는 모든 것이 어색했다. 그런데 시간이 지나면서 나는 그 작은 변화를 기다리고 기대하게 되었다. 나는 언제나 어두운 색과 단순한 스타일을 입었다. 좋아해서가 아니었다. 눈에 띄는 것이 부담스러워서였다. 언제나 눈에 띄는 사람이 되는 것이 두려웠다.

남들과 조금 다른 나를 내보인다는 것은 상상할 수 없는 일이었다. 그러다가 "이건 왜 했니?"라고 누군가 묻기라도 하면 낭패인 것이다. 나는 질문이 제일 두려웠다. 가능하다면 고요히, 조용히 살아가고 싶었다.

"정말?"

"네?"

"그렇게 재미없는 노인이 되고 싶어요?"

어느 날 티아 할머니는 내 눈을 가만히 들여다보며 물었다.

"왜, 노인이 될 것 같지가 않나? 그러다 마주치고 싶지 않은 이웃집 할머니가 되어 있으면 어쩌려고. 변화가 두려우면 노화가 온다는 거예요. 아주 조금씩 옆으로 가봐요. 재미있는 쪽으로. 그래도 당신이라는 사람이 송두리째 바뀌는 건 아니에요. 당신이 원래 가진 그 좋은 것들을 흔들어 깨우고 끄집어내보자는 거지."

그렇게 티아 할머니는 조금씩 내 삶에 개입하기 시작했다. 여덟 번째 브릿지 타임이 왔을 때 나도 조금씩 나에게 어울리는 것, 어울리지 않는 것에 대해 관심이 가기 시작했다.

"블랙은 굉장히 시크한 색이에요. 밤의 색이지. 그런데 어떤 밤이냐가 정말 중요해요. 별이 쏟아질 듯한 밤도 있고, 연애의 밤도 있고, 고독의 밤도 있지요."

티아 할머니는 말했다. 그건 모두 같은 색은 아니었다.

린이 내 손을 잡으며 앞으로 이끌었다.

"스타일에 자신 없으면 하나만 기억해요. 하나를 더하고, 하나를 바꿔보고, 하나를 빼보고. 조금씩만 변해요. 너무 검정으로만 입으면 장례식에 온 것 같아요. 오늘은 구두만 골드나 실버로 바꿔도 좋아요. 기본이 제일 쉬운 접근이에요. 그런 다음, 기본 위에 아주 작은 변화만 생각해봐요. 오늘 서울은 검은색 퍼 조끼를 입고 날렵한 바지를 입었잖아요. 늘 같은 검정이지만 오늘은 뭔가 자신이 있어 보여. 당신이 드디어 자신감이 생겼다는 게 중요하지요. 아마 오늘 거울을 보면서 한 번쯤은 미소를 지었을걸? 그게 중요해요. 게다가 늘 하던 사내아이 같은 머리 스타일이 아니야. 똑같은 짧은 머리인데 달라졌어요."

사람들은 나를 바라보았다. 호의적이고 따뜻하고 장난기 가득한 눈빛들이었다. 나도 입꼬리를 올리며 조금 웃었다.

주목받는다는 것, 누군가 한 5초쯤 나를 응시한다는 것, 그것도 가끔은 설레는 경험이 될 수도 있겠다 싶었다. 눈매에는 살짝 아이섀도도 발랐고 더 이상 번들거리는 립밤만 바르지도 않았다. 스타일에 관심이 생기자 스스로 뭔가 궁리하게 되었다는 게 놀라웠다. 나는 나에게 맞는 스타일을 찾아내는 중이었다. 그리고 언젠가 검정에서 벗어나 다른 색을 얻게 되겠지.

다시 카메라를 들었다. 재킷을 벗자 화려하게 드러난 재이의 팔찌를 사진에 담았다. 빛자루 아줌마의 블랙은 겨울밤처럼 깊고 넉넉한 숄이었다. 숄에는 반짝이는 은빛이 촘촘히 박혀 있었다. 빛자루 아줌마의 블랙은 언제 어디서나 화려하고 자신감 넘치는 크리스마스의 밤 같다.

우리는 차가운 아이스크림을 만들어 먹었다. 바나나와 오렌지에 로즈마리를 뿌렸다. 색이 부족한 1월의 밤에 티아하우스에는 작고 섬세한 변화가 존재했다. 수하는 요즘 절묘한 타이밍에 음악을 덧붙이고 노랫말을 덧붙인다.

"별이 빛나네, 별이 반짝이며 빛나네, 오늘 밤 내가 본 첫 별, 나는 원하네, 간절히 원하네, 나에게 오늘 밤 빌 소원이 있기를……."

누군가 먼저 '내가 만난 가장 멋진 여자' 이야기를 시작했던 것 같다. 그렇게 누군가 이야기를 시작하면 뒤이어 비슷한 생각과 전혀 다른 생각이 이어졌다.

"내가 만난 멋진 여자는 첫아이를 낳았을 때 만났던 산파였어."

지안의 말에 우리는 "산파?"라고 되물었다.

"어쩌면 경험 많은 간호사였는지도 몰라. 그냥, 나는 그녀를 산파라고 불러. 왠지 그 말이 어울려. 진통하는 동안 그녀는 때로는 다정하게, 때로는 냉혹하게 나를 이끌었어. 내가 포기하고 싶은 딱 그 순간에도 나를 단련시켰고 격려했고 내 노력의 최대치를 이끌어냈어. 그때 그녀의 경험과 지혜와 판단력은 정말 매혹적이었어. 밤을 꼬박 새우고 먼동이 틀 때쯤 의사가 나타났지. 가장 마지막에 아이를 받은 건 의사였지만 나는 그 기나긴 전투에서 산파를 절대적으로 믿고 의지했어. 살면서 누군가를 그렇게 전폭적으로 믿었던 경험은 없었던 것 같아. 요즘도 종종 그녀를 생각해. 얼굴도 이름도 기억나지 않지만, 처음 가는 길 앞에서 두려울 때나 흔들릴 때면 그날 내가 만난 산파 같은 사람을 다시 만난다면 좋겠다고 생각해."

지안은 누군가에게 영향력을 주는 사람이야말로 멋지다고 했다. "변화를 가져오는 사람은 정말 멋져"라고.

"자신의 세계가 견고하고 튼튼한 사람이 다른 사람에게도 에너지를 잘 전하지. 하지만 실패나 고통 속에 있는 사람도 감동을 줄 때가 있어. 그 순간을 견디고 있다는 것 자체만으로도 멋지다고 생각하거든. 상황을 이겨내는 사람, 주저앉지 않는 사람, 인간의 의지를 보여주는 사람을 보면 멋져."

정원은 나무 같은 사람을 만날 때면 가슴이 뛴다고 했다.

"그래도 나는 여전히 미소가 아름다운 여자가 멋져. 어정쩡한 웃음을 가진 사람은 매력 없어. 웃을 때 입꼬리를 한껏 올리고 여자같이 웃는 여자가 좋아. 팔십이 되어도 여자인 여자가 예뻐."

모자가 어울리는 할머니가 될 거라고 했던 수하의 말이다. 그녀는 나이가 들어도 여전히 연애의 대상일 수 있는 여자. 암컷의 매력을 잃지 말자고 두 손을 불끈 쥐기도 했다.

그리고 우리는 조그만 목소리로 티아 할머니를 이야기했다. 그녀에 대해서 많은 것을 아는 것도 같지만, 때로는 아무것도 모르고 있는 것 같은, 그런 사람.

티아 할머니는 일어나야 할 일은 일어나게 되어 있으니 안달복달하지 말고 그 경험을 받아들이라고 했다. 이별하는 것이 두려워 아닌 사람을 붙들지 말고, 자존심 때문에 소중한 것을 포기하지도 말라고 했다. 우리는 모두 비슷한 이유로 티아 할머니를 부러워했다.

나는 그녀의 움직이는 모습이 좋았다. 그러나 나의 카메라에는 할머니의 정면 사진이 없었다.

할머니는 한사코 자신의 사진을 찍는 것을 마다했다. 그래서 나는 그녀의 느낌을 찍기로 했다. 그녀가 사랑하는 물건들, 그 속에 스쳐 지나가는 빛깔 같은 것들, 가끔 컨디션이 좋은 마법 같은 날에는 그녀의 낭랑한 목소리를 찍은 것 같다는 확신이 들기도 했다. 그런 날이면 슬그머니 티아 할머니에게 사진을 보여드렸다. 그러면 그녀는 "멋지군요, 이건 내 목소리가 들어 있는걸" 하며 유쾌하게 웃었다. 나는 종종 티아 할머니의 노트에 쓰인 글을 카메라에 담았다. 언제부터인가 할머니의 노트를 한 페이지씩 찍어두기 시작했다. 티아 할머니의 필체는 티아 할머니다웠다. 다정하고 단호했다.

이곳의 모든 것들은 다 자신이 가진 이름을 닮았다. 티아하우스의 계단은 계단다웠고, 유리창은 유리창다웠다. 본질을 흐리는 것은 하나도 없었다. 그게 멋스러웠다.

그날 우리는 여자의 멋은 완벽주의자가 아닌 경험주의자가 되면서 얻어지는 것이라고 입을 모았다. 우리는 이곳에서 시간을 경험하고, 공간을 경험하고, 사람을 경험한다. 느끼고, 먹고, 맡고, 눈으로 보고 만져본다.

우리 모두 조금은 멋진 여자가 되고 있는 거야. 긍정주의자 빗자루 아줌마의 말을 오늘은 그냥 믿어버리고 싶은 밤이다. 나도…… 어쩌면 멋진 여자로 성장 중인지도 모른다.

머리카락 색을 본다. 눈빛의 색과 기운을 본다.

목소리의 무게를 가늠해본다. 몸의 가는 곳과 굵은 곳을 구분해본다.

그리고 나와 어울리는 것을 찾아 나선다.

이것은 여행이다.

드레스를 만들 옷감들도 각각 다른 바탕과 사연을 가졌다.

비단과 망사 그리고 면. 빛깔과 냄새, 촉감에 따라 그것들은 모두

다른 아름다움을 이야기한다.

나의 한평생은 좋은 재료를 보기 위한 노력이었다.

그러려면 좋은 눈을 가져야 했다.

멋진 것을 발견하는 눈. 좋은 눈에는 마음이 달려 있다.

내 마음이 어지러울 때는

좋은 인연과 그렇지 않은 인연을 구별하기가 어려웠지.

좋은 사람만 있는 것도, 나쁜 사람만 있는 것도 아니다.

나에게 좋은 인연과 그렇지 않은 인연이 있을 뿐.

나를 알아야 나와 어울리는 인연을 찾는 법.

비단은 비단답고, 망사는 망사답고, 면은 면다울 때 아름답다.

본질을 발견하고 앞으로 나아가는 삶은 멋지다.

자연으로부터 배우고 경험으로부터 느끼고

나의 바탕 위에 색을 더하고 즐거움을 더하는 재미를 아는 사람은 멋지다.

티아 할머니의 노트 *p.*120

너무 잘 보이고 싶은 마음은 결국 일을 망친단다.

너무 멋지게 준비하려다가 아예 중도에 포기하는 경우도 많지.

누군가를 위해 아름다워질 필요는 없어.

보이는 아름다움에만 집중하면

당신은 점점 원래의 자신과 멀어지게 될 거야.

우리는 스타일에 대해서 말하지.

우리는 멋진 여자가 되고 싶지.

우리는 잘 헤어지고 잘 만나고 싶지.

그래서 이야기를 나누지만

요령은 그저 작은 취향을 하나 가질 정도일 뿐이야.

기술은 시간과 경험으로 익히게 되지. 그걸 자랑하면 안 돼.

정보가 있으면 흉내는 낼 수 있지만

진짜가 빠지면 모두 허사야.

진짜를 가져요. 그게 당신의 멋이지.

티아 할머니의 노트 p.57

몸과 마음,
가볍게
느리게

몸을 돌아보고, 마음을 돌아본다는 것이
거창한 계획으로 될 일은 아니겠지.

하지만 내 몸과 마음에
따뜻한 기운을 불러일으킬 수 있다면,

나는 좀 느긋한 관찰력을 가져보고 싶다.

"예전에 어떤 선생님이 이런 말을 했었어요.
무거운 가방을 들고 다녀 버릇하면 평생 작고 예쁜 가방을 들지 못한다······.
아, 그 말이 진짜가 되어버렸어요."

guest 지현
예비 디자이너, 무게를 연구하는 여자

티아 할머니는 생각이라는 놈이 너무 무거우면 사람의 안색을 어둡게 만든다고 말했었다. 생각을 너무 많이 하면 한 발짝도 앞으로 나아가지 못한다고. 처음에 티아 할머니가 준 매일의 처방은 '단순하라'였다. 나는 매일매일 단순해지기 위해서 그림책을 읽고, 하루에 한 시간쯤 걷고, 쉽고 간단하면서도 맛있는 음식을 해 먹었다.

마음뿐 아니라 몸도 자주 들여다보고 만져보라고 충고했다. 요즘은 내 얼굴의 잡티를 들여다본다. 꼼꼼히 본다. 내 목의 주름을 본다. 매만져본다. 다른 사람과 있을 때 확연하게 차이가 나는 밝은 머리카락 색과 주근깨가 보이는 희고 얇은 피부를 두 손으로 쓱쓱 쓰다듬어본다.

빗자루 아줌마는 오늘따라 스타일에 신경을 많이 썼다. 원래 살집이 있는 몸이라 몸에 붙는 옷을 잘 입지 않았는데 오늘은 달랐다. 무릎 위로 올라가는 스커트 아래로 빗자루 아줌마의 늘씬한 다리가 아름다웠다. 살집이 있는 여자의 늘씬한 다리는 반전이 있어 더 근사하다. 빗자루 아줌마는 늘 크고 아름다운 액세서리를 좋아했다. 그리고 어울렸다. 오늘도 카키색 블라우스 위에 크고 멋진 브로치를 했다. 브로치 모양이 재미났다. 쿠키와 커피잔 모양. 빗자루 아줌마와 어울리는 조합이다. 그녀는 늦은 저녁에도 기운이 펄펄 나는 사람이다.

우리는 우리 몸과 마음을 회복시켜주는 것들에 관해 이야기했다. 빗자루 아줌마는 잃어버린 멋진 것들을 다시 찾고 싶다고 했다.

"나는 요즘 책 한 권을 끝까지 못 읽겠어. 자꾸 이런저런 딴생각이 나서…… 말을 할 때 '그거, 그거' 하지 않고 정확하게 말하기, 물컹한 팔뚝살 빼기, 일주일에 한두 번 좋아하는 친구와 커피 데이트 하기, 일하다가 기지개 한 번 크게 켜고 웃기, 주말에 깊이 자기, 적은 옷으로 멋내기, 감정적으로 기복 없이 지내기, 아이들에게 화내지 않기, 사흘 동안 전화 안 쓰기……."

빗자루 아줌마는 너무 빨리 말하는 통에 숨이 찼다. 여자들도 한 가지씩 더 보탰다. 우리는 잊어버리지 않기 위해 메모를 붙이기 시작했다.

듣는 귀 가지기, 세상의 아이들을 위해 한 가지씩 가치 있는 일 하기, 옛날 친구 한 명씩 떠올리고 연락해보기, 내가 좋아하는 분야를 배워보기, 근사한 식당에 예약하고 혼자 가기, 하루쯤 집안일을 다른 사람에게 맡기기, 골동품 구입하기, 누군가 카메라를 들이댈 때 멋지게 미소 짓기, 한 정거장에서 미리 내려 걷기, 10년 후에 살고 싶은 집에 관해 스케치하기, 아이들에게 물려줄 우리 집 요리책 만들기…….

생각만 해도 좋은 계획들이 벽에 한가득 붙여졌다. 원래, 따뜻한 것은 사람을 모은다. 모닥불 앞에서, 좋아하는 노래 앞에서, 먹을 것 앞에서 사람들은 행복하다고 느낀다. 나는 여자들의 아이디어를 카메라에 담았다. 여자들의 글씨체는 모두 다르지만, 아름다웠다. 손글씨가 주는 다정함이 있다. 언젠가 하고 싶은 멋진 것들을 더 생각해냈다.

직접 이불을 만들어보기, 이번 일요일 밤 가족을 위한 정찬 만들기(단 가족과 함께 준비할 것), 피아노 배우기, 작곡 배우기, 혼자 여행하기, 토요일 아침에 혼자 외출하기, 꽃을 가까이하기, 사랑하는 사람과 사진 찍기, 욕실에 향기로운 비누 놓기, 좋은 소금과 간장 구하기, 새로운 도전 거리 찾아보기, 집 안에 내 책상 들여놓기까지.

여자들이 원하는 것을 쓰는 동안 할머니는 아스파라거스 한 접시를 살짝 볶아 좋은 소금만 뿌려 간단한 점심을 들었다. 티아하우스에서는 밀크티를 자주 마셨는데, 주로 케냐산 티였다. 티아 할머니는 젊은 시절 케냐에서 산 적이 있다고 했다. 그 시절의 이야기를 들을 때면 마음이 따뜻해졌다. 마치, 내가 그곳에 살았던 것처럼.

"모든 것에서 지쳐 있던 시절이 있었지. 그때 무작정 그곳에 갔어요. 마사이마라에 동물들이 지금보다 많을 때였어요. 롯지에 가면 천막 호텔에서 잠을 자요. 새벽 4시 즈음 되었으려나. 나는 꼭 그 시간 전에 일어나곤 했어요. 원숭이들이 천막과 천막 사이를 뛰어다니는 통에 잠을 이룰 수가 없었거든. 그 소리는 마치 장맛비가 쏟아지는 소리 같았어요. 천막이 열리고 누군가 따뜻한 티와 커피가 담긴 주전자와 쿠키를 두고 갔지. 그러면 아침을 아주 따뜻하게 시작할 수 있었지. 아침 6시가 되면 그곳도 서늘하거든. 뚜껑이 없는 지프차를 타고 마사이마라를 달렸어요. 보라색 피멍이 든 하늘이 서서히 푸른빛으로 변하면 밤새 맹수에게 쫓긴 하늘이 맨살을 드러내는 것 같았지. 그때 나는 처음으로 자연이라는 것이 사람을 감동시키는 가장 순수한 근원이라는 걸 알아챘어요. 인간이 만든 그 어떤 빛깔도 그날의 하늘색을 흉내 낼 수가 없더군. 나는 늘 근원의 색, 근원의 이야기에 목말라해요. 지금 이 순간도. 그걸 흉내 내기 위해 애쓰지, 평생을 다해."

나는 그 시절의 티아 할머니 모습을 상상했다. 서른 살의 티아 할머니는 어떤 모습이었을까, 어떤 여자였을까, 새벽에 따뜻한 티를 가져다준 사람은 누구였을까. 모든 것이 궁금했지만 먼 곳을 그리워하는 티아 할머니의 눈빛을 바라보느라 물어보지 못하곤 했다. 게다가 티아 할머니의 주말은 너무 바빴다. 오전, 오후로 동네 아이들과 만들고 이야기하고 노래하느라 늘 바빴다. 나는 할머니의 노트를 안고 내가 좋아하는 3층의 복도 끝 의자에 앉았다. 초록색 의자. 몸을 깊이 감싸는 이 의자는 언제부터인가 내 자리가 되었다. 이 의자에 앉으면 옆집의 나무들이 창까지 줄기를 뻗는 풍경을 볼 수 있었다. 주말 오전 시간 내내 나는 초록 의자에 앉아 겨울 햇빛을 받았다. 몸과 마음이 따뜻해지는 멋진 시간. 이제 온전한 이곳에서의 내 시간을 즐기기 시작했다.

이번 브릿지 타임에는 기타 음악이 가득했다. 몸과 마음을 위한 작은 음악회였다. 내 인생에 주제곡이 하나 있다면 저런 곡이면 좋겠다고 생각했다. 2월의 공기 속에 숨은 봄기운 같은 음악이다. 수하는 "음악은 들고 다니는 정원 같은 거예요"라고 말했다. 나는 또 그 말이 좋아서 웃는다. 요즘은 자주 조금씩 웃게 된다. 큭큭 웃기도 하고, 하하 웃기도 하고, 허리를 젖히고 몸을 움직이며 크게 웃는 편도 많아졌다. 가벼운 산책 같은 음악을 들으며 몸과 마음의 무게를 조금은 덜어내고 싶다는 생각도 자주 한다. 욕심도 미움도 경쟁도 질투도 비뚤어진 마음의 무게다.

지현은 "나는 여자들의 무게를 연구하는 일을 해요"라고 말했다. 가방 만드는 디자이너가 되기 위해 공부를 시작했다는 지현은 무거운 가방을 가볍게 만드는 것이 목표인 사람이다.

"이상하게 무거운 가방을 메고 다니는 여자들이 많아요. 그런데 더 가벼운 가죽을 찾다가 요즘에는 캔버스 천으로 된 가방, 종이로 만들어진 가방에 관심이 가요."

그녀가 디자인한 가방은 아직 세상에 나오지 않았다. 그건 3년 후의 꿈이다.

"세상의 모든 가벼운 가방에 대해 공부하고 있어요."

아직은 아이들이 독립할 나이가 아니어서 적극적으로 나서지는 못하고 있다고 했다.

"게다가 집에는 돌봐야 할 부모님도 있어요. 그래도 나는 시간을 내요. 아이들이 좀 더 크면 나도 데뷔를 할 거예요. 세상 속으로. 지금은 그때를 준비하죠. 이런 시간이 나를 지키는 힘이거든요."

그녀는 그렇게 가방의 무게를 연구하고 만드는 사람이 되었다. 그렇게 자신을 부르기 시작한 순간, 스스로에게 이름을 붙여줌으로써 소명을 얹어준 셈이었다.

"가벼워지고 싶었거든요. 예전에 어떤 선생님이 이런 말을 했었어요. 무거운 가방을 들고 다녀 버릇하면 평생 작고 예쁜 가방을 들지 못한다, 그렇게 매일 머리를 묶고 다니면 나이 들어서도 질끈 묶고만 다닌다……. 아, 그 말이 진짜가 되어버렸어요. 나는 그 말이 그렇게 싫었어요. 떨치고 싶어도 떨쳐지지 않는 운명같이 느껴져서. 그 말 때문인지 내 삶은 언제나 여러 가지 일을 하느라 버겁고 무거웠죠. 머리 스타일 따위를 생각할 겨를이 없었어요. 그런데 세월이 지나고 그 어려운 시간을 건너다 보니, 이런 생각도 들더라고요. 무거운 가방은 내가 하고 싶은 게 많다는 이야기가 아니었을까. 나는 가방에 늘 책과 노트를 넣었고, 아이들과 함께 나갈 때는 아이들 물건까지 챙겼죠. 그건 내 삶 자체였던 거예요. 작은 핸드백을 들고 다니는 여자들보다 내가 덜 행복한 건 아닐 거예요. 나는 큰 가방이 어울리는 사람이니까. 가방에 넣을 것이 많으면 가방의 무게를 줄이면 되지. 그러면 조금 낫지 않을까 싶어요. 사실 가벼운 가방을 만들고 싶었던 건 몸에 무리가 가는 무게가 싫어서이기도 했어요. 가볍다는 말은 상징적인 말이겠죠. 나는 내 몸을 사랑하기로 작정했으니까요. 내 정신의 풍요로움을 지키면서 말이죠."

지현에게 아름다움이란 현실의 무게를 기꺼이 받아들이는 삶, 그러나 그 마음과 몸은 현실의 무게에 지치지 않는 삶이라 했다. 그러기 위해서 몸을 사랑하고 마음을 사랑하고 내 몸과 마음을 들여다보라고 말이다.

"몸을 사랑하기로 한 첫째 날, 나는 내 손을 내려다보았어요. 작은 상처들의 자국이 있었죠. 한번 들여다볼래요? 그 작은 상처들 속에 사랑스러운 기억들도 있겠죠. 좋아하던 사람에게 처음 요리를 해주다가 생긴 상처, 그의 선물을 포장하다가 베인 상처, 자전거를 처음 배우다 생긴 상처. 그리고 나는 내 손에 흐르는 세월을 짚어냅니다. 이건 스물다섯 살 때, 이건 지난 주에, 그리고 기억나지 않을 만큼 어린 시절부터 나와 함께였던 상처까지도……. 하나씩 하나씩 매만지며 나는 내 손과 함께 그간의 세월도 어루만져봅니다. 남편의 손을 처음 잡던 날의 내 손을 기억하고, 우리가 꿈꾸던 세상을 기억합니다. 청혼 반지를 끼던 손가락과 사랑의 약속을 맹세하던 손가락도 기억합니다. 이 손으로 매만졌던 얼굴과 눈과 입술을 기억합니다. 이 손으로 매만지면 달라지던 세상을 기억합니다. 그동안 나는 삶을 매만졌어요. 이제는 나를 좀 더 들여다보려고 해요. 내일은 내 가슴을, 그다음 날은 내 입술을, 내 어깨를, 내 등을, 내 엉덩이를, 내 다리와 발을 어루만져야지, 그렇게 생각해요. 몸이 기억하는 추억들, 슬픔이나 애환 같은 것들도 그냥 담담하게 들어봐야지, 그런 생각도 해봅니다. 나는 열심히 살았지만 이제는 조금 더 내 몸을 소중하게 생각하려고 해요. 사람의 몸과 마음도 사랑하고 사랑받고, 존중하고 존중받을 때 아름답잖아요. 내가 나를 맨 먼저 아껴야겠다고 생각하죠. 내 몸에 예를 다할 때, 그때 누군가의 시선이 아닌, 존재만으로도 사랑스러운 사람이 됩니다."

지현의 말은 속도가 빨랐다. 가슴속에 하고 싶었던 말, 품었던 생각이 얼마나 많았을까 싶을 정도였다. 충분히 때가 되었을 때 툭 건드려주기만 해도 봇물 넘치듯 그녀의 꿈이 현실로 쏟아져 내릴 것이다. 나는 그녀의 눈에서 열망을 읽었다. 언젠가 내 것을 펼쳐나갈 여자의 아름다운 열망이었다.

"예전에는 뒷모습이 아름다운 여자가 되어야지 생각했었어요. 조금 추상적이고 서정적인 표현이죠. 그런데 너무 현실성이 없는 거예요. 그래서 요즘은 등이 아름다운 여자가 되어야지, 하고 말을 바꾸었습니다. 그러니 등과 척추를 관리해야겠지요. 몸에 좋은 속옷을 골라 입고 입욕제를 신경 쓰고 세탁 방법을 생각합니다. 어깨부터 허리를 자신감 있게 펴는 것도 의식적으로 노력해요. 등은 그래도 천천히 나이 드는 것 같아요. 살집이 좀 있지만 등은 꽤 괜찮답니다. 여름에 등이 파진 근사한 드레스를 입기도 하지요. 나는 나이 드는 내 몸이 싫지 않아요. 아주 익숙한 내 것이죠. 조금 아쉬운 것은 머리숱이 원래 풍성하지 않다는 사실이에요. 나무 브러시를 사서 길을 잘 들이고 있답니다. 아침에 일어나자마자 세수하고 머리 빗고 내 몸과 마음을 툭툭툭 두드립니다. 아주 기분 좋은 자극이에요. 세포들이 깨어나는 기분이 들어요. 열심히 일했고, 결혼했고, 세상에 기여하며 살았다고 자부해요. 그러느라 몸에 수분이 다 빠져나가버렸거든요. 아이들을 한창 키울 때는 늘 지쳐 있었답니다. 마음에 여유가 없어서 늘 허둥댔어요. 티아 할머니가 그러셨지요. 아이들이 다 자라고 난 후에 당신 자신에게 무얼 해줘야지, 라고 미루지 말라고 말이에요."

티아 할머니는 오늘 브릿지 타임에 자리를 비웠다. 빗자루 아줌마는 티아 할머니가 없으면 늘 할머니에 관한 작은 비밀을 들려주는 걸 좋아했고,

우리는 그 이야기를 듣는 것을 좋아했다.

"티아 할머니가 몸을 위해 하는 진짜 좋은 비결이 뭔지 알아요? 너무 완벽하려 하지 않는다는 거죠. 의외로 주말 아침의 늦잠을 좋아하시거든요. 그리고 가끔은 무심해요. 여행을 떠나면 이곳을 완전히 잊으시는지 연락 한 통도 없다니까. 몸과 마음을 사랑하려면 우린 좀 느긋해져야 해요."

빛자루 아줌마는 티아 할머니의 젊음의 비결은 부지런하지 않음이라고 말해서 우리를 웃게 했다. 사람을 웃게 하는 능력이야말로 배우고 싶은 삶의 여유가 아닐까. 가끔 티아 할머니는 큰 소리로 노래를 부르거나 리듬에 맞춰 춤을 추실 때가 있다. 나는 그렇게 몸으로 표현하는 모습이 어색하다. 그런 능력은 타고나는 것일까. 나는 늘 한 발짝 뒤에 서 있는 편이다. 사람들이 앞에 나서서 이야기를 하는 날이면, 언젠가 나도 저 자리에 설 수 있을까 궁금해졌다.

"맞아요. 저는 요즘 조금 느리게 말하려고 노력해요. 그런데 아직은 쉽지 않아요. 그래서 몸부터 조금 속도를 늦추려고 해요. 그중 하나가 오래 일하기 위해 만들어낸 동작이랍니다. 사람마다 자신의 몸에 필요한 동작 몇 개씩은 있게 마련이잖아요. 저같이 오래 앉아 있는 사람, 책을 많이 보는 사람, 서서 일하는 시간이 긴 사람이 다 달라요. 자신이 제일 잘 알죠. 나에게 필요한 것이 무엇인지. 이럴 때 속도 조절을 해야 해요. 몸이 말하는 소리를 잘 들어야 해요. 사랑하는 일을 오래 하기 위해서는 내 몸에 적당한 움직임을 알아야 해요. 운동이든, 산책이든, 그냥 단순한 움직임이든. 저는 일어나서 허리를 쭉 펴고 세 발짝을 걷고 발레 동작처럼 두 팔을 하늘로 올려요. 그리고 한 번 턴을 하죠. 비틀거리지 않기 위해 내 몸의 근육과 피가 정신을 똑바로 차리는 순간이에요. 그리고 제자리. 다시 앉아서 두 손을 툭툭툭 흔들고 두 발을 탁탁탁 열 번 바닥과 부딪쳐요. 내 몸의 모든 긴장이 빠져나가라, 속삭이면서."

지현의 동작을 따라 해보았다. 의외로 쉽지 않다. 몸치인 지안의 뻣뻣한 움직임 때문에 또 같이 웃는다.

"몸이 내 움직임을 이해한다고 생각하는 거예요. 매일 내 몸과 마음에 좋은 것을 해주고 있다는 믿음이 나를 바꾸니까요. 좋은 습관은 좋은 인생을 만든답니다."

지현의 빠른 말은 조금씩 조금씩 느려졌다.

"그래, 그래, 괜찮아. 제가 매일 아침 나에게 들려주는 얘기예요. 목주름이 생기면 질 좋은 터틀넥을 몇 개 더 장만하면 되고 새치가 생기면 어떤 색깔의 염색이 나에게 어울리는지 생각하면 되지, 뭐 어때, 하고요. 몸과 마음은 가벼움을 원해요. 위트를 원해요. 그래서 몸을 위해서는 더 가벼운 신발, 더 가벼운 가방, 더 가벼운 마음을 추천합니다. 시간과 시선에 얽매이면, 여유를 잃어버리면 균형이 깨져요. 균형이 깨지면 모두 알죠? 목소리는 뾰족해지고 마음은 삐죽해집니다. 마음이 다치면 몸이 아프고요. 몸이 아프면 마음이 다치죠. 저는 우울해지면 초콜릿을 조금 먹습니다. 몸무게는 조금 늘지 몰라도 마음의 행복감을 위해서죠. 그런 날이면 엘리베이터를 이용하지 않고 계단을 오르며 균형을 맞추죠. 좋은 약이나 좋은 화장품보다 좋은 친구, 행복한 가정, 혹은 행복한 연애, 행복한 우정…… 그런 가치 있는 일이 더 균형을 잡아주죠."

"초콜릿은 좋은 약이야. 인생에는 초콜릿이 필요한 때가 두 번은 있어. 삶이 달콤하다고 느끼는 순간, 반대로 쓰다고 느끼는 순간."

빗자루 아줌마는 "그런데, 내 몸은 초콜릿을 너무 자주 원했어" 하고 울상을 지었다.

수하의 기타 연주가 더 이어졌다. 우리는 모두 천천히 몸을 움직이며 눈을 감았다. 온종일 바쁘게 사용했던 정신의 서랍도 스르르 닫는다. 몸을 돌아보고, 마음을 돌아본다는 것이 거창한 계획으로 될 일은 아니겠지. 하지만 내 몸과 마음에 따뜻한 기운을 불러일으킬 수 있다면, 나는 좀 느긋한 관찰력을 가져보고 싶다.

어느 편안한 주말 아침, 나에게 시간을 선물하고 싶다고 말하자 빗자루 아줌마가 대뜸 인조반을 먹으며 쉬라고 했다. 가난한 상인들인 객주들이 먹던 밥상인데 자리에 일어나 바로 그 자리에서 먹는 소박한 아침상이라 했다.

위로의 방에서 자고 일어난 다음 날 아침에 빗자루 아줌마는 정말 인조반 한 상을 슬쩍 들여놔주었다. 아무 말도 건네지 않고, 아무 인사도 하지 않고, 나를 아는 체도 하지 않고 말이다. 빗자루 아줌마가 아는 체를 하지 않기란 얼마나 어려운 일인가. 작은 소반에 담백한 반찬과 밥과 국을 먹고 빗자루 아줌마가 준 쪽지를 읽었다.

'설거지는 하고 가도록.'

빛자루 아줌마의 목소리가 들리는 것 같아 나는 또 큰 소리로 웃었다. 요즘 나는 정말 쉽게 웃는다. 몸과 마음이 한결 가볍다.

눈물은 무거우니까, 가끔 흘리면 좋다.

사랑도 무거우니까, 잠시 쉬는 것도 유익하다.

애정을 담지 않은 충고는 듣지 말 것.

애정을 담은 간섭도 피할 것.

모든 익숙함들이여, 안녕. 온전히 나 자신에게만 집중할 것.

가만 가만 마음을 움직일 것.

그동안 너무 큰 근육만을 써왔다.

작고 사소한 것은 지나쳐버렸더니 어깨가 딱딱하게 굳었다. 마음도 굳었다.

입술 모양이 아래로 내려앉기 시작했다.

우리는 가끔 인생의 가벼움을 위해

정답을 찾으려 한다.

그래서 더 무거워지고 만다.

무엇이 행복이냐고,

정말 사랑하느냐고, 얼마나 남았느냐고,

미래를 향해 질문하기를 멈추는 것으로부터

미래가 시작된다.

그저 지금 시작하는 당신의 가벼운 움직임으로부터.

티아 할머니의 노트 *p.112*

207

———— 겨울 쉼표

커다란 책,
티아하우스를 읽다

겨울은 책 읽기 좋은 계절이다. 그간 나는 책을 멀리했다. 책이 나를 매료시켰던 시절은 열일곱 즈음부터 스물셋까지다. 그때는 몽상과 탐색과 책의 나날이었다. 그때 읽은 문장과 단어들은 쉽게 내 심장에 담겼다. 그리고 피와 같이 내 몸을 흘러 다녔다.

겨울밤 뜨겁게 내린 커피와, 여름 한낮 차가운 레몬주스와, 봄날 아침 달고 고소한 쿠키와 티, 가을 저녁에는 따뜻한 계피차와 사과를 함께 먹으며 책과 만났다. 책과 함께 숨어 있기 좋았다. 그 속에서 나는 더 이상 외롭지도, 소외를 당하지도, 소통이 어렵지도 않았다. 책과 함께 있으면 나는 무엇이든 할 수 있는 용감한 여성이 되었다. 셰에라자드가 되어 페르시아 왕의 냉정하고 난폭한 마음을 조율해나갈 수도 있었고, 빨간 머리 앤이 되어 아름다운 빨간 벽돌집을 꿈꾸는 멋진 여성으로 성장해나갈 수도 있었다. 그 즈음, 누구도 나에게 책만큼 자상하지 않았다.

아버지는 술을 마시지 않는 날이면 집 안 어딘가 존재감 없이 지냈고, 돌아온 엄마는 우리를 먹여 살리느라 바빴다. 오빠는 일찍 집을 떠나 있어 내 생활을 알지 못했다. 그때 몸을 구기고 책을 읽었다. 그것만이 나의 구원이었다. 그때 책은 고독한 외톨이와 닮아 있었다. 나는 한 발짝도 밖으로 나가지 않았다. 열일곱 살부터 나는 키가 1센티밖에 자라지 않았지만, 마음은 자랐을 것이다. 위로가 필요할 때 사람보다 책이 더 가까이 있었다.

티아하우스에 오면 책을 읽듯 이야기를 나눈다. 볕 좋은 날, 여자들은 함께 모여 앉아 결혼 준비의 정보를 나누고, 그사이에 소소한 감정도 나눈다. 나는 혼자 창가 자리에 앉았다.

"아, 참 좋다."

나도 모르게 가벼운 한숨 같은 탄식이 흘러나왔다. 티아 할머니는 빛자루 아줌마와 바닥에 앉아 채소를 다듬고 있었다. 할머니는 채소를 다듬다가, 옆에 작은 종이 위에 채소의 뿌리를 그렸다.

"식물 채집 같아요."

"맞아요. 이 자투리 채소 잎들을 더 들여다봐야 할 것 같으면 이렇게 책 안에 끼워두지요. 내가 좋아하는 책 속에."

티아 할머니는 그림책을 좋아했다. "아이들처럼 바로 누워서 책을 들고 볼 때도 있어요. 아무도 나에게 잔소리를 하지 않아서 참 좋아"라고 말했다.

"책을 읽을 때 내가 가장 중요하게 생각하는 건 전체를 느끼는 거예요. 단어 하나하나, 정보 한 구절이 아니라 이 사람이 어느 공간과 시간을 넘어 내 생각과 맞닿았구나, 그러면 돼요. 좋은 책을 만나는 것은 참 어렵고 조심스러운 일이에요. 서로 다른 세계가 만나는 일이거든. 충돌할 수도 있고, 좋은 영향을 끼칠 수도 있으니까. 나는 악수부터 하지요. 책을 고를 때는 종이부터 슬쩍 만져보는 습관이 있어요. 종이는 이야기를 품고 있어요. 젖은 물, 바람, 시간과 사람의 역사 같은 것들 말이야. 어린 시절 좋아하는 책을 손에 넣었던 순간을 생각하면 지금도 가슴이 두근거려. 갓 구운 빵을 들고 집으로 돌아가는 아이처럼, 나만 아는 비밀이 생긴 아이처럼 참 좋았어. 행여 사라질까 두려워하면서 다락방으로 올라가 한입 가득 빵을 베어 물듯 책장을 넘기면 그 기분은 이루 말할 수 없었지. 나는 여전히 책이 좋아. 그래도 이제는 책에서 걸어 나올 때지. 요즘의 나는 책이 세상 전체에 있다고 생각해요. 나무에도 있고, 사람에게도 있고, 우리 집 앞 골목에도 있어. 걷고, 말하고, 생각을 나누는 모든 게 책이에요. 그 행복감을 아이들하고 나누고 싶어. 아무래도 나는 나이가 더 들면 드레스를 그만 만들고 아이들과 놀기만 해야 할 것 같아."

티아 할머니는 어떤 소녀였을까. 책 냄새를 맡던 소녀의 얼굴이 반짝하고 스쳐 지나갔다.

"봄밤에 읽고, 여름밤에 읽고 가을밤과 겨울밤에 읽어요. 다 다르지."

누구나 잊지 못할 밤, 언제까지나 혼자 간직하고 싶은 밤을 하나쯤은 간직하고 있을 것이다. 누구나 잊지 못하는 책도 한두 권쯤 있는 법이다. 그날 밤, 우리는 모여 앉아 책을 읽었다. 티아 할머니는 티아 할머니가 좋아하는 책을, 여자들은 모두 그들이 좋아하는 책을 그들이 좋아하는 자리에 앉아 읽었다.

내가 어렸을 때는 속독이라는 게 유행했었다. 우리 반 어떤 여자아이가 속독을 배워 쓱쓱 책장을 넘기던 눈동자의 움직임과 책장 넘어가던 소리가 꽤 충격적이었다. 책을 빨리 읽을 줄 알던 아이는 반에서 제일 예쁘고 뭐든 똑 부러지게 보이는 아이였다. 생각해보니 나는 그 아이를 부러워했던 것 같다. 여자아이는 영리하고 조숙했다. 어수룩한 전학생이던 나를 자신의 그룹에 끼워주었다가 다시 아이들에게 귓속말을 하며 투명인간 취급을 했다가 관계를 쥐락펴락하던 리더이기도 했다. 여자아이들의 귓속말은 최초의 상처가 된다. 눈앞에서 대놓고 귓속말을 한다는 건 일종의 선전포고다. 이제 너는 우리 그룹에 낄 수가 없어, 라는.

기억은 희미하지만 괴로웠던 것 같다. 그 그룹에 들어가고 싶었던 걸까. 어떤 날은 친구가 되었고 또 어떤 날은 투명인간이 되었다. 여자아이가 내 눈앞에서 다른 아이에게 귓속말을 하면 나는 학교에 가기 싫었다.

"내가 만약 너를 열일곱 살 때 만나지 않고 더 어릴 때 만났다면 친구가 되었을까? 아마 너의 진짜 좋은 점을 발견하지 못했을 거야."

어느 날 재이는 담담히 내게 말했었다.

"왜냐하면 나는 이기적인 아이였거든. 나는 내가 세상에서 제일 잘난 줄 알았어. 어른도 우습고, 또래 아이들 중에 모범생들도 우습고. 특히나 너처럼 하루에 스무 마디 정도밖에 하지 않을 것 같은 아이는 더더욱 견딜 수 없었을 거야. 내가 왜 네 친구가 되기로 결심했는지 알아? 열일곱 살이 되었기 때문이야. 그땐 한 고비를 넘기고 제법 소중한 걸 볼 줄 알게 되었거든. 그리고 어떤 사람이 나에게 더 편한지도 알게 되었고."

나는 피식 웃었다. 아마 예전 같았으면 이런 말에도 상처를 받았을 거다.

"너는 이야기를 들어주잖아. 너한테는 들어주는 귀가 있으니까. 그게 너의 능력일 거야. 그래서 모르긴 몰라도 티아 할머니가 너에게 기록자의 역할을 준 거겠지. 너는 언제나 생각을 바로 꺼내놓지 않잖아. 하지만 다른 사람의 생각을, 마음을 다해 들어주거든. 네 눈을 보면 알 수 있어. 그래서 신이 나서 나는 진심을 다 말해버려."

나도 재이가 어떻게 내 친구가 되었을까, 가끔은 궁금했었다. 말 그대로 나는 하루에 스무 마디 이상을 말하지 않았고, 재이는 대화 도중의 짧은 침묵도 힘겨워했다.

"나는 네가 결혼한다고 했을 때 정말 부러웠어. 그리고 남몰래 조금 불행했어."

"그랬겠지. 내가 파혼했을 때, 살짝 마음이 놓이기도 했지?"

"무슨……."

나는 말을 잇지 못했고 재이는 크게 웃었다.

회사 생활을 할 때 내가 가장 힘들어했던 것은 전화 업무였다. 업무상 꼭 필요한 전화를 하는데도 오래도록 고민했다. 나에게 전화를 건다는 건 꽤 무거운 과정이었다. 통화 연결음이 가는 소리를 들으며 지금 그냥 끊어버릴까, 기록이 남지 않나, 그런 잔걱정들을 거듭하곤 했다.

그러면서 늘 거절당할까 봐 두려워했다. 사랑받지 못할까 봐 사랑을 시작하지 못했고, 상처받을까 봐 다가서지 못했다. 가끔은 그런 내가 한심하고 딱하기까지 했다. 내가 재이를 부러워했던 건 이미 결정한 일에 대해 미련을 잘라버리는 과감함, 문을 닫고 다시 새로운 문을 여는 용기였다.

겨울이 깊은 날에도 티아하우스는 따뜻했다. 사람들이 모이면 공기는 따뜻해진다. 사람이라는 존재는 누구나 특별하다. 누구나 심장 한가운데, 놀라움이 숨어 있다. 대개는 스스로 발견하지 못하는 놀라움이다.

여행에서 돌아온 동백과 빗자루 아줌마도 우리 곁에 앉았다.

"편지 고마웠다."

"별……. 내가 너 때문에 오랜만에 글씨를 쓰려고 했더니 힘들어 혼났다. 그래서 그날 저녁에 밥을 한 끼 더 먹었다."

빗자루 아줌마는 괜히 툴툴거렸다.

"내가 그렇게 괜찮은 사람인가. 친구가 그렇다 하니 그렇게 믿어보려고."

동백은 여행 중에 빗자루 아줌마의 편지를 읽었다고 했다.

"20년 전의 그 괜찮은 여자는 지금도 달라지지 않았어. 그때보다 얼굴은 조금 마르고, 몸은 조금 둔탁해졌어도. 빠져나가는 게 어디 탄력뿐인가. 핵심에서 벗어난 걱정 따위는 내려놔버려. 대세에 지장이 없는 걸 두고두고 곱씹어보는 건 쓸데없는 고생이야. 알 만한 나이잖아, 우리."

동백은 여행을 다녀온 후에 새로운 직업을 찾고 있다고 했다.

"일을 괜히 놓았어."

"그러게."

"그땐 그럴 수밖에 없었어. 다시 돌아가도 아마 그런 선택을 했을 거야.

요즘은 그런 생각을 많이 해. 모든 순간에는 항상 내가 선택을 했었다는 생각. 그러니까 지금의 나도 내가 순간순간 선택한 결과니까 받아들여야지."

"잘 건너온 거야."

"맞아. 겪어야 할 것들을 잘 건너왔으니까 이제 나한테 상을 주려고."

"누군가의 아내가 아니라, 동백으로 사는 거니까 상을 줘야지."

"맞아. 이제 나에게 집중할 시간이 된 거야. 컴백한 거야."

재이와 나는 티아하우스에서 가장 전망이 좋은 3층 창가로 갔다.

"서울아, 나이 들어가면서 이런 말 저런 말 재지 않고 할 수 있어서 참 좋다. 친구라는 말도 참 좋다."

의외의 고백이 싫지 않았다.

그날 밤, 티아하우스에는 동백과 빛자루 아줌마가, 나와 재이가 있었다. 여자들은 살면서 몇 번 우정의 위기를 맞는다. 마음이 변해서가 아니다. 결혼을 하면 서로의 궤도가 달라지면서 멀어진다. 서로가 서로에게 외계어를 말하기 시작한다. 예전에 그토록 죽이 잘 맞던 친구끼리도 감성이 통하지 않게 된다. 그때는 또 그렇게 흘러가게 내버려둬야 한다. 서로의 세계가 달라져도 우리가 '친구였다'라는 사실은 달라지지 않는다. 어떤 인연은 그렇게 끝이 나고, 어떤 인연은 다시 다른 계기로 이어진다. 그때 다시 웃으며 이렇게 마주 보면 된다. 힘이 되어주면 된다.

다음 날 낮에 눈이 내렸다. 수하는 피아노 앞에 앉아 있었다. 우리는 여느 때처럼 눈과 어울리는 음악을 기대했다. 그런데 그날의 수하는 달랐다. 한참을 가만히 건반 위에 손을 얹고 있었다.

"존 케이지의 4분 33초처럼."

가끔 수하는 어린아이 같다. 그래서 늘 엉뚱한 시도와 아이디어를 거리낌 없이 내뱉었다. 평소와 다르지 않은 눈 내리는 풍경이었다. 우리는 수하의 손끝에서 시선을 돌려 창밖을 봤다. 고요한 눈이었다. 우리는 한참 동안 마음속에서 음악을 꺼내 들었다. 티아하우스의 부엌이 더 따뜻해졌다.

"어렸을 땐 눈이 오면 그냥 좋았는데. 요즘은 '그냥 좋다'라는 말이 낯설다."

겨울 수프를 끓이던 지안의 눈에 아쉬움이 가득하다. 오늘도 마른행주를 한 손에 들고 다니던 빗자루 아줌마는 따뜻한 무릎 담요를 한가득 안고 돌아왔다. 나는 고양이 물루의 털 색깔 같은 회색을 골랐다. 무릎을 덮는 대신 어깨를 덮었다.

"계절 바뀌면 몸살이 났었지."

빗자루 아줌마의 이십 대는 어땠을까.

"여행 좋아했고, 새로운 뉴스에 눈이 번쩍 뜨였고, 잘 웃었고, 계절이 바뀌면 또 어디로 갈까 몸이 들썩들썩했었지."

빗자루 아줌마의 눈도 아득해졌다.

"나는 여전히 그대로인 것 같은데. 이상하게 멀리 온 것만 같네. 눈이 와서 그런가. 그냥 한참 앞만 보고 걸어온 것 같지. 그립네, 눈 오면 꼭 누구라도 만나야 할 것 같던 그 시절이 말이야."

맞다. 눈 온 숲길을 한참 걸었는데, 문득 뒤돌아보면 걸어온 자취는 지워져버렸다. 그런 황망함이 우리 나이에는 있다. 마음을 붙잡지 않으면 다 사라져버린다.

"계절 바뀌는 걸 한참 지나서야 깨닫게 된다니까. 눈 오면 차가 막히겠다 싶고. 만사가 귀찮아지기 쉬울 때야. 마음도 늙는 거야."

수프를 젓는 지안의 손동작이 느려졌다.

지안과 빗자루 아줌마는 지킬 게 많아지면서 몸과 마음도 너무 바빠졌다고 말했다. 옆에 있는 사람들을 챙기느라 설렘도 가슴이 뻐근해지는 외로움도 너무 사치였다고.

"아, 이건 너무 변명 같은데……."

지안이 혼잣말을 하듯 중얼거렸다.

"누구의 것도 아닌, 내 것을 잃으면 안 돼."

수하는 다른 때와 달리 표정이 무겁다.

"나를 막 휘몰아치는 감정 같은 것들 말이야. 나는 그 감정을 지켜내야만 밥 먹고 살 수 있어. 그래서 끈질기게 잡고 있으려고 노력해. 아주 고단해."

수하는 자신의 음악을 만들게 하는 뮤즈가 있다고 믿었다.

"노력만 하면 안 돼. 느슨한 시간과 치밀한 시간이 공존해야 해. 내 작업에 절대적인 기적을 만들어주는 작은 요정은 변덕이 심하거든. 불시에 내 귓가에 대단한 걸 속삭여줄지 몰라. 나는 언제나 준비를 해야 해. 벽장 속에서 언제 나타날지 몰라."

"벽장 속에서 나오지 않는 뮤즈는 어떻게 불러내?"

우리는 모두 궁금했다. '진심으로 너는 그걸 믿니?' 라고 묻는 건지도 모르겠다.

"나 여기 있어, 너를 기다려, 계속 신호를 보내지. 그런 절대적인 존재가 있다고 생각해야 이 고독한 짓거리를 계속해나갈 수 있는 거라고. 재미나게 신나게 '그래, 너 오늘은 나를 방문해라' 주문을 외면서 지치지 않고 나아가는 거지."

수하는 누구에게나 작가의 시간이 필요하다고 말했다. 매일매일의 일상의 결을 지켜나가는 노력 말이다. 아이처럼 자신을 풀어놓는 느슨한 시간과 어른처럼 배우고 계획하고 책임지는 치밀한 시간이 함께 어우러져야 한다고 말했다.

"갑작스러운 뮤즈의 방문을 받기 위해서는 직장인처럼 정해진 시간에 꾸준히 일해야 해. 멋들어진 사업 아이디어나 인생을 바꾸는 생각이 준비 안 된 사람들한테 올 거라고 믿어? 무대에 오르는 그날을 준비하는 연습생처럼 매일매일 연습해야 해."

수하의 말에 지안이 고개를 끄덕였다. 맞다, 매일매일 비타민을 먹듯. 나도 고개를 끄덕였다. 그래서 모래알처럼 시간이 사라지지 않게 하려고 우리는 시간에 의미를 둔다. 풍경에 의미를 둔다.

사진을 하면서 나는 나에게서 조금씩 거리를 두는 법을 배운다. 나에 관해 생각하는 시간을 조금씩 늘려가고 있다. 나는 비가 오는 날, 눈이 오는 날의 다름을 느끼고 있는 것일까? 그 '다름'을 표현하기 위해 지금 이 순간을 준비하고 있는 것일까? 오랫동안 나는 나에 대해 생각하지 않았다. 지안이나 빗자루 아줌마처럼 인생에 휘몰아치는 시기를 건너온 것도 아니었는데 변명처럼 무덤덤해졌었다. 이곳에 와서 나는 아이가 처음 세상을 만나는 것처럼 비로소 조금씩 조금씩 움직인다. 세상의 본질에 다가간다. 내가 좋아하는 것에게 다가간다. 내가 좋아하지 않는다고 생각했던 것에게도 다가간다.

수하처럼 열정적인 예술가들에게는 열정적인 뮤즈가 있을 것이다. 나에게는, 나의 리듬이 존재한다. 참으로 오랜만에 비가 와서 좋고 눈이 와서 좋다는 생각을 해본다.

티아하우스의 겨울 주말은 고요하다. 바쁜 신부들은 나타나지 않고 바쁘지 않은 여자들만 창가에 모두 모인 주말. 함께 오후를 보낸다. 꽃집 여자 정원과 빗자루 아줌마는 단풍잎 노트를 펼쳐 들고 진지하게 의견을 나누는 모양이다. 재이는 회사 일을 산더미처럼 끌고 왔다. 숫자와 그래프로 가득한 재이의 서류들 사이로 수하의 작곡 노트도 어지럽게 섞였다. 수하도 금세 일에 몰두하고 있었다. 헤드폰으로 음악을 듣는 그녀의 모습이 아름다워서 옆모습을 한 컷 찍었다. 숫자와 음표는 창밖의 눈처럼 섞였다. 조금씩 쌓이던 눈도 서로 다른 것을 품고 색깔들을 덮었다. 말하지 않은 생각, 꺼내지 못한 고백도 저렇게 덮일 줄 알았다.

문득, 눈은 위선이라고 말했던 남자가 생각났다. 눈 내린 다음 날 아침에 드러나는 진실처럼 그저 찰나의 위안이라고 했던가. 논리에 맞지 않는 것은 가슴에 와 닿지 않는다는 사람. 갑자기 눈 오는 날에 그 남자 생각이 난 것은 무엇 때문이었을까. 나는 내 마음의 엉뚱한 방향에 당황했다.

나는 그 사람을 '그레이'라고 부른다. 1년에 딱 네 번 만나는 사람이다. 어쩌면 그 사람은 나에게 계절이 바뀌는 날을 알리는 신호인지도 모르겠다. 우리가 무슨 사이인지 알지 못한다. 친구도 아니고 연인도 아니다. 그저 1년에 네 번쯤 만날 뿐이다. 언제 어디에 있든 연락하고 싶을 때 연락할 수 있는 시대에 살면서, 우리는 고작 네 번을 만난다. 그래도 우리의 인연이 완전히 끊어지지 않는다는 것은 무엇을 의미할까. 외로워서일까. 그냥, 1년에 몇 번 정도는 둘이 되고 싶어서일까.

재이는 둘 다 열정이 부족한 사람이기 때문이라고 말했다.

"비슷한 사람들인가 봐. 누구 하나 서로를 먼저 끌어당기지 않잖아. 대부분의 사람들은 계절이 한 번 바뀌기 전에 끝났을 거야."

재이라면 단칼에 잘랐을 인연이다. 그러나 나는 이 이상한 관계가 편했다. 1년에 네 번 계절이 바뀔 때 우리가 만난다는 것. 사실, 약속이 있었던 것도 아니다. 3년이 넘게 우연히 그렇게 되었다. 그것이 의미라면 의미다. 서로에게 어떤 짐도 지어주지 않은 채 '레몬'이라는 이름의 작은 주점에 앉아 서로의 안부를 이야기하고, 밥을 먹고, 반주를 곁들이고, 그리고 조금 웃을 뿐. 나는 한 계절을 열심히 살았고 그도 그랬다. 우리는 계절을 잘 보냈다는 사실에 건배했다. 그리고 무사하게 견뎠다는 사실에 동질감을 느꼈다. 각자 하고 싶은 이야기를 하고 또 가만히 들어주곤 했다.

나는 그레이가 다니는 회사의 이름은 알지 못했지만 그 회사의 두서없는 경영 방식에 대해서는 알고 있었다. 그레이의 주변 사람들에 대해서도 알고 있었다. 야근을 자주 하는 기러기 아빠 선배와 매주 데이트하는 여자가 달라지는 후배에 대해서도 익히 들었다. 해가 바뀌고 계절이 바뀌어도 그 사람을 둘러싼 환경은 변하지 않았다. 내가 다니는 회사도 그랬다. 언제나 변화를 입으로 부르짖는 윗사람들은 직원들과는 소통이나 비전을 공유하지 않는다. 나는 그레이에게 "고루한 회사의 생각들을 말없이 따르고 있는 사람들도 문제"라고 일침을 가했던 재이의 의견도 들려주었다. 재이는 새로운 것을 꺼낼 줄도 모르면서 평행선을 달리는 사람들, 그러면서 정해진 운명 따위에 굴복하고 질투하고 체념하는 습성이 더 나쁘다고 했다. 그레이는 "아, 나는 그런 멋진 여자는 너무 불편해" 하고 고개를 저었다.

"하지만 부러워."

"맞아, 부럽지. 나와 다르지만 근사하다고 생각해. 그런 사람들의 덕을 보고 있다고도 생각해."

나도 고개를 끄덕였다. 재이 같은 사람은 회사에서 흔하지 않다. 제 몫을 다하고 있고, 제 능력으로 충분히 다른 곳에 갈 수 있는 사람이기에 늘 당당하다. 그에 비해 그레이와 나는 이 사회의 평범한 사람들이다. 우리에게도 속도는 있다. 언제나 앞서 가는 사람들보다는 반응이 느리다. 기회보다는 안정을, 혁신보다는 타협에 끌리는 평범한 동료로서 우리는 다시 건배했다. 그런 날이면 그와 내가 조금은 가까워져 있는 것도 같았다. 우리 두 사람을 감싸고 있는 공기가 더 따뜻하다는 생각도 했다. 지난가을이었다. 늘 그랬던 것처럼 정중히 악수를 하고 레몬 주점 앞에서 헤어졌다. 같이 버스 정류장까지 걷지도 않는다. 다음 계절에 누군가 먼저 연락을 하면 어제 만난 사람들처럼 다시 그곳을 찾을 것이다.

재이가 겨울이 왔으니 또 만날 거냐고 물었다. 이번 겨울에는 한 번 더 만날 거냐고도 물었다.

"아직은 한 계절에 한 번이 좋아."

아직은. 나도 그도 변화를 꿈꾸지 않는다.

"정말 심하게 느린 사람들이지만 그럴 수도 있다 싶어."

조금씩 쌓이던 눈이 온 세상을 하얗게 바꿔놓았다. 재이도 처음과 달라졌다. 다른 속도를, 다른 세상을 이해하고 싶어 했다.

"그래도 중요한 건 만남이 이어진다는 거지. 놀라운 일이야."

맞다, 놀라운 일이다. 어쩌면 밝고 아름다운 색채를 얻을지도 모를 일이다. 티아하우스가 나를 변화시켰듯이 조금씩 변화된 내가 그 사람에게도 다른 이름을 줄 수 있을지 모를 일이다.

티아하우스에 오면서 나는 조금씩 누군가와 이야기를 하고 싶어 하는 나를 발견했다. 그건 무뚝뚝한 나의 애인인 카메라로부터 시작되었다. 이어서 내 눈으로, 내 가슴으로, 내 손으로 감정이 조금씩 이동한다는 것도 느꼈다. 소통의 폭이 넓어지고 깊어지기를 원하고 있었다. 그렇지만 그레이는 아직 그 자리에 둘 것이다. 그가 어떤 사람인지 내 마음대로 규정하고 싶지는 않다. 나처럼 그도 아직은 더 성장해야만 하는 캐릭터다. 그의 세계도 나의 세계와 마찬가지로 견고한 성(城)이다. 높고 두껍고 굳게 닫혀 있다. 나는 용감한 젊은 아가씨처럼 그 문을 섣불리 두드리고 싶지는 않다. 그저 계절이 바뀔 때마다 그는 스스로 문을 열고 나를 만난다. 언젠가 우리는 레몬 주점에서 걸어 나와 봄날의 피크닉을 떠날지도 모른다. 자연스럽게 그런 날이 온다면 나는 또 새로운 그레이를 발견하게 될 것이다.

"사람들이 피크닉을 가며 산다는 걸 최근에 알았어. 잡지나 드라마에서나 보던 일들이 어떤 이들에게는 생활이라는 걸 처음 알았지. 그런 발견을 할 때면 가끔 의기소침해지긴 하지만 또 그런 일상이 온다면 피곤할 것 같아."

그레이의 말처럼 그것이 평범한지, 그렇지 않은지 고민할 필요도 없다. 누구나 비슷하게 살 필요는 없으니까. 우리는 1년에 네 번 만나는 사이지만, 그런 우리에게도 우정은 있고 그걸 지키고 싶은 마음도 진심에 가깝다. 지금은 이 정도가 딱 좋다.

이번 겨울도 그렇게 오른쪽에서 왼쪽으로 넘어가고 있다. 책장이 넘어가는 그즈음에서 눈이 오고, 따뜻한 차를 마신다. 여기, 사람들과 함께.

계절은 책의 한 챕터처럼 조용히 넘어간다.

"나쁘지 않아. 이 정도 걸음걸이, 딱 좋아."

세상에 널려 있는 수만 개의 지식이 내 인생을 바꾸지는 않아.

내 인생을 바꾸는 것은 인연이지.

한 사람과의 인연, 한 권의 책이나 음악, 어떤 장소와의 인연,

그것도 서로 다른 하나의 세계와 만나는 거지.

우리를 바꾸는 것은 그 인연과 충돌하고, 나누고,

변화하면서 경험하는 뭉클함 때문이야.

지금, 당신의 인생을 뭉클하게 해주는 것이 있는가?

티아 할머니의 노트 *p.27*

책과 함께 있으면
나는
무엇이든 할 수 있는 용감한 여성이 되었다.

그즈음, 누구도 나에게
책만큼 자상하지 않았다.

감정,
건너가기

오랫동안 나는
외줄에 올라탄 서커스 소녀 같았다.

이제는 그만 내려오고픈, 굳건한 땅에 발을 디디고픈
나이 든 서커스 소녀.

나는 그만 평온함 속으로 돌아오고 싶었다.
늘 공중에서 걸었다.
누가 내 손을 잡고 '이제 괜찮다'라고
이야기해주기를 바랐다.

고양이의 시절은 탐색과 고독과 예술가의 삶이야.
강아지의 시절은 관계 속에서 평온을 찾는 삶이지.
나는 여자들이 고양이의 시절과
강아지의 시절을 반복하고 있다고 생각해요.

guest 재이, 차경
고양이의 시절과 강아지의 시절을 사는 여자

나는 처음에 재이가 티아하우스에 빠지지 않고 오리라고는 생각하지 못했다. 처음 이곳으로 나를 이끌었던 그녀지만 브릿지 타임에 관심을 둘 거라고는 예상하지 못했다. 재이의 삶은 늘 바쁘고 화려했다.

티아 할머니와 재이는 그다지 어울리는 조합이 아니었다. 나는 늘 사람 사이의 조합을 그림으로 떠올려보는 습관이 있는데, 티아 할머니와 재이는 책과 연애처럼 어울리지 않았다. 연애와 책은 잘 어울리지 않는다. 연애하는 사람의 피는 너무 뜨거워서 느긋한 속도를 가져야 보이는 책의 세계와 맞지 않으니까. 오랫동안 재이를 알아왔지만, 티아하우스에서의 재이는 내가 알던 재이와 조금 달랐다. 우리는 서로 많은 이야기를 나누지는 않았지만 다른 사람들과 함께하면서 서로의 새로운 점을 발견하게 되었다. 그날은 밤늦게 티아하우스에 도착했다. 재이는 빛자루 아줌마와 4월의 신부 두 명, 꽃집 여자 정원, 건축가 미성 그리고 어린 엄마 차경과 함께 있었다. '우물의 방' 한가운데 따뜻한 물을 받아놓고 발을 담그고 있었다. 여자들의 발 아래로 천장의 노란 조명이 따뜻하게 떨어졌다. 맨발 위로 흐르는 물은 실제 깊이보다 더 깊고 따뜻해 보였다. 나는 처음 만나는 여자를 보듯 재이의 옆모습을 한 컷 찍어두었다. 재이의 목소리는 물속에 발을 담그고 있어서인지 여느 때보다 부드럽다.

"그러니까 여자들에게는 고양이의 시절과 강아지의 시절이 있다니까. 고양이의 시절은 탐색과 고독과 예술가의 삶이야. 강아지의 시절은 사랑하고 사랑받는 관계 속에서 평온을 찾는 삶이지. 나는 여자들이 고양이의 시절과 강아지의 시절을 반복하고 있다고 생각해요. 그 시기는 여자들마다 다른 것 같아. 내 경우에는 5년을 주기로 바뀌었지. 최근 5년간 나는 강아지의 시절을 보냈거든. 연애를 찾아 헤맸고, 연애했고, 실연했고, 또다시 연애와 결혼할 상대 꿈꾸기를 거듭했어. 내 모든 가치 기준은 그것뿐이었어. 함께하는 것 말이야. 혼자가 되는 건 죽기보다 싫었거든. 사람이든 사물이든 관계를 맺지 않으면 끈 떨어진 연처럼 불안했어. 지금 생각하면 우스운 일이지. 이제 난 고양이의 시절로 들어선 것 같아. 티아하우스에 오고 나서부터인지도 모르겠어. 그냥, 나에게 좀 더 집중하고 싶어요. 모든 관계는 나 자신보다 더 중요한 건 아니야. 실은 남자들이 모두 다 시시해져버렸어. 관계를 맺는다는 것이 나 혼자 서두른다고 이루어지는 건 아니라는 거지. 그냥 지금은 고양이의 시절이 좋아. 이제는 내 생활 속으로 조금 더 깊숙이 들어갈 생각이야. 예전보다 내가 더 좋아졌어."

"나는 지금 아기 키우기에 몰두하고 있으니까 강아지의 시절인가? 재밌네요, 그거."

어린 엄마 차경은 잠든 아기를 위해 몸을 흔들흔들 움직였다.

"그렇지, 아주 그 속에 빠져 있는 거지. 사랑을 주고받는 시절. 마음껏 그 순간을 즐기라니까. 아이는 자랄 테고, 그럼 당신은 또 나처럼 고양이의 시절로 돌아올 테니까."

'우물의 방' 창으로 달빛이 깊게 스며들었다. 나는 고양이의 시절을 살고 있나? 우리는 누군가와의 관계에 집중하거나 또는 나 자신에 집중하거나, 더러는 아무것에도 집중하지 않는 무생물의 시절을 반복하는지도 모른다. 이러다가 내가 돌이나 그림이 되지 않을까 걱정되는 지경에만 이르지 않으면 되겠지.

"친구, 너도 지금 고양이의 시절이니?"

"아니, 나는 강아지의 시절이야. 눈에 불을 켜고 사람을 찾아 헤매거든."

수하의 말에 우리는 모두 웃었다. 가슴에 담은 많은 이야기를 다 끄집어 낼 필요는 없다. 그냥, 이렇게 달빛이 길게 비치는 밤, 맨발을 부딪치며 이 야기를 나눌 수 있는 친구들이 있다는 생각. 그걸로 왠지 기운이 났다. 농담도 나올 수 있을 만큼.

"아무래도 '우물의 방'은 우리 아지트가 된 것 같아. 여기 발을 담글 수 있게 만든 건 정말 굿 아이디어였어. 진정한 우물가 수다잖아?"

아이들에게 문자를 보내고 돌아온 빗자루 아줌마가 여자들에게 타월 하나씩을 나누어주었다. 나도 카메라를 내려놓고 재이 옆에 앉았다.

"티아 할머니는 요 며칠 보이지 않으시네요."

"티아 할머니는 여행 중."

가끔 티아 할머니는 며칠이고 몇 주고 보이지 않았다. 티아 할머니가 보이지 않는 날은 왠지 티아하우스가 텅 빈 것처럼 느껴졌다. 할머니는 우리가 이야기하는 자리에 미소를 띠고 있어주는 것만으로도 충만함을 주는 사람이라는 것을 느꼈다.

"티아 할머니가 어디로 여행을 가시는지는 나도 몰라요. 갔다 오셔야 여행 이야기를 들려주시지. 다음 계절에 필요한 이야깃거리를 준비하러 가시는 거겠죠? 숲으로 가면 숲에서 받은 영감으로 드레스가 나오고, 추운 나라로 갔다 오면 또 그곳의 바람이나 바다 같은 데서 패턴을 얻어 오시기도 하죠. 혼자 끊임없이 여행을 준비하는 분이에요. 티아 할머니한테 여행 가방 싸는 노하우를 들어봐도 좋을걸요? 언제든 여행을 떠날 준비가 되어 있는 분이니까."

우리 모두는 티아 할머니를 기다렸다. 할머니가 돌아왔다는 메시지를 받았을 때 나는 참으로 오랜만에 가슴이 뛰었다. 그냥 할머니 얼굴을 보고 오면 참 좋겠다는 생각이 들었다. 그동안의 나는 평온했었다. 티아하우스에 오기 전, 어쩌면 나는 슬프지도 기쁘지도 않은 평온의 시절을 보냈던 것 같다. 그때는 좋고 싫고가 명확하지 않았다. 그렇게 좋은 날도, 그렇게 나쁜 날도 없었다. 요즘의 나는 변했다. 설레기도 하고, 두렵기도 하고, 외롭기도 하고, 기다리기도 한다. 기대…… 하기도 한다. 이곳에서 변해가는 내 모습을 발견할 때마다 놀랍다. 티아 할머니는 "나 정도 나이면 세상 곳곳에 친구들이 있지. 한 번씩 그들의 얼굴을 보러 갔다 와야 에너지가 충전돼"라고 말했다.

"나는 이제 어떤 디자인을 해야 하는지 고민할 나이는 아니지. 집을 짓 듯, 책을 쓰듯, 저녁을 짓듯 그냥 마음의 자세만 잃지 않으면 돼요. 그래서 세 상이 얼마나 아름다운지, 사람들이 얼마나 아름다운지 알아가는 거지."

티아 할머니는 나에게 여행 선물로 노트 한 권을 주셨다. 할머니가 좋아 하는 자연의 패턴이 있는 노트였다. 나는 어린아이처럼 할머니에게 많은 질문을 던졌다.

"저는 언제 어른이 되는 걸까요? 서른이 넘으면 될 줄 알았어요. 마흔이 넘으면 될까요? 두려움도 없고, 그리움도 없고, 그저 평안할까요?"

아무에게도 비치지 않던 눈물이 왈칵 쏟아졌다. 나는 할머니를 만나 울 고 싶었던 모양이다. 오랫동안 나는 외줄에 올라탄 서커스 소녀 같았다. 이 제는 그만 내려오고픈, 굳건한 땅에 발을 디디고픈 나이 든 서커스 소녀. 나 는 그만 평온함으로 돌아오고 싶었다. 그래도 늘 공중에서 걸었다. 누가 내 손을 잡고 '이제 괜찮다'라고 이야기해주기를 바랐다. 티아 할머니는 나를 가만히 안았다. 그리고 천천히 등을 쓸었다. 마음속에 고여 있던 울음이 폭 포수처럼 쏟아져 내렸다.

"무엇이 어른일까?"

티아 할머니는 조용히 되물었다.

"두려운 걸 아니까 어른이지. 진짜를 아니까."

나는 진짜 어른이 된다는 것이 두렵다고 말했다.

"누구나 두렵단다. 홀로 감정 앞에 선다는 것은 참으로 두려운 일이야. 사랑하는 사람을 잃을까 봐 두렵고, 원하는 것을 얻지 못할까 봐 두렵고. 하지만 그걸 다 알면서 우리는 그 감정을 건너가야 해."

티아 할머니의 눈은 나를 정면으로 바라보았다.

"저는 늘 부족한 사람인 것 같아요. 아직 내가 강렬하게 원하는 것도 모르겠고, 결혼도 하지 않았어요. 건너야 할 감정은 너무나 많지요. 과연 건널 수 있을지, 마주할 수 있을지도 의문이에요."

"부족함이 아니야. 어디에도 속하지 않는 자유로움이지. 사물도 사람도 늘 거리를 두고 아끼되 지배당하지 않아야 해요. 사람이니까 자꾸 곁을 보고, 나와 삶의 키를 비교해보고, 겉으로는 괜찮다 말하지만 가끔 마음에 무거운 추를 매달지. 그런 날이면 한없이 가라앉아요. 그래도 다음 날 아침, 회사에 가고 일을 하잖아. 햇빛 아래 나가면 절반 이상은 잊어버린다고……. 그러면 또 그만큼 건너가고 있다는 뜻이지."

"할머니, 나는 잘 건너가고 있는 건가요?"

"모르지, 그건. 하지만 믿고 가는 거야. 그게 다야."

"어떤 남자를 만나야 되는지 이야기하는 건 시시한 일입니다. 차라리 어떤 직업이 나에게 맞는지 스스로에게 물어보기로 하죠. 막연하게 말고."

재이는 재이답다.

아이를 낳고 일을 쉬고 있는 차경은 다시 마음껏 날아오르고 싶다고 했다.

이들은 나이도 다르고 경력도 다르다. 둘은 서로가 느끼는 감정에 대해서 평소에도 자주 이야기했었다.

"결혼을 하면 혼자 느끼는 것과는 또 다른 무게의 감정이 있어요. 예전이나 지금이나 '아이를 낳아보니 세상이 달라졌다'는 말을 제일 싫어했었죠. 그런데 내가 그런 말을 자주 한다는 걸 알았어요. 그게 소중한 경험이어서이기도 하지만, 그것 때문에 잃어버린 것들을 다독이고 싶은 몸부림이 아닐까 싶어요. 나는 아름다운 가슴을 잃었죠. 자유로움도 잃었어요. 히피처럼 살고 싶었는데. 좋은 엄마는 기꺼이 여자임을 잃어도 된다는 통념에 늘 굴복해요. 가끔 갓 태어난 아이를 안은 새벽녘에 엄마들은 우주를 발견해요. 철학적인 우주가 아니라 그냥 공간적인 우주. 갑자기 확 다가오는 두려움 말이에요. 아이와 나만 있는 커다란 우주. 아주, 쓸쓸해요. 그건 외롭다는 것과는 다른 감정이에요. 텅 빈 우주에 내가 보호해야 할 생명체와 굳건한 엄마가 되어야 하는 나약한 내가 덩그러니 놓여 있다는 느낌. 그리고 혼자 울지요. 아이들은 엄마의 눈물과 젖을 함께 먹고 자라요."

차경의 눈에는 눈물이 고여 있었다. 성숙하고 아름답다고 생각했다. 히피가 되고 싶었던 이 어린 여자는 좋은 엄마가 될 것이다. 여자에게 아이를 낳는다는 것이 어떤 체험인지 모르겠지만 그건 숭고함도, 자랑거리도 아닌 고통스럽고도 행복한 풍요로운 감정 그 자체인 것만은 분명해 보였다.

네 아이를 훌륭히 키워낸 빛자루 아줌마는 차경에게 갓 구운 쿠키를 건넸다.

"이건 말이야, '위로'라는 이름을 붙였어. 커피 가게에 내다 팔고 싶은데 어떤가 먹어봐. 위로가 되는가 한번 봐줘."

차경은 눈물을 매단 채 쿠키를 베어 물었다. 나도 카메라를 내리고 '위로'라는 이름의 쿠키를 맛보았다.

"너무 달아요."

재이가 웃었다. 차경도 웃었다. 티아 할머니도, 나도, 방 안에 있던 모든 여자들이 웃었다. 위로는 달콤하고 웃음을 준다.

빗자루 아줌마는 네 아이를 키운 게 시간이라고 말하며 차경의 어깨를 툭툭 쳤다.

"그게 뭐 별거야. 별 의미를 두지 마. 좋은 엄마 하지 말고, 좋은 여자 하지 말고, 좋은 아내 하지 말라잖아. 그냥 마음이 가는 대로 해. 그 꼬물거리는 어린 생명을 보면 젖을 물리고 싶잖아. 힘들어도 힘을 내잖아. 사실은 쓸쓸하고 고단하지만 고놈이 웃어주기라도 해봐, 세상 모든 걸 다 주고 싶잖아. 그게 인간의 본능이야. 새끼한테 뭐든 주고 싶은 마음. 그런 마음은 여자들을 가두기도 하고 행복하게도 하고 생의 의미가 되게도 하잖아. 그냥 그 시간에 빠져들어. 감상은 가능한 한 빼버려. 시간 지나면 참 잘했구나, 잘 살아왔구나, 아이들 얼굴을 보면서 알게 되는 거야."

어린 엄마 차경은 고개를 힘차게 끄덕였다. "결혼은 하고 싶지 않지만"이라는 단서를 달고 재이가 말을 이었다.

"그런 여자를 꿈꾼 적이 있어요. 한 남자가 절대 잊지 못하는 여자, 멀리서 바라보지만 다시 연락할 수는 없는 여자, 견고한 자아 속에 있는 여자,

몸과 마음이 곧고 건강해 자신의 삶과 가족과 세상을 반짝이게 하는 여자. 그리고 그 여자에게는 자기를 꼭 닮은 딸이 하나 있어야 해요. 영민하고 사랑스러운 아이죠. 어른을 흉내 내지 않는 천진한 아이, 그 여자의 딸다운 아이. 한 번도 경험하지 못했지만 그런 그림을 꿈꾼 적이 있어요. 결혼한다면 나는 그런 아이의 엄마가 될 수 있을까? 그런 생각은 가끔 하죠."

하지만 재이의 삶은 재이의 방식으로 견고하고 아름답다.

"나는 혼자임을 즐겨요. 그건 나의 힘이죠. 다른 사람과 소통하기 위해 그토록 애쓰면서 사실 스스로와 깊이 있게 대화하는 사람은 드물죠. 요즘은 가능한 한 혼자 있으려고 애써요. 나를 발견하고 탐색하려고 애쓰는 시기죠. 그러나 이곳에 오면 지혜를 나누고 경험을 나누는 연결 고리를 가져요. 그 두 가지 세계가 균형을 가져야 한다고 생각해요. 혼자서도 잘 살 수 있을 때 두 사람이 잘 살 수 있을 거라는 걸 알기 때문이죠."

"나도 고독한 순간을 간절히 원해요."

차경은 정말 간절한 표정을 지었다.

"가끔 꿈속에서 나는 미혼의 어느 밤으로 돌아가 있어요. 나는 내 가족을 사랑하는데, 아이의 살 냄새를 미치게 사랑하는데, 그럼에도 불구하고 딱 어느 하루만 누구의 아내, 누구의 엄마가 아닌 나 자신으로 돌아가고 싶어요. 잠깐씩 하는 외출은 나에게 그런 자유를 주지는 않아요. 나를 기다리는 엄마라는 이름이 매 순간 나를 잡아끌거든요. 아이는 내 존재의 확장이라고 늘 생각하죠. 하지만 내 존재가 누군가를 위한 껍질이 된다는 걸 받아들여야만 얻을 수 있는 훈장이죠."

"나의 넘치는 고독의 시간을 뚝 떼서 주고 싶네요."

지안은 이제 시간이 넘쳐난다고 했다.

"나는 이제 고독의 시간을 되찾았답니다. 얼마나 좋은지 모르겠어요."

"우리는 일단 마음의 근력을 키워야 해요. 살만 찌우면 안 돼. 하루에 얼마씩 걷고 달리고 햇빛을 봐야 해요. 좋은 물과 좋은 음식을 먹고, 많이 웃을 일을 만들어야 하지요. 그건 어느 날 갑자기 나에게 다가오는 선물이 아니에요. 부지런하게 함께 나눌 사람들을 찾아야지. 우정도 가꿔야 쓸 데가 있답니다."

재이는 결혼과 육아 못지않게 우정에도 시간과 노력이 든다고 말했다.

"여자들에게 우정이라는 것이 힘이 되려면 마흔은 넘어야 해요. 그러니, 지금부터 우정적금을 들어야지. 사소한 일에 등을 돌리지 마요. 친구라는 사람들은 한 사람이 불행할 때 그저 침묵하고 그 자리에 있어주면 돼. 원하지 않으면 침묵하고, 이야기를 시작하면 잘 들어주고, 공감해주고."

빛자루 아줌마는 친구가 없으면 쓸쓸해진다고, 그 쓸쓸함은 제아무리 멋진 남자도 채울 수가 없는 거라고 말했다.

"멋진 남자가 나오는 드라마를 보면 뭐해, 그 멋짐을 같이 이야기할 사람이 없는데. 안 그래요?"

빛자루 아줌마는 드라마를 좋아했다. 왕년에는 한 홍콩 스타의 팬클럽 회장을 맡기도 했다고 한다.

"그 사람하고 이야기하고 싶어서 중국어를 배웠지, 내가."

무엇이든 열정적으로 해내는 그녀답다.

어린 여자였던 시절에는 열망과 사랑을 구분하기가 어려웠다. 내가 갖지 못한 것들에게 끌리고, 내가 좋아하는 마음 그 자체에 매료되기도 했다. 그래서 사람을 들여다볼 줄 몰랐다. 열망은 뿌리가 없는 마음이다. 뿌리가 없는 마음은 가족을 이룰 수가 없다. 뿌리 없는 마음으로 시작하면, 그 자유로운 영혼이 새장 속에 갇힌 느낌이 될 것이다.

재이는 우리에게 작은 롤링 페이퍼를 하나씩 나누어주었다.

"우리가 건너가야 할 감정들의 이름을 썼어요. 생각보다 우리가 느끼는 감정의 이름이 너무 많아요. 그중에서도 무력감은 가장 큰 절망이에요. 어떨 때 무력감을 느끼나요? 외과 의사인 5월 20일의 신부는 환자의 죽음을 처음 맞닥뜨렸을 때 느꼈다고 했어요. 저는 파혼을 결정했을 때, 저 마음은 내가 붙잡을 수 있는 것이 아니구나, 생각하니 백기를 들게 되더라고요. 그래, 내가 깨끗이 져주마. 그렇게 그 무력감을 건넜죠. 그건 내가 참 작구나, 내가 대항할 수 없는 거대한 운명이 나를 휩싸면 꼼짝없이 여기 서 있어야 하는구나, 라는 두려움의 감정과도 이어져 있었어요. 소녀였을 때 우리는 자존감과 자존심을 구분할 수 없어서 불안했죠. 그리고 지금도 가끔 불안해합니다. 아마도 누군가와 자신을 비교하기 시작하면 그 불안은 거대하게 다가오는 것 같아요."

이번에는 정원이 또 하나의 롤링 페이퍼를 펼쳤다.

"여기, 쓸쓸함이 있네요. 이건, 기대가 커서야. 나는 11월이면 그렇게 쓸쓸해. 이유가 없어. 그냥, 내가 모든 관계를 차단하고 스스로 혼자가 되려고 노력하는 것 같아."

꽃집 여자 정원은 11월이면 몸이 덜 바빠서 그런 것 같다고 말했다.

"나는 그 쓸쓸함이 좋아요. 잃어버릴까 봐 겁나는 감정이야."

작곡가 수하는 일을 하기 위해서 가짜 쓸쓸함, 가짜 슬픔도 불러온다고 고백했다.

"그래서 가짜 연애도 하고 가짜 실연도 한다니까."

"그래도 마음은 진짜였을 거예요. 나는 당신이 만든 노래를 듣고 눈물 흘린 적이 있단 말이에요."

4월 1일의 신부의 말에 수하는 얼굴이 빨개졌다.

"진심은 있으니까요. 그건 거짓이 아니거든요."

"결혼한 사람들은 종종 싱글의 시절을 부러워하죠. 정확히 말하자면 싱글의 '생활'을 부러워하는 거예요. 나는 많은 연애를 했어요. 아주 풍부한 경험을 했죠. 그래서 결혼 생활을 굉장히 잘할 줄 알았어요. 남자를 좀 다룰 줄 안다고 생각했으니까. 고기나 생선의 여러 부위가 요리에 어떻게 쓰이는지 아는 것처럼."

빗자루 아줌마의 이야기에 여자들은 모두 웃었다.

"그런데 말이야, 연애와 결혼은 다르더라는 거지. 결혼은 막 새로운 지도를 받아 드는 기분이었거든. 해결책은 아니지만 결혼엔 경영이 필요해. 마구잡이로 원하는 걸 다 요구할 수는 없지. 어른의 쇼핑처럼 말이에요. 어른의 쇼핑은 내 능력을 고려해봐야 하고, 당장 꼭 필요한가도 판단해봐야 하고, 또 때로는 나에게 주는 과감한 선물도 필요하지. 장바구니에 담긴 신상품의 목록처럼 위시 리스트를 미리 정하고 하나씩 마음에서 삭제해갔지.

내가 무엇을 원하는가보다 내가 무엇을 포기할 수 있는가에 생각의 초점을 맞추기 시작했어요. 연애를 할 때는 무언가를 포기한다는 게 억울하기도 했는데, 경영자의 눈으로 보니 참는 것도 투자더라고. 그렇구나, 이 기간은 내가 건너가야 할 인내 구간이구나, 생각하죠."

"싱글들도 건너야 할 감정들이 늘어가요. 나이가 들수록 상처받기가 두려워져요. 더 단단해졌다고 생각했는데, 사실은 단 한 조각의 상처도 받기 싫어 고슴도치처럼 가시를 세우고 있어요. 누군가가 비난할까 봐 잔뜩 긴장하면서요."

수하의 말에 재이도 고개를 끄덕였다.

"나도 마찬가지예요. 나이 들면서 가장 두려운 건 맹목적인 믿음을 잃어간다는 거예요. 누구나 상처받는 것을 제일 두려워하니까. 미리 스스로를 보호하는 거예요. 처음부터 아무도 믿지 않으면 상처받을 일도 없으니까. 나쁜 사람도, 착한 사람도 없는 거지. 나쁜 상황만 있을 뿐이야. 나쁜 상황에서 만난 사람들은 서로에게 상처를 주게 됩니다. 모든 감정, 모든 상황이 경험해볼 만하거나 건너가야 하는 통과의례인 것만은 아니에요. 마주치지 말고 피해 가야 하는 것들도 분명히 있으니까요. 당신을 수치심이나 죄책감에 들게 하는 것, 겉보기에 아름답지만 뭔가 불안한 것, 존재 자체를 초라하게 만드는 것, 옳은 것과 그른 것을 구별하는 능력을 빼앗고 판단을 흐리게 하는 것, 양심을 무디게 하는 것, 가슴을 황폐하게 하는 것, 사랑하는 사람들로부터 멀어지게 하는 것, 단순한 삶을 복잡하게 만드는 것들. 그런 것들 앞에서는 아무리 좋은 사람들도 악연으로 엮이게 되는 거지. 좋은 상황이 아닐 때는 서로 돌아서 가야 해요."

재이는 잘못된 인연은 처음부터 피하자고 늘 나에게도 말했었다.

"피할 수 없는 사람들도 있지 않나요? 부모라든가, 형제라든가, 부부라든가."

새로운 인간관계를 기다리고 있는 신부들은 여전히 걱정이 많다.

재이와 차경은 동시에 고개를 저었다.

"가장 가까이 있으니 가장 상처가 될 수밖에. 너무 빨리 친해지려 하지 말고, 너무 멀리 외면하지도 말고, 나의 세계를 지키고 상대방의 세계를 존중하면서 적당한 거리와 예의 아래서 공존할 수 있어요. 부모 자식 간의 밀착된 관계도 사춘기를 기점으로 멀어지죠. 그 놀라운 독립의 시간을 기꺼이 받아들여야 해요. 그 아이는 이제 자신의 세계를 가지게 된 거라고요. 그 첫 발걸음인데, 그걸 반항이라고 보면 안 되죠. 남녀 사이에도 자기만의 방이 필요하듯, 부모 자식 간에도 넘어서지 말아야 할 세계가 있는 거예요. 자식도 부모의 그늘에서 벗어나 경제적, 정서적으로 독립해야만 하고요. 모든 것을 나누는 것이 진짜 사랑은 아니니까."

재이의 목소리는 단호했다.

가끔 감정을 돌보지 않아 몸과 마음이 아플 때가 있었다. 슬프거나 분노하거나 외롭거나 고독하거나 혹은 두렵거나. 인간이 느끼는 감정은 다 이유가 있다. 나를 발견하기 위해서는 아프지만 그 감정의 바닥까지 내려가 봐야 한다.

티아하우스에서 만나는 사람들도 다 말하지 못하는 상처가 있을 것이다.

그래도 여자들은 자신의 상처를 쉽게 드러낼 줄 안다. 드러내면 객관화가 된다. 햇빛에 끄집어낸 상처는 소독되고 새살이 돋는다.

　중학교 때 엄마가 집을 나갔었다. 여섯 달이었나, 아니 일 년은 넘었는지도 모르겠다. 엄마가 가방을 싸던 그 순간을 나는 기억한다. 나는 두려워서 엄마를 막지도 못했다. 그저 엄마를 쏘아보았다. 엄마에게는 엄마만의 이유가 있었겠지. 평소에는 말이 없던 아버지는 술을 마시면 힘을 얻었다. 평소에는 눈도 마주치지 못하던 엄마에게 소리를 질렀다. 하는 일마다 참 안 풀렸다. 가엾은 사람. 그저 평범하게 월급 받고 살았으면 별문제가 없었을 걸. 노래방도 망하고, 고깃집도 망하고, 길모퉁이 서점도 망했다. 아버지가 서점을 할 때가 내 어린 시절에서 가장 행복했던 시절이었다. 나는 서점 구석 자리에 앉아 『소공녀』를 읽고 『제인 에어』를 읽었다. 그 시간들은 나를 가볍게 안아 올려 내가 경험하지 못한 시대로, 만나지 못한 운명 앞으로 데려다주었다.
　엄마는 나에게 좋은 엄마였을까, 라고 묻지 않는다. 그건 그녀의 삶이다. 나는 좋은 엄마가 될 수 있을까, 라고도 묻지 않는다. 닥치지 않은 일에 대해 미리 고민하지 않기로 한다. 다만 나는 이제 엄마를 건너가고 싶다.

　오늘 브릿지 타임의 하이라이트는 4월 14일의 신부가 낸 아이디어다. 미리 무대도 만들어두었다. 시를 낭독하는 시간으로 음악과 요리와 조명도 마련해두었다. 나는 여기에 어린 엄마 차경의 시를 옮겨 적는다. 시를 읽는 동안, 나는 그녀의 세계를 만났다. 내가 한 번도 경험하지 않았지만, 내 어머니의 세계도 만났다. 어쩌면 그녀도 이 마음만큼은 다르지 않았겠지. 그 무거움을 나는 가슴으로 느꼈다.

누군가의 엄마가 된다는 것

나는 이제 완벽히 혼자 있는 것이 불가능할지도 몰라.

누군가 인생에 풍덩 뛰어든 거야.

내 몸과 마음에 찰싹 달라붙은 또 다른 존재를

당황하지 말고 안아야 해.

앞으로도 오랫동안

나의 인생은 당분간 네가 우선이 될 거야.

기꺼이 인생의 주인공 자리를 내어줘야 할 거야.

느슨한 면 티셔츠에 얼굴을 묻고

때로는 미친 여자처럼 울지도 몰라.

어른과의 대화가 그리워

아이 없는 친구에게 자꾸 전화할지도 몰라.

너는 나의 몸에서 수분을 빼앗고

나의 얼굴에서 젊음을 가져갈지도 몰라.

저녁 한나절이 지나서야 세수를 안 한 걸 깨닫게 되고

먹이고 씻기고 입히며 하루가 가겠지.

시간이 없다면서 이상하게 택배는 자주 오지.

쓸데없는 물건들이 쌓일 때

나는 비로소 알 거야.

그 쌓인 물건들만큼 나는 외로운 거구나.

그리고 다시 너를 위해 밥을 하지.

때로는 나를 웃게 하고,

때로는 나의 발을 묶겠지.

나는 세상과의 소통을 잠시 내려놓고

너의 나라 언어를 알아듣기 위해 노력할 거야.

그리고 지구에 살려면 내 언어를 배워야 한다고 엄마답게 말하겠지.

그러면 너는 신기하게 내 입술을 보며

입 모양을 보며

어쩌다 한 번씩 지구 말을 내뱉을 거야.

그때 나는 마치 대단한 신대륙을 발견한 듯 행복해하겠지.

누구나 다 하는 작은 행동들을 기록하고 싶을 거야.

어쩌면 이렇게 특별한 선물이 나에게 왔을까.

너와 나는 무슨 인연으로 이리 만났을까.

잠자는 너를 보며 눈물도 흘릴 거야.

감정은 오르내리고, 몸은 흔들리며

봄이 가고 겨울이 오고 또다시 봄이 오면

나풀대는 원피스를 입혀야지,

멋진 모자를 씌워야지,

혼자 상상하며 흐뭇해하겠지.

아이를 키운다는 것……

나는 없고 너만 있는 나라에선 영혼 없는 노동이 될 뿐이야.

사랑보다 의무가 커서 어깨가 무거워지지.

나도 있고 너도 있어.

우리 함께 눈을 마주치고, 소통하고, 따뜻하게 껴안자.

나는 너를 보고,

너는 나를 보고,

우리 같이 커가자.

그리하여 어느 날,

엄마, 나 사춘기가 되었나 봐, 라고

너의 온몸과 말투와 마음이 아우성을 칠 때

너의 한 팔을 놓아주자.

어른이 되어 집을 떠날 때 나머지 한 팔도 놓아주자.

안녕, 나의 아가.

나의 자유를 한순간에 잡아먹은 식욕 좋던 아가.

나의 시간을 먹고,

나의 눈물을 먹고,

나의 인생을 먹고
너는 무럭무럭 자랐구나.

우리, 그날이 되면 어른 대 어른으로 만나자.
괜찮은 어른으로 악수를 청하자.
무조건 주고받던 사람에서
삶의 지혜를 나누는 사람으로.
무조건 함께 있던 사람에서
함께 있지 않아도 힘이 되는 사람으로.

그때의 너를 생각하면 조금은 설레고
조금은 짠하고 조금은 아쉽지만
그때의 너를 생각하며 지금의 너를 다시 안는다.
그때의 너를 위해
지금의 나를 소중하게 대하자, 다짐한다.

모든 지나치는 생명에게,

시간에게, 시대에게 애틋함을 품을 수 있다면,

당신은 엄마다.

티아 할머니의 노트 *p.88*

열망은 뿌리가 없는 마음이다.
뿌리가 없는 마음은 가족을 이룰 수가 없다.

뿌리 없는 마음으로 시작하면,
그 자유로운 영혼이
새장 속에 갇힌 느낌이 될 것이다.

터닝 포인트,
평범의 발견

소설처럼, 드라마처럼 살아야 인생일까.
존중받을 수 있는 인생일까.

어제가 오늘 같고
오늘이 내일 같은 건
평범한 순간을 잃어버려서가 아닐까.

"오늘이 어제 같고 내일도 오늘 같은 날들을
견딜 수가 없었어요. 그래서 완벽한 가짜를 만들기로 작정했죠.
나는 인생의 소설을 꿈꾸었고
아주 작은 방식으로 그 꿈을 실현했을 뿐이에요."

guest 재향
블로거, 소설 같은 인생을 만드는 여자

4월이 벌써 반쯤 지났다. 어제 이곳에 다시 돌아왔다. 티아하우스의 풍경도 달라졌다. 요 며칠 내린 비로 녹색이 짙어졌고 녹색에서 품어내는 향도 짙어졌다. 늘 그러하듯 티아 할머니와는 가벼운 묵례만 나누고 3층 손님방으로 올라왔다. 할머니와는 많은 대화를 나누지 않아도 깊은 유대감을 느꼈다.

4월이 오면 티아하우스는 토마토볶음의 계절이 왔다고 말한다. 빛자루 아줌마는 이른 아침 티아 할머니와 시장에 가서 토마토를 한가득 사 온다. 잘 익은 붉은 토마토는 올리브오일을 넣고 센 불에 휘리릭 볶아서 간식으로, 반찬으로 먹는다. 티아 할머니는 모든 음식을 그야말로 휘리릭 한다. 가끔은 그 '휘리릭'을 소리로 곁들인다. 늘 짧게 조리한다. 할머니는 요리하는 것을 좋아하고 음식을 나누는 시간을 사랑하지만 재료를 다듬고 조리하는 시간을 길게 잡지는 않는다 했다. 이유는 언제나, 주객이 전도되면 안 된다는 거였다. 시간을 많이 들이면 작품을 만들어내야 하는데, 티아 할머니에게 음식은 작품이 아니라 삶이기 때문이라고도 했다. 할머니의 토마토볶음에는 언제나 매운 고추가 살짝 들어갔다. 처음에 나는 그 매운 기 때문에 기침을 했었다. 4월부터는 늘 창을 활짝 열어두어 저녁 무렵 볶은 매콤한 토마토 향내가 정원까지 퍼졌다.

속도를 낼 때와 속도를 줄여야 할 때를 아는 것이 이곳의 시간 활용법이었다. 이곳에 있으면 시간이 아깝지가 않았다. 오후만 있는 일요일처럼 어이없고 억울한 기분이 들지도 않았다.

나는 요즘 사진을 찍기 위해 노력하지 않는다. 그냥, 내 마음을 찍는다. 어디서나 내가 발견하는 것이 지금의 나라는 생각을 하기 시작했다. 그냥 이곳에서 나를 놓아버리고 나의 움직임을 느낀다. 보라색 제비꽃이 수 놓인 슬리퍼를 신는 것만으로 위안을 받는다. 지친 발을 벗고 희고 바스락거리는 이불 속에 들어가 순식간에 잠에 빠졌다. 이곳에 오면 잠을 깊게 잘 수 있었다. 서울에 아직도 이렇게 고요한 동네가 있다는 것이 가끔은 믿어지지가 않는다.

깊은 잠을 자고 일어난 아침이면 쉽게 일어났다. 이곳에서 깨는 아침에는 언제나 창을 활짝 열었다. 아직 빗물이 배어 있는 아침 안개를 봤다. 티아하우스의 3층에서 목련나무를 봤다. 옆집의 나무다. 꽃을 피웠다. 후두두졌다. 라일락의 보라색과 싸리꽃의 흰빛이 뒤섞였다. 갑갑했던 물고기처럼 나는 입을 뻐끔뻐끔 열었다, 닫았다를 계속했다. 살 것 같다. 그동안 너무 고단했다. 사람이 고단했고, 소통되지 않는 직업이 고단했고, 무겁고 아픈 가족이 고단했다. 아니다, 모두 짊어지고 있는 나의 예민함이 고단했다. 이렇게 반쯤 흐린 날도 참 좋구나, 처음 느꼈다. 봄날은 이렇게 살짝 가라앉아도 초라하지 않아 좋다. 약간의 슬픔은 나른한 자극이 되기도 한다.

티아 할머니는 약간의 슬픔, 약간의 어둠은 좋은 것이라 했다.

"모든 사람에게는 비밀이 있단다. 어둠이 있단다. 그 어둠 때문에 더 아름다운 거지. 그 어두운 문을 열고 들어가면 그 사람이 가진 좋은 에너지, 밝은 에너지가 숨어 있는 거겠지. 어둠과 밝음을 적절히 가지렴."

나는 적당한 어둠을 가진 여자다. 아무것도 변하지 않았지만, 나는 꽤 괜찮은 여자다.

이곳에서의 브릿지 타임은 스스로 방식을 찾아나가는 재미가 있었다. 나는 사진을 찍으며 처음으로 내가 브릿지 타임의 주인공이 되고 있다는 생각을 했다. 사진은 뭐랄까, 내 의식의 일부를 툭 베어내어 눈앞에 들이미는 것과 같다. 내가 눈으로 보는 시선과 사진으로 담는 시선은 미묘하게 달랐다. 나는 내가 찍은 사진들을 통해 나를 발견해나갔다. 그리고 나에 대해 기록하기 시작했다.

이를테면, 나는 사람들의 이면을 보고 싶어 하는 것 같다. 내 사진은 작고 사소한 것들을 좋아한다. 생활과 관련된 것들, 작은 소품이나 사람들이 몸에 지니고 있는 것들. 어떤 여자는 눈에 띄지 않는 작은 목걸이를 하는 것을 좋아하고, 어떤 여자는 크고 화려한 팔찌를 좋아한다. 자신이 좋아하는 색깔이나 패턴은 그녀가 가진 철학과 태도, 방식의 작은 힌트가 되었다. 나는 그것들이 말하는 낮은 목소리를 발견하는 것을 좋아한다. 그리고 자잘

한 상처가 있는 손이나, 많은 감정을 품고 있는 뒷모습도 좋아한다. 나는 그동안 티아 할머니의 노트 여백에 내 사진을 한 장씩 붙여두었다. 티아 할머니는 작은 전시회를 열어보자고 제안했다.

"그건 예술가들이나 하는 거 아닌가요?"

"서울은 우리의 시간을 기록하는 예술가인걸요."

티아 할머니는 아무렇지도 않은 듯 내 어깨를 툭툭 쳐주었다. 별거 아니야, 라는 담담한 표정이 오히려 나를 설레게 만들었다. 전시회를 준비하면서 나는 또 다른 차원의 브릿지 타임을 경험했다.

"뭔가 전문가의 눈으로 내 것을 다시 바라보고 있어요."

빛자루 아줌마는 누구나 자신의 가치가 한 단계 올라설 때 눈빛이 빛난다고 격려해주었다. 전시회의 주제를 정하고 사진을 고르며 나는 긴 시간을 보냈다. 지난겨울은 그렇게 나에게도 성장이라는 경험을 주었다. 그건 마음을 간지럽히는 설렘이었다. 두려움과 매 순간 포기하고 싶은, 터질 것 같은 중압감도 이어져 있었다. 재이는 가끔 볕 좋은 레스토랑에서 점심을 사주었다. 사진은 어떻게 되어가는지 묻지도 않았다. 어린 엄마 차경은 기꺼이 나의 모델이 되어주었다. 아이를 낳았으나 아직 소녀의 느낌을 간직한 여자의 목덜미가 아름다웠다.

"내가 가진 최고의 사진이 될 거예요. 너무 섹시한 사진이에요."

차경은 눈물까지 글썽였다. 꽃집 여자 정원은 사진과 어울리는 꽃과 풀로 사진이 전시될 공간을 꾸며주겠다며 의욕에 불탔다.

나는 비가 오는 날은 축축하고 눅눅한 사진을 찍었고, 햇빛이 쨍한 날에는 새하얀 이불 빨래 같은 사진을 찍었다. 겨울과 봄의 브릿지 타임은 지안이 지치지 말라고 열심히 준비해준 도시락 샌드위치와 허브차와 함께 보냈다. 티아 할머니는 나에게 단 한 번도 전시회 이야기를 꺼내지 않았다.

재향은 가늘고 긴 여자였다. 빗자루 아줌마는 그녀가 티아하우스를 세 번째 방문했을 때에야 비로소 이름을 물었다. 특이한 경우였다. 그만큼 눈에 띄지 않았던 것이다.

"그림자처럼 왔다 갔지요."

그림자처럼.

그녀가 이 말을 했을 때 나는 그녀의 긴 그림자에 눈이 갔다. 가는 발목에 반짝이는 레터링 타투가 눈에 띄었다.

"직업이 뭐예요?"

"블로거예요."

"블로거라면 어떤 종류?"

빗자루 아줌마의 넘치는 질문에 재향은 한 발짝 물러섰다.

"여기서는 사람들 이야기를 듣기만 해도 되니까 좋아요."

빗자루 아줌마는 평소와 다르게 조금 당황한 듯 보였다.

"미안. 조용히 있다 가고 싶은 사람에게 자꾸 말을 걸면 안 되는데. 티아 할머니가 그건 예의가 아니라고 했는데 말이야. 내가 좀 주책이야, 그죠?"

재향은 빗자루 아줌마가 건넨 녹차 잔을 조용히 가져갔다.

"뭐, 괜찮아요. 문득문득 이야기를 하고 싶다고 생각했으니까."

그날 이후 재향은 겨울과 봄을 우리와 함께 지냈다. 브릿지 타임이 없는 날에도 그림자가 아닌 손님처럼, 혹은 이웃처럼 오고 갔다. 지안이 요리하는 과정을 꼼꼼히 기록하기도 하고 티아 할머니 작업실에 스스럼없이 들어가 정리를 돕기도 했다. 어느 날은 창가에 조용히 앉아 있다 또 조용히 돌아갔다.

재향이 올 때면 늘 기분 좋은 향기가 났다. 새로운 향기를 얇게 걸치고 온 것처럼. 그래도 아직은 그녀의 실체가 다가오지는 않았다. 향기가 있는 그림자 같다는 생각. 딱 그만큼의 거리를 가지고 그녀는 우리와 함께 차를 마시고 음식을 나눴다.

어느 날엔가 궁금함을 못 참는 빗자루 아줌마가 또 물었다.

"직업 블로거인가? 수익을 올리는?"

빗자루 아줌마로서는 오래 참았다 싶다. 짐짓 무심하게 던지는 말투도 자연스럽지가 않다.

재향은 기다렸다는 듯 답했다.

"블로그에서 여러 인생을 살아요."

"무슨 말이 그렇게 어려워."

빗자루 아줌마는 블로그니 SNS니 요즘 젊은 사람들은 할 일이 많은 건지, 할 일이 없는 건지 정말 모르겠다고 중얼거렸다.

재향은 대답 대신 꽃집 여자 정원이 가져온 화병들을 창가에 늘어놓았다.

"햇빛 잘 드는 쪽으로 옮겨놓으니까 예쁘죠?"

그러고는 잠시 돌아보았다. 그 순간 나는 그녀가 쓸쓸해 보인다고 느꼈다. 햇빛이 비치는 창가에서 얇은 그림자처럼 서 있던 재향은 이내 담담하게 말을 이었다.

"블로그에서만 사는 인물을 만들고 그 인생의 패턴을 만들어요. 소설처럼 드라마틱하죠. 그리고 세상에 조금씩 꺼내놓죠."

재향은 우리를 찬찬히 둘러보았다. 심지어 장난기 가득한 표정도 스쳤다.

"브릿지 타임에서 이야기해드릴까요?"

브릿지 타임이 시작되기 전에 재향은 몇 개의 블로그 주소를 알려주었다. 그리고 우리는 조금 술렁였다.

"일종의 사기야. 하나는 모로코에 사는 요리 블로거인데 여행을 갔다가 연애를 하고 정착했대. 다른 하나는 말을 못하는 천재 십 대 소녀. 심지어 미혼모라는데? 또 하나는 연애 기술을 공개하는 사십 대 싱글 아티스트야. 버려진 벽에 그림을 그리는 아티스트. 그런데 너무 유명한 사람이라 자기 작품은 공개하지 않는대. 이것 봐, 이 요리 블로그의 주제는 남편과 함께 머리를 맞대고 만드는 요리야. 테이블 세팅과 이야기 구성도 재미있어. 각각의 블로그가 전혀 다른 사람 같아. 말투도 다르고 심지어 사진의 느낌도 달라. 이유도 그럴듯하고. 추종자들도 이렇게 많아. 가짜 인생을 산다는 거잖아."

재이는 재향의 이야기가 티아하우스 브릿지 타임에 어울리는 주제인지,

우리가 아는 재향은 누구인지 혼란스럽다고 말했다. 그러나 대부분의 신부들은 무언가 궁금하다는 표정이었다.

빛자루 아줌마는 새로운 상황을 만나면 결의에 찬 표정을 짓는다.

"나도 가끔 내가 아닌 다른 인생을 꿈꾸는데, 재향은 그걸 하고 있나 보네. 외로운 거야. 마음이 아픈 거지."

"아뇨, 그냥 심심해서일 수도 있어요. 마음이 아프면 이런 에너지를 쓸 겨를이 없거든."

재이는 표정이 굳어졌지만 나머지는 재향의 이야기를 들어보기로 했다. 티아하우스에서 불가능한 이야기가 있을까. 모든 것에는 그럴 만한 이유가 있다는 쪽으로 생각이 모였다. 그림자 같던 재향이 함께 나누고 싶은 이야기가 생겼다는 것만으로도 작은 의미가 되지 않을까 기대했다.

그렇게 재향의 브릿지 타임이 시작되었다.

"제 블로그에 다들 들어가보셨죠?"

모두들 눈빛으로만 답했다.

"그런데 어느 누구 하나 이 사람은 가짜다, 이 인생은 가짜다, 라는 말을 남기지 않았더군요. 예상은 했지만 여러분은 역시 티아하우스 사람들다워요."

재향은 좋아하는 창가에 의자를 끌어 앉았다.

"왜 이 사람들은 내 이야기를 들어보기 전까지는 어떤 결론도 미리 짓지 않을까 궁금했어요. 점잖아서일까? 나서기 싫어서일까? 좋은 사람이어야 한다는 강박이 있어서일까? 다들 나이도 다르고 상황도 다른데……. 그림 자처럼 이곳을 왔다 갔다 하면서도 나는 언제나 관찰하고 탐색했어요. 나는 우리가 보고 듣고 느끼는 모든 것들이 왜곡될 수 있다고 생각해요. 온몸으로 그걸 표현하고 싶은 사람이에요. 완벽한 건 가짜다……. 맞아요, 그걸 말해주고 싶었는지도 몰라요. 내 가짜들이 만들어내는 우아하고 완벽한 세계처럼 말이죠. 처음에 나는 이곳이야말로 그 완벽함을 꿈꾸는 곳이 아닐까 생각했어요. 그래서 가짜라는 걸 밝히고 싶었죠. 완벽하게 세팅된 무대를 헤집고 싶다는 생각 말이에요. 그리고 당신들이 만드는 이상한 세계가 가진 이상한 기운을 경험하게 되었어요. 점점 더 흥미로웠죠."

티아 할머니는 맨 뒤에 앉아 재향을 응시했다. 그럴 때 티아 할머니의 얼굴을 알고 있다. 진정으로 이야기를 흠뻑 받아들이는 진심의 얼굴. 나는 카메라 대신 두 눈으로 할머니를 바라본다. 티아 할머니는 수줍은 학생처럼 오른손을 반쯤 들었다.

"나도 당신의 이야기가 흥미진진해요."

할머니의 표정처럼 모두의 얼굴에 스멀스멀 미소가 번졌다. 빛자루 아줌마도 지안도, 수하도, 재이도, 심지어 나조차 재향의 말에 공감이 갔다. 이곳을 처음 만났을 때 누구나 그런 생각을 했다. 지상의 완벽한 곳으로 보였었다. 그래서 평범한 나는 어울리지 않는다고 생각했다. 이 집 주인인 티아 할머니는 흔히 보는 할머니와 달랐다. 이 집이 가진 공기도 세상의 비바람으로부터 지나치게 안전해 보였다.

"그런데 이상하죠. 이 완벽한 곳에 모여 하는 일이라고는 너무 평범했어요. 밥 먹고 차 마시고 이야기 나누는 것. 과정을 나누는 모든 평범한 순간들이 삶의 진짜라고 믿는 평범한 생각까지도 너무 작고 시시했어요."

"당연하죠. 평범하게 살고 있나요? 평범이야말로 완벽한 삶이죠."

지안은 그 평범함 속에 티아하우스가 있다고 믿는 사람이다.

"그래서 관찰하고 탐색했어요. 아마 당신들을 둘러싸고 있는 특별한 공기 때문일 거예요. 무용가들이 동작과 동작 사이에 잠시 남겨두는 공기 같은 것. 음악가들이 음표와 음표 사이에서, 수학자들이 숫자와 숫자 사이에서 발견하는 어떤 긴장 같은 것. 거대한 움직임이 일어나기 직전에 응축된 에너지 같은 거라고 표현하면 될까요."

"그런 현란한 분석 따위는 필요 없어요. 생각이나 마음이 모이는 순간이라면 어디라도 스파크가 일어나는 경험을 하게 되죠. 그나저나 왜 사람들을 속이며 드라마틱한 삶을 흉내 내죠?"

재이는 다소 붉어진 얼굴로 재향을 바라보았다. 빗자루 아줌마는 슬며시 다가가 재이의 어깨를 감쌌다.

"사람들은 평범한 일상 따위에는 관심이 없으니까요. 지루하고 나른한 일상은 가슴을 설레게 하지 않으니까. 나는 그들에게 일탈의 기쁨을 주죠. 나에게는 언제나 드라마틱한 일만 일어나요. 내 주위에서는 언제나 다른 사람들에게 닥치지 않는 열정적인 사랑, 죽음 같은 이별, 그 모든 걸 다 아무렇지도 않게 바꿔버리는 여행이 있어요. 독자가 많을 수밖에. 모두들 소설 같은 삶을 꿈꾸니까."

"그건 가짜잖아요."

재이의 말투는 어느때보다 날카로웠다.

재향은 재이를 향해 성큼성큼 다가갔다. 그리고 무릎을 낮추고 눈을 맞추었다.

"이봐요, 나는 누구나 꿈꾸는 소설 같은 인생을 만든 거예요. 때로는 진짜보다 가짜가 더 달콤하니까. 가짜 약처럼 해독이 될 때가 있으니까."

재향은 다시 말을 이었다.

"오늘이 어제 같고 내일도 오늘 같은 날들을 견딜 수가 없었어요. 그래서 완벽한 가짜를 만들기로 작정했죠. 내가 그 속에 들어가 있을 때는 언제나 진심이에요. 환경과 상황만 진짜가 아닐 뿐이지 내 마음은 진짜라는 말이에요. 나는 인생의 소설을 꿈꾸었고 아주 작은 방식으로 그 꿈을 실현했을 뿐이에요."

재이는 당신의 변명 따위 더는 듣고 싶지 않다며 티룸을 나가버렸다. 재향은 이해받으려고 이 자리에 선 것이 아니라고 말했다.

그녀는 "충분한 대답은 안 되겠지만"이라고 단서를 달았다.

"그런데 나는 왜 이런 이야기를 고해성사처럼 늘어놓는 걸까요? 사실은 충동적으로 이야기를 하겠다고는 했지만 내 마음의 움직임이 더욱 당황스러웠어요. 그래요, 인정하죠. 처음으로 평범한 모습 그대로 티아하우스를 드나들었어요. 아직은 티아하우스가 내 인생을 깨뜨리지는 못해요. 나는 오랫동안 내 방식의 인생을 살고 있으니까요. 논란이 있을 거라고 생각했어요. 많은 사람들을 속이고 있죠. 사회적으로 실체가 없는 허무맹랑한 사람이 되겠죠. 하지만 평범한 나를 돌아봐주는 세상은 아니었어요. 아주 드라마틱한 삶을 사는 것처럼 나를 포장하니까 어느새 내 곁에 사람들이 모이더군요. 그제야 나를…… 돌아보더라는 거죠."

재향은 위로 따위는 필요 없다고 외치는 소녀 같아 보였다. 그러나 어깨 위에 손을 얹으면 바스라질 것 같은 그림자처럼 얇고 위태로워 보였다.

지안은 말없이 재향의 옆으로 의자를 가져갔다.

"여기서 당신은 아주 평범한 사람으로 시작했어요. 그래도 우리는 지금 당신 이야기에 귀를 기울여요. 이해할 수는 없지만 이상하게 가슴이 아파요. 이건 뭘까요? 당신을 포장하던 것을 다 내려놓고 맨 얼굴로 여기 서 있기 때문이 아닐까요?"

빛자루 아줌마는 우리가 함께 보낸 평범한 시간들은 힘이 있다고 말했다. 나는 한 번도 재향과 이야기를 나눠본 적이 없었지만 드라마처럼 살고 싶었던 외로운 여자가 평범한 여자들 사이에서 그동안 무엇을 느꼈을까, 조금은 알 것 같았다.

세상에는 잘난 사람들, 거침없이 자신의 인생을 개척하는 사람들, 완벽한 조화와 균형 속에서 당당하게 살아가는 사람들이 있다. TV나 소설 속에서, 떠도는 소문 속에서 그들은 존재한다.

모두들, 창 밖에 있다. 창 밖에는 근사한 세상이 있고 근사한 여자들이 있다. 나는 창을 통해 그들을 본다. 가끔 창을 열어 약간의 희로애락을 경험한다. 소설처럼, 드라마처럼 살아야 인생일까. 존중받을 수 있는 인생일까. 어제가 오늘 같고 오늘이 내일 같은 건 평범한 순간을 잃어버려서가 아닐까. 밥을 먹고, 차를 마시고, 이야기를 나누고, 혼자서 혹은 여럿이서 생각을 나누는 평온한 오늘 같은 날도 개인의 역사가 되지 않을까.

'모든 평범함 속에 반전이 숨어 있지요. 누군가와 차를 마시고 밥을 먹는 순간, 손을 맞잡는 순간, 이야기를 나누는 순간. 그 순간을 깊이 즐길 수만 있다면.'

티아 할머니는 아무 말도 덧붙이지 않았지만 나는 티아 할머니의 목소리를 들었다.

재향은 엷게 미소 지었다. 그리고 아무 일 없었다는 듯 차를 나눠주고 있는 티아 할머니에게 낮은 목소리로 물었다.

"이런 이야기도 브릿지 타임이 될 수 있나요?"

티아 할머니는 마음을 가라앉혀주는 차 한 잔을 건넸다. 그리고 나지막이 말했다. 당신의 감정이 휘몰아쳐서 바닥까지 다다를 수 있었다면 그것이 새로운 시작이지 않겠냐고. 그런 평범한 과정을 우리가 함께 나눴으니 그 또한 브릿지 타임이지 않겠냐고. 담담히, 읊조리듯 말했다.

나는 재향에게 사진을 찍고 싶다고 말했다. 빛자루 아줌마는 어떤 이름의 쿠키가 필요하냐고도 물었다. 티룸을 나갔던 재이는 '당신은 정말 마음에 들지 않는 사람'이라고, 그래도 오늘 용기를 내준 건 대단했다고 말했다. 재향은 어쨌든 고맙다고 답했다.

아무 일도 일어나지 않았다. 드라마틱한 결말도 아니었다. 그냥 언제나 그랬던 것처럼, 우리는 브릿지 타임을 끝내고 비로소 새로운 브릿지 타임을 시작했다. 달라진 것이 있다면 이제는 재향이 얇고 부서질 것 같은 그림자가 아니라, 실체를 가진 평범한 여자로 느껴졌다는 것뿐이다.

역시, 평범은 잃어버린 다음에야 빛이 나는 일상이다. 평범은 언제나 내 옆에 있던 것이다. 그냥 다시 발견했다는 것. 그리고 내가 움직였다는 것이 중요했다.

나에게도 이번 전시회가 터닝 포인트가 될까. 내 평범으로부터 반짝이는 가능성을 발견하는 기회가 될까. 그동안 나는 내가 가진 감정들과 티아하우스의 시간을 기록했다. 사진을 바라보면 내 마음이 느껴져서 좋았다. 그것이 소심함이나 주저함일지라도, 내가 가진 것이 시시하다고 생각하지 않기로 했다. 이 사람들과 함께 나눈다는 것, 그것으로 내 터닝 포인트는 충분히 자격이 있다.

소설처럼 살아야 인생은 아니지.

기승전결이 있을 필요가 있나. 다음 2막은 에세이처럼 살아.

정원을 걷는 에세이처럼. 연애를 하는 에세이처럼.

좋아하는 것을

하나씩 하나씩 모으고, 펼치고, 가꾸는 거야.

인생의 정원을 위해 땀을 흘리고,

계절을 보내고, 실패와 도전의 기록을 채워봐.

그 시간이 당신에게 새로운 열매를 주겠지.

누군가 개입한다고 드라마틱하게 변하는 것이 아니야.

누군가에게 영향을 받겠다고

마음먹는 것도 바로 당신의 선택이니까.

결국 당신만이

당신 인생의 터닝 포인트를 만들어내는 법이지.

몇 년 혹은 몇십 년 가꾸고 쌓아왔던 실패의 정원은

어느 날 꽃이 피고

세상을 흔드는 향기를 얻을 거야.

성장의 정원이 될 거야.

티아 할머니의 노트 *p.20*

12th Bridge Time

브릿지,
아름다움이
세상과 만날 때

새로운 일을 만나거나
새로운 사람을 만나는 일은
충돌과 상처를 품고 가야 하는
여정인지도 모른다.

티아하우스를 여행하는 동안
나는 사람이 주는 이상한 힘을 알게 되었다.
누군가 나를 깨웠고,
시험에 들게 했고 가슴을 두근거리게 했다.

"사람마다 블랙홀이 하나씩 있지.
지금 나의 전부라고 생각되는 그것이
내 인생의 블랙홀일지도 몰라. 그걸 놓아야만
새로운 문을 열고 나갈 수 있을 텐데."

guest
여자들, 질문 앞에 선 우리

티아 할머니의 노트를 조금씩 아껴가
며 읽고 있다. 한 번에 한 페이지만으로 충분하다. 많은 양은 소화가 되지
않는다. 노트를 읽으면서 문득 생각했다. 할머니가 나를 위해, 혹은 누군가
를 위해 이 노트를 쓰고 있다는 생각 말이다. 그리고 티아하우스 전체가 할
머니의 노트 같다는 생각도 했다. 나는 그동안 티아 할머니가 주는 위안을
한 조각씩 얻어나갔다. 이곳에서 삶에 대한 좀 더 깊은 느낌, 발전이나 성공
이 아니라 서로 관계를 맺고 내 속에 있는 것을 귀하게 끄집어내는 방식을
배웠다.

"이 집은 커다란 귀예요. 귀는 점점 어두워져도 직관은 예민해지지요. 그
러니까 나를 의식하지 말고 이야기해요. 내 이야기를 해달라고 말하지 말
아요. 당신 이야기를 해요. 나는 그저 티아하우스의 풍경 같은 사람이니까."

봄이 되자 새로운 신부들의 얼굴이 많이 보였다. 우리는 열심히 살았고,
아름다웠고, 앞으로도 치열하고 아름답고 싶다. 더 이상 청춘이 아니라는

것이 우리를 초라하게 만들지 않기를. 결혼을 했든, 안 했든, 패션을 하든 음악을 하든, 회사의 임원을 꿈꾸든 공부 잘하는 아이의 엄마를 꿈꾸든, 우리는 모두 근사한 여자가 되어가는 중이라고, 우리에게 아직 설렘이 있듯이 어린 여자들이 상상하지 못하는 우아함이 있다고, 티아하우스의 브릿지 타임은 매번 우리의 귀와 가슴을 두드렸다. 아주 낮은 울림이지만, 매번 가슴이 설렜다.

그래도 일과 일상의 세상으로 돌아가면 우리는 종종 지쳤다. 그럴 때면 티아하우스에 모여 지친 마음을 회복하는 방식을 나누었다. 누군가는 '문득 들여다보기'를 하자고 했다. 애써 발견하려고 노력하는 게 아니라 마음을 툭 내려놓은 어느 지점에서 눈앞에 다가서는 핵심을 발견하는 방식이다. 사람마다 그 결과는 달랐다. 그래도 누구나 '문득 들여다보기'를 통해 작고 편안한 위로를 발견하곤 했다. 무거운 일상의 틈 사이에서도 새로운 풍경을 발견하곤 했다.

"회색 보도블록 사이에서 노란 민들레를 볼 때와 흡사하지."

티아 할머니는 길을 걷다가 문득 허리를 굽혀 그 예쁜 것을 들여다볼 수 있는 여자들이 멋지다고 했다.

"직진만 하는 사람들은 모르지. 우리는 곡선을 이용해야 해요. 고개를 숙여 꽃과 풀과 돌을 만지고 고개를 들어 하늘과 별과 바람을 느끼지. 이 무슨 어리석은 소리냐고 해도 그들은 이 기쁨을 몰라. 곡선을 활용하면 새로운 의미를 발견한다니까."

어떤 날은 '다시 들여다보기'에 집중하기도 했다. '다시 들여다보기'는 시간이 좀 더 필요했다. 볕 좋은 주말에는 다시 들여다보기 위해 일상을 툭툭 털어내는 날로 정했다. 주머니와 가방을 털어보고 서랍을 들여다보았다. 재이는 메일함을 열어 정리하고 수하는 그동안의 작업들 중에서 떠나보낼 것과 남길 것을 들여다보았다. 모두들 일상을 열어젖히면 잊고 있었던 기쁨들이 떠올랐다.

"나는 '다시'라는 말을 좋아해요. 나에게 한 번 더 기회를 주는 것 말이에요."

티아 할머니는 짧게 말했지만 우리는 다시 읽기, 다시 보기, 다시 생각하기를 함께 즐겼다. 시간이 흐르면 이미 예전의 내가 아니다. 어쩌면 두려웠던 것도 건널 수 있고, 그리웠던 것을 추억할 수 있고 그때 몰랐던 생의 비밀 같은 것도 알게 되는 것. 삶의 발견이라는 게 '다시'라는 말에 들어 있는 것 같다.

티아하우스에 묵을 때면 나는 다시 읽는 책 한 권을 들고 왔다. 지난밤 '숙면의 방'에서 아버지가 읽던 낡은 책을 다시 꺼내 들었다. 평생을 술과 시와 혼자 있기를 좋아하던 사람, 결국 엄마라는 여자를 떠돌게 했던 사람. 나는 그 책을 읽고 또 읽었다.

나는 혼자서, 아무것도 가진 것 없이, 낯선 도시에 도착하는 것을 수없이 꿈꾸어보았다. 그러면 나는 겸허하게, 아니 남루하게 살 수 있을 것 같았다. 무엇보다도 그렇게 되면 비밀을 간직할 수 있을 것 같았다.

_장 그르니에, 『섬』 중에서

나에게 그는 언제나 섬과 같은 사람이었다. 그는 결코 어느 한순간도 우리와 함께하지 않았다. 어떤 대화도, 어떤 눈빛도 소통하지 않으면서 우리와 함께 같은 공간에 존재했다. 그는 온전히 섬으로 떠나지도 못하고 그저 시간을 견딘 것일까. 어찌 보면 결혼하지 말았어야 할 사람이다. 어쩌면 예술가가 되었어야 생의 의미를 찾았을지도 모른다. 그를 원망하고 비난했지만 나는 이제 그 사람의 좌절을 조금은 느낄 것 같다. 손 놓고 떠날 수 없어도 그는 자리를 지켰다. 어쩌면 그것이 핵심이다. 나는 아직도 화해하지 못한 그를 잠시, 생각했다.

창문을 열었다. '숙면의 방'은 다른 방에 비해 작은 방이다. 창문을 열면 정원의 감나무가 손에 잡힐 듯 가깝다. 이 방에 있는 이불은 얇았다. 몸과 닿으면 그대로 몸과 하나가 되었다. 나는 그냥 이 방이 좋았다. 고요한 우주처럼 혼자만의 세계에 빠졌다. 그러다 문득 사람이 미치도록 그립기도 했다. 그럴 때면 아래층으로 달려 내려갔다. 나를 반기는 사람이 있다는 것, 그 사실은 놀랍고도 나를 따뜻하게 만들었다.

티아 할머니는 요즘 티아하우스의 대문을 활짝 열어두었다. 부엌은 더 분주해졌고 아이들의 목소리와 어른들의 목소리가 뒤섞였다. 티아 할머니가 없어도 사람들은 자꾸 모였다. 모여서 시간을 보냈다. 놀거나 공부하거나 이야기를 나누거나 각자의 시간을 보내기도 했다.

사실 티아하우스는 여자들만을 위한 공간은 아니었다. 티아 할머니는 동네 아이들과 함께 시간 보내기를 좋아했다. 지하로 통하는 곳에는 할머니의 보물 창고와 아이들을 위한 동화책을 모아놓은 작은 공간이 있었다. 할머니는 매주 아이들에게 그곳을 내어주었다. 티아하우스 문을 통과하지 않아도 되도록 작은 문을 따로 내기까지 했다. 몸집이 큰 아이들은 몸을 웅크려야 그 문을 드나들 수 있었다. 어른들은 더 몸을 둥글게 웅크려야 한다. 이 작은 문은 아이나 어른이나 모두를 키득거리게 했다. 할머니가 모아온 세계 여러 나라의 동화책들과 빈 종이, 연필과 색연필들이 가득했다. 아이들은 열심히 뛰놀다가, 책을 읽다가, 할머니의 보물 창고에서 숨바꼭질을 하기도 했다.

옷감과 책과 햇빛과 아이들이 만들어내는 소리가 가득했다. 반지하 창으로부터 스며 들어오는 햇빛 때문에 낡은 천들의 빛깔이 황홀했다. 그곳에서 여자아이 하나를 만났다. 아홉 살 중에 키가 가장 작고 눈빛이 반짝이는 여자아이였다. 여자아이는 늘 할머니의 보물 창고 앞에서 옷감들을 구경하고 그림을 그렸다.

"오늘은 할머니가 크리스마스 파티에 쓸 붉은색 옷감을 골라놓으라고 하셨어요."

이 깜찍한 조수는 보물 창고에 있는 모든 천을 훤히 꿰고 있었다.

티아 할머니는 아이가 좋아하는 옷감을 가위로 쓱쓱 잘라 한 조각씩 선물해주었다. 그리고 이 옷감이 어디로부터 왔는지, 어떻게 할머니와 만나게 되었는지 이야기해주었다. 나는 아이의 그림을 구경하는 시간이 좋았다. 아이에게 허락을 받고 작은 아티스트의 그림을 카메라에 담아두기도 했다. 스케치북에서는 옷감들이 하늘을 날고, 바다를 건너고, 공주와 왕자를 실어 날랐다. 날이 갈수록 색이 깊어지고 이야기가 풍성해졌다. 그 변화는 아이의 성장과 이어졌다.

"인간의 성장을 눈으로 볼 수 있다는 것만큼 근사한 일은 없어요. 감히 그걸 옆에서 지켜볼 수 있다는 것만으로도 감사한 일이지."

그러나 티아 할머니는 아이의 그림에 대해 칭찬도 조언도 하지 않았다.

"내가 느낌을 말하기 시작하면 제 이야기를 표현하지 못하고, 내 생각을 넣으려 할 테니까. 언젠가 조금 더 크면 생각을 나누는 방법을 알게 되겠지. 그 전까지는 모든 기대와 우려가 위험한 일이에요."

티아 할머니는 대신 아이들의 이야기를 듣는다고 했다.

"이 작은 사람들은 우리가 발견하지 못한 것들을 들려준답니다."

때때로 티아 할머니는 우주의 모든 일을 기록하는 수집가 같다는 생각이 들게 한다. 아이들의 이야기를 들을 때 몸을 낮추고 고개를 끄덕이며 온 마음을 다해 듣는다. 나는 그 모습을 카메라에 담았다. 티아 할머니는 아이들처럼 몸을 둥글게 말고 있었다. 들어주는 것이 아니라 정말 궁금해서 듣는다. 턱을 괴거나 살짝 감탄을 하거나 한숨을 쉬며 아이들이 들려주는 이야기에 빠져들었다. 결국 삶에 대한 궁금증은 삶을 대하는 사람의 태도에 달려 있는 건지도 모르겠다.

아이들은 이곳을 '옷감 창고 정원'이라고 불렀다. 어느 늦은 오후에 티아 할머니는 팔걸이가 있는 의자에 앉아 잠깐씩 눈을 붙이기도 했다. 할머니가 앉아 있는 흔들의자는 휴식을 하기에 좋아 보였다. 옷감 창고 정원에 오면 티아 할머니의 속도는 한층 더 느릿느릿해졌다.

빛자루 아줌마는 옷감 창고 정원을 '알리바마의 방'이라고 불렀다.

"거기 '참깨, 나와라'라고 불러야 열리는 비밀의 문이 있거든."

가끔 빛자루 아줌마는 혼자만 아는 이야기를 들려주곤 했다. 동화와 현실을 뭉뚱그려버리는 재주가 있었다.

"서울이 놀라는 걸 보니, 내 말이 진짜인 줄 알았나 봐. 아, 난 이래서 당신이 좋아."

가끔 사람을 놀리는 걸 즐겼다. 새로 온 신부들도 빛자루 아줌마의 장난에 당황하곤 했다. 악의는 없었지만 너무나 진지한 모습이라는 게 문제였다.

"사람마다 블랙홀이 하나씩 있지. 아무리 감추려 해도 감춰지지가 않고 극복이 안 되는 지점 말이야. 멀쩡한 사람도 그곳에 다다르면 이성을 잃지. 어떤 사람한테는 말도 안 되는 남자가, 어떤 사람한테는 다 큰 자식이 블랙홀이지. 때로는 나의 운명이라고 끌어안고도 살아. 하지만 스스로 운명이라고 부르면서 그 안에서 움직이지 않는 거야. 지금 나의 전부라고 생각되는 그것이 내 인생의 블랙홀일지도 몰라. 그걸 놓아야만 새로운 문을 열고 나갈 수 있을 텐데. 서울의 블랙홀은 뭐야?"

빛자루 아줌마도 질문을 좋아한다. 티아 할머니처럼. 나는 대답 대신 생각에 잠겼다. 애초에 대답을 들으려 했던 것이 아니었던 것처럼 빛자루 아줌마는 말을 이어갔다.

"나한테는 티아하우스일지도 모른다는 생각을 해. 여기서야 이렇게 목소리가 커지고 신이 나지. 나한테 여자로 사는 게 꽤 멋진 인생이라는 걸 가르쳐준 곳이야. 용기와 친구를 동시에 줬지. 어느 날 이곳이 존재하지 않는 다면 모든 걸 잃게 될 것 같아."

나는 그때 빗자루 아줌마의 얼굴에 스치는 표정을 읽지 못했다. 표정이 읽히지 않는 복잡함. 가끔 누군가 이런 표정을 지을 때면 그저 그의 옆에 앉아 있으면 되는 일이다. 아직 나에게 티아하우스는 질문과 성장의 이름 이다. 그런데 진짜 새로운 문은 그 너머에 있을지도 모른다니……. 나는 잠 시 할 말을 골랐지만 딱히 떠오르지 않았다. 그래서 말없이 그녀의 팔짱을 꼈다. 우리는 늘 그랬다. 누군가 질문 속에 갇혀 있을 때 다가가 기댔다.

빗자루 아줌마는 "당신은 이곳에 둥지를 틀지 않았잖아. 그러니 괜찮아. 티아 할머니는 원래 이곳은 스쳐 지나가는 곳이라고 했어요. 당신도 언젠 가 스쳐 지나가야겠지. 그게 맞는 거야."

나는 빗자루 아줌마의 눈 속에서 나를 향한 따뜻함을 보았다. 우정은 이 렇게 천천히 스며들었다.

봄이 깊어갈수록 티아 할머니의 손은 더욱 바빠졌다. 구상하고, 스케치 하고, 드레스를 만드는 일은 정확히 오전 8시에 시작된다. 더 이른 아침에 는 산책과 가벼운 아침 식사를 했다. 브릿지 타임이 있는 날이 아니면 오후 에 독서도 거르지 않았다.

"손을 놓으면 안 돼요. 세상 모든 일들은 사소한 습관의 산물들이에요.

사소한 습관이 쌓이면 내 것이 되는 좋은 것들이 있지. 건강도, 친구도 가꾸지 않으면 내게 오지 않아요."

오늘 브릿지 타임의 이야기는 모두의 이야기다. 모두가 브릿지 타임을 준비했다. 나의 작은 사진전이 열린 날이기도 하다. 지난 1년 동안의 우리의 기록이다. 티아 할머니는 '내 인생의 한 컷'이라는 이름을 지어주었다. 누구나 사진 속의 손과 발이 누구의 것인지, 얼굴 위의 주근깨와 주름 속에 어떤 기쁨과 슬픔이 스며 있는지 알았다. 이것은 내 성장의 기록이었다. 나는 늘 세상으로부터 고립되어 있다고 생각했지만 나에게 도구 하나가 주어지자 사람들의 눈을 똑바로 마주할 수 있게 되었다. 그들의 이야기를 두드려보기까지 했다. 나에게는 특별한 경험이었다. 사진은 삶을 발견하게 한 아름다운 도구였다.

사진은 나의 습관이 되었다. 습관은 삶이다. 먹고 이야기하고, 아름다운 순간을 나누는 것처럼. 나는 움직임에 대한 기록을 하기 시작했다. 이곳에 오기 전 나는 멈춰 있었다. 멈춰 있다는 것을 인식하지 못하는 방 안의 가구처럼, 그 자리 그대로 일상을 보냈었다. 뿌리 내리지도 않았고 그렇다고 자유롭게 기웃거리지도 않았다. 그냥, 있었다. 녹슬어버린 것처럼. 그럴 때 사람의 마음 따위는 궁금하지 않았다. 그렇다고 나 자신에게 몰두하지도 않았다.

그냥, 있었다.

티아 할머니는 마음이 움직였던 순간을 떠올려보라고 했다.

"아주 작은 순간들."

질문을 던질 때마다 티아 할머니는 상대의 눈을 오래 응시한다. 그녀가 사람의 마음속에 알 수 없는 물결을 일으키는 정적의 순간이다. 나에게 티아하우스의 이야기를 기록해달라고 말했던 그 순간처럼. 그때 내 마음속에도 이상한 물결이 흘러갔다. 뭔가 찌릿했다. 막연하던 것이 통증처럼 드러났다. 나는 그 순간이 내 인생의 풍경이나 영화가 될 거라고 믿었다.

"누구에게나 그런 순간은 와요. 아주 짧게 스쳐 가지만."

다시 티아 할머니는 시간을 멈춰버렸던 눈빛을 거두고 일상으로 돌아갔다. 마치 다른 사람이 된 것처럼, 아무 일도 일어나지 않은 것처럼. 티아 할머니가 그렇게 툭 질문을 던져놓고 간 자리에서 우리는 이제 각자의 이야기를 풀어나가는 재미를 느꼈다.

"스웨터의 첫 코를 꿰는 것뿐이지. 어차피 작은 우연들 속에서 스스로 자기 세계를 만들어내는 거니까."

언젠가 티아 할머니는 그렇게 말했었다. 누구나 작은 우연을 만날 수 있지만 그 우연을 선택하는 것은 그 사람의 몫이라고. 그러니 다른 사람의 인생을 훌륭하게 바꿔놓을 수 있을 거라고 믿지 말라고 했다. 그러니 다른 사람의 인생에 작은 우연을 만들어주는 일을 포기하지도 말라고 했다. 아리송한 말이라고 생각했지만 나는 티아 할머니가 우리에게 보여주는 적당한 거리감이 좋았다. 그녀는 너무 다가서지도, 그렇다고 방관하지도 않았다. 우리 삶에 너무 깊이 개입하지는 않았지만 애정을 가지고 지켜본다는 따뜻한 믿음이 있었다.

티아 할머니가 차 한 잔을 들고 슬그머니 문을 나서는 모습을 바라보았다. 어쩌면 질문은 그 순간의 날카로움을 낚아채지 못하면 금세 사라져버린다. 대개는 나에게 던지는 질문의 정체를 알지 못하고 지나쳐버린다. 그렇게 잃어버리는 것, 놓쳐버리는 것, 사라져버리는 것, 보지 않으려 했던 것들이 있다.

"마음이 움직인다는 건 대단한 거야. 누군가에게 마음의 한 끝을 내어놓는다는 거잖아. 그런데 상대로부터 아무런 움직임을 느끼지 못하면 그 둘 사이에 의미는 생기지 않아."

지안은 서로 다른 세계가 부딪히고, 충돌하고, 듣고, 말하고, 영향을 받으면서 마음이 움직이고 새로운 세계가 생기는 거라고 말했다.

"가장 대표적인 예가 사랑이지. 사랑이라고 처음 각성하는 순간을 떠올려봐요. 갑자기 배경음악이 깔리거나 슬로모션이 되는 순간을 경험하잖아. 탐색만 하던 남녀가 비로소 마음을 부딪히는 순간. 완전히 새로운 세계가 펼쳐지는 거지."

수하는 모든 관계를 들여다보면 남자와 여자의 이야기가 원형이라고 말했다.

"사랑에 빠지면 동물적 본성이 날뛰잖아. 정확히 말하자면 열정이고 소유욕이지."

나는 수하를 보면 카메라를 들이대고 싶어진다. 가끔, 우리 안에 있는 진짜 날것의 감정들을 끌어 올리는 여자였다. "나는 아직 소녀야, 그럼 안 돼?"라고 말할 때의 감성도 예뻤다.

"당신에게 열정을 일으키는 순간은 언제인가요?"

수하는 내 말이 떨어지자마자 기다렸다는 듯이 외쳤다.

"질투."

"와우, 강력한 원동력이 되지."

오랜만에 재이가 맞장구를 쳤다.

"저 사람을 다른 사람에게 뺏기기 싫다는 감정, 저 일은 내가 했어야 한다고 땅을 치는 순간, 그 모든 순간들이 모여 나를 만들어요. 나름의 성장이지. 마음이 요동치거든. 아, 내 걸로 하자. 다음엔 내가 먼저 선수를 치자."

그러나 열정에 불타오르던 수하의 눈빛은 이내 새침한 소녀로 돌아왔다. 불타는 질투는 언제나 실패로 끝났다. 그 열기가 너무 뜨거워서 제일 먼저 자기 자신을 태워버린다는 고백을 덧붙였다.

"나는 그냥 부러움쯤이라고 해둘래요. 누구나 부러움은 조금씩 가지고 있으니까. 부러움은 상대를 인정하는 마음이거든. 질투는 힘이 세지만, 다른 세계를 인정하지 않잖아. 그 세계를 쌓아올린 역사를 우습게 알면 질투는 한낱 감정으로 끝나버리니까. 무엇보다 질투를 하면 내가 너무 초라해져서 회피하는 건지도 몰라."

지안은 가끔 수하가 부럽다고 했다. 수하는 "그래, 가끔 말이지?"라고 농담을 했다.

5월에는 6월과 7월의 신부들이 티아하우스에 왔다. 그들의 마음을 움직이게 하고 인생을 결정짓게 한 것은 무엇일까? 바람이 불면 꽃향기가 묻어나는 날씨 때문일지도 모른다. 아침에 일어났을 때, 문득 둘이 살고 싶다는 생각을 했을지도 모른다. 가끔 우리는 고민에 고민을 거듭하다 어이없는 한순간에 마음의 향방을 정한다. 그리고 그 마음을 따라나선다.

나는 수하를 움직이게 하는 것이 단지 질투의 힘이라고 생각하지 않는다. 이미 온 마음을 다해 자신의 삶에 집중하고 욕심내고 있다는 증거라고 생각한다.

"맞아, 맞아. 어쨌든 그건 에너지야. 마음이 움직이게 하는 것만 어렵나? 다른 사람의 마음을 움직이게 한다는 건 기적에 가까운 일이야. 가족은 더욱 어렵지. 그래도 경험이 쌓이면 방법을 조금 얻기도 하지."

빛자루 아줌마는 네 명의 아이들 각자의 마음을 알 수는 없지만, 선물이나 칭찬, 용돈으로 바꿀 수 있는 극적인 순간이 있다고도 했다.

"하지만 나 같은 사람도 있어요. 웬만해서는 움직이지 않는 사람들. 일단 움직인다는 건 흔들린다는 거잖아. 사람은 누구나 흔들릴까 봐 자기 자신을 보호해요. 안간힘을 다해 버티죠. 내게 맞는 속도로 다가올 때 비로소 천천히 손을 내밀어요. 너무 빨리 다가오면 숨어버리거든요."

나는 이제 마음을 드러낼 줄 안다. 이 사람들이라면 내 못난 점을 흉보지 않을 거라는 믿음 때문이다.

"그래도 티아 할머니가 사진을 맡아달라고 했을 때, 너는 쉽게 받아들였어. 기다렸다는 것처럼. 정말 의외였어."

재이는 이미 나에게 열망이 있었고 티아 할머니는 그 열망을 슬쩍 건드려준 것이라 했다.

새로운 일을 만나거나 새로운 사람을 만나는 일은 충돌과 상처를 품고 가야 하는 여정인지도 모른다. 살면서 이렇게 많은 사람과 이야기해본 적이 없다. 이렇게 많은 이야기를 들은 적도 없다.

　티아하우스를 여행하는 동안 나는 사람이 주는 이상한 힘을 알게 되었다. 누군가 나를 깨웠고, 시험에 들게 했고 가슴을 두근거리게 했다. 늘 좋았던 것만은 아니다. 지금 이 순간의 진심을 느끼는 과정이 쉬웠던 것도 아니다. 어떤 여자들은 쉽게 친해졌다. 어떤 여자들은 어려운 이야기도 쉽게 풀어냈다. 어떤 여자들은 결혼도 하고, 아이도 낳고, 그 인생의 복잡한 풍미 속에서 자신을 찾기도 했다. 내가 가진 시간에 욕심이 생기기 시작하자, 나는 부러움과 질투를 느끼기도 했다. 갈 길이 더 먼 것만 같은 조바심도 났다. 그러나 잠시였다. 누구 하나 나의 속도를 이상하게 여기지 않았다. 나의 침묵도, 나의 느림도, 나의 두려움도 그냥 서울이라는 여자로 받아들여주었다.

　빛자루 아줌마는 실내조명을 낮추었다.

　"딱 좋다. 모든 여자가 예뻐 보이는 조명이라지. 자, 이제 뭐 하고 놀까?"

　빛자루 아줌마는 다시 생기를 찾았다. 우리는 함께 여행 온 여학생들처럼 둘러앉아 놀이를 시작했다. 그건 '나는 당신에게 배워요'라는 말로 시작하는 놀이였다.

　"나는 당신에게 배워요. 그 고요함, 서늘함. 무슨 이야기를 해도 다 받아낼 수 있을 것 같은 초연함."

　꽃집 여자 정원이 나에게 이런 말을 했을 때 나는 귓불이 발개질 정도로 설렜다.

"서울, 당신은 꽤 매력적인 여자"라고 수하도 말했다. 색이 없어 보이지만 사실은 다른 사람의 다채로운 느낌을 잡아낼 줄 아는 깊은 눈을 가졌다고 했다.

처음에 이런 이야기를 들으면 어색해서 어찌할 바 몰랐다. 나는 아직도 그렇다. 하지만, 좋은 에너지를 받아들이는 건 시간이 오래 걸리지 않는 법이다. 처음 만나는 여자들도 이 자리에 없는 누군가의 이름을 대며 '나는 당신에게 배워요' 놀이에 참여했다. 누군가는 아버지를, 어머니를, 옆집 사람이나 자주 가는 가게의 주인 이름을 대기도 했다. 우리는 이 놀이를 하며 타인을 발견하고 나를 발견했다. 서로 배우고 가르쳤다. 강요하지 않으면서 서로의 좋은 점을 발견했다. 어른이 되기도 전에 잃어버렸던 동화처럼. 그렇게 조금씩 조금씩 얼음을 녹이는 법을 배워갔다.

어린 시절, 아무도 나의 이름을 불러주지 않았다. 그저 나는 잘 먹고 학교를 다니고 특별한 말썽을 부리지 않는 것만으로 무사하다고 생각했다. 그러나 그때 나는 무사하지 않았다. 내 몸과 마음속에는 부글부글 분노가, 억울함이, 쓸쓸함이 몰아쳤다. 내 마음을 감당할 수 없어서 가끔은 세상에서 이대로 사라지는 것은 어떨까 생각했다. 그때 몸을 구기고 책을 읽었다. 그것만이 나의 구원이었다. 그때 책은 고독한 외톨이와 닮아 있었다. 말하지 않아도 되었고, 웃지 않아도 되었다. 나는 한 발짝도 밖으로 나가지 않았다.

내가 이곳에서 가장 많이 변화한 것은 책 속에 빠지지 않는다는 것이다. 우리는 모두 그랬다. 재이는 쇼핑에, 빛자루 아줌마는 남몰래 열렬히 좋아하던 연예인에, 어린 엄마 차경은 한때 남자 친구들에 빠져 있었다고 했다. 빠져 있다는 것이 꼭 나쁜 것은 아니다. 그러나 다른 것을 돌아보지 않는다는 말도 된다. 어쩌면 모두들 조금씩 외로웠던 것은 아닐까.

"더 외로워지지 않으려면 세상 속에서 역할을 맡아야 해요. 세상의 무거움에 기꺼이 뛰어들어야 하지."

지안은 어느 날 좁아진 자신의 세계를 발견하고 더 외로워졌다고 했다.

"언제부터인가. 나는 나를 둘러싼 내 가족, 내가 몸담은 장소에만 관심을 쳤어요. 내 아이들을 사랑하면 세상의 아이들에게로 그 마음이 확장되어야 하는데, 그러지 못했어요. 그러니 더 전전긍긍하고 가진 것을 잃을까 두려워하고 일상의 작은 균열에도 쉽게 좌절했죠."

지안은 결혼 생활이 일상이 될수록 세계와 점점 더 멀어지기 쉽다고 했다.

"그건 결혼 생활에만 해당되는 이야기가 아니에요. 일과 직업이 다르듯이 세계와 나를 연결시키지 않으면 외로울 수밖에 없어요. 나는 여전히 직장에서 소비되는구나, 언제나 대체 가능한 인력에 불가하구나, 그런 생각 때문에 외롭거든요."

재이는 언제나 평범하게 살기 위해 노력한다고 했다. 무엇을 해도 평범하지 않고 튀어 보인다고 수하가 말했지만 재이는 정색을 했다.

"평범하다는 건 쉬운 게 아니에요. 평범함을 유지하기 위해서 온갖 허드렛일이 필요합니다. 직장에서도 마찬가지예요. 제 몫은 해내야 하잖아요. 그건 너무 서글픈 표현일 수도 있어요. 예전에는 그 표현이 그렇게 싫었어요. 기계의 부속품처럼 똑같은 직장인이 되기 싫다고 소리쳤죠. 그런데 요즘은 또 달라요. 제 몫을 한다는 게 얼마나 어려운 일인지 알아간다고 할까. 뭔가 대단한 창조를 하는 사람도 찬사를 받아야 하지만, 제자리를 지키고 누군가 꼭 해야 할 일을 해내는 사람도 존중받아야 한다는 거죠."

이런 말을 할 때의 재이는 더 재이다워 보인다. 빗자루 아줌마도 재이의 이야기에 힘을 보탰다.

"평범은 어려운 거야. 엄마들은 청소하고 정리하고 씻고 먹이고 소리 지르지. 그래야 집안일의 평범이 유지되는 것처럼 말이야."

결혼의 여부, 직업의 차이에 상관없이 제자리를 지키는 사람들을 위해서 우리는 건배를 했다.

5월에는 여름의 신부들이 자주 들렀다. 7월 9일의 신부는 결혼과 동시에 일을 잠시 쉬기를 바란다고 했다. 7월 20일의 신부는 새로운 직업을 찾는다고 했다.

재이는 그 어느 때보다 진지하게 그들의 이야기를 들었다. 오래 일하고 싶은 일은 무엇인지, 무엇을 준비하고 있는지 귀 기울여 들었다. 어느새 여자들은 삼삼오오 작은 그룹을 지어 모여 앉았다. 바느질을 하는 여자들, 정원에 나가 차를 마시는 여자들, 부엌에서 요리 이야기를 하는 지안을 둘러싼 여자들. 나는 재이를 둘러싼 신부들을 한 컷씩 찍었다.

"독한 언니처럼 말해볼까요. 뭔가 하고 싶기는 한데 힘든 일을 감내하기는 자신 없다 싶으면 시작도 하지 말아요. 어리광은 필요 없어요. 그건 어른으로서 내가 받아들여야 할 몫이에요. 오래 버티는 법을 익혀야 할 거예요. 맞아요, 오래 일하는 사람이 대단한 거랍니다. 잠깐 반짝할 수는 있지만 오래도록 일을 놓지 않는다는 것은 견뎌온 무게가 있다는 말이에요. 그 무게는 아무나 만들어내는 게 아니에요. 고민하고 상처받고 때로는 오해받으면서 묵직하게 지고 가는 무게예요. 마음도 가벼워야 하고 몸도 가벼워야 하지만 내 일에 대해서만큼은 이 묵직한 무게감을 놓지 말아요. 그래야 그 속에서 지혜로운 생각이 생겨나고 그 생각이 패턴을 만들고 진화한답니다. 무엇이 되었든 그 속에서 자신의 것을 붙잡고 집요하게 들여다보고, 실망하지 말고 앞으로 나아가세요. 한 발짝도 성장하지 않는 것 같지만 매일매일의 시간을 견디다 보면 그게 성장이에요."

재이는 근성이 없는 여자는 매력이 없다고 했다. 어느새 재이 옆으로 다가온 빛자루 아줌마는 살짝 한숨을 쉬었다.

"우리는 모두 타고난 근성이 있어. 그게 없는 사람은 없었지. 다만 근성이라는 것이 내 일을 꼭 붙들고 있는 거라면 운이 좀 따라줘야 한다는 게 사실이야. 물론 살다가 슬쩍 포기해버리기도 하지만, 대개의 여자들은 상황에 부딪힐 때 남자보다 불리해."

"맞아요, 불리해요. 젠장, 정말 불리해. 그런데도 우린 좀 질겨야 해. 질기게 파고들면 놀라운 기회가 생기기도 하죠."

재이가 빛자루 아줌마의 한숨에 함께 한숨을 내쉬는 모습은 두 여자 사이에 흐르는 수만 가지의 감정을 느끼게 했다.

"취미처럼 일하면 안 돼요. 직업인으로 일해요. 죽도록 힘들다 싶을 때, 그때가 보석 같은 순간이에요. 우리 모두는 먹고살기 위해서 일해요. 그걸 부끄러워하지 말아요. 그건 정말 고귀한 가치예요. 생명을 위해서 일하는 거잖아요. 한량처럼 사는 모습을 부러워하지 말아요. 절대적인 내 것이 없는 사람은 위험하니까. 누구든 가까이서 깊이 들여다보면 거저 이룬 스토리는 없어요. 대가가 없는 귀함은 없답니다. 일하기 싫어서 결혼하고 싶다고 말하는 젊은 아가씨들도 그냥 푸념이란 걸 알아요. 마음 깊숙이 진심은 아니란 것도 알죠. 그만큼 여자들이 오래 버텨내기 힘든 구조니까. 그래도 나 자신이 세상 속에 버티고 있어야 내 목소리를 낼 수가 있어요. 지금 당장은 상황 때문에 잠시 멈춤을 선택할 수는 있어요. 그땐 그때대로 돌아서가요. 시간을 벌어요. 하지만 다시 상황이 좋아지면 심장이 두근거릴 거예요. 그때 나가서 맨땅에서 시작해요. 시작을 두려워하지 말아요. 시작이 되지 않았다는 건 시간을 벌 동안 아무것도 하지 않았다는 거예요. 준비가 부족했다는 말이에요. 왜 나에게는 행운이 없을까, 저 사람은 왜 저렇게 쉽게 성공하는 걸까 부러워 말고 그 속을 들여다봐요. 우아한 일은 단연코 없어요. 어떤 직업이든 과정을 들여다보면 고단하고 기운 빠지고 억울한 일들이 숨어 있지요. 그걸 건너요. 그러면 내가 하는 작은 일이 세상을 바꿀지도 몰라요. 무슨 일을 하든, 내가 움직이지 않으면 내 세상은 조금도 나아지지 않을 거예요."

외과의사인 6월 1일의 신부는 포기하지 않는 법은 두 발로 버티는 거라고 말했다.

"가족들은 여자답게, 그리고 나중에 엄마답게 살려면 다른 과를 지원하라고 권했죠. 하지만 나는 이 직업이 좋아요. 모두 다 편한 일을 하려 한다면 내 일은 사라질까요? 아니요, 앞으로 점점 더 존경받을 거예요. 모든 일의 기준은 내가 왜 이 일을 하려고 했는가, 그 최초의 생각으로 돌아가야 해요."

길모퉁이 작은 서점의 점원인 7월 2일의 신부는 트렌드 따위는 자신과 어울리지 않는다고 말했다.

"동네 서점은 다 문을 닫는다고들 해요. 하지만 그러니까 더 불끈 힘을 내요. 나는 여기서 열심히 보고 듣고 일해서 내 서점을 만들 거예요. 지금 내 일의 대부분은 청소하고 리스트를 확인하고 손님을 만나는 일이에요. 그렇지만 내가 좋아하는 책들은 멸망하지 않을 거예요. 점점 더 가치 있게 변할 거예요. 요즘은 방식을 연구 중이에요. 일을 오래 하기 위한 로드맵을 짜면서. 나는 여기에 승부를 걸 거예요."

6월 1일의 신부가 수술을 한다면 그 가족은 마음이 든든할 것이다. 7월 2일의 신부가 서점을 만든다면 뭔가 특별할 것이다. 아마도 단골이 되고 싶을 것이다. 지지 않아, 라고 주먹을 불끈 쥐지 않더라도 고요히 내면의 힘을 키운다면 적어도 일은 달라질 것이다. 세상의 편견이나 자기 안의 안일함과 치열하게 부딪히는 사람이라면 그 일이 자신만의 세계를 만들지도 모를 일이다.

나는 나의 사진들이자 그녀들의 사진을 바라보았다. 몰래 가슴이 찌릿했다. 그동안의 시간이 벅찼다. 우리는 서로에게 다가갔다. 잘난 체하지 않고, 눈물을 닦아주었다. 대신 이야기를 나누었다. 지혜를 나누었다. 누구나 조금 더 많이 아는 생활의 지혜가 있었다. 그런 이야기를 듣는 것은 너무나 행복했다. 들은 이야기는 티가 난다. 해보지 않은 이야기는 힘이 없다. 우리는 힘 있는 이야기를 했다. 그리고 나는 그 얼굴들을 카메라에 담았다.

티아 할머니는 생활의 영감을 줄 수 있는 깊은 이야기를 연구한다고 했다. 할머니의 서재에서 나는 과거와 미래가 공존하는 것을 보았다. 늦은 것은 없다⋯⋯. 나는 늘 내가 늦었다고 생각했다. 지금 이 나이도, 지금 이 순간도 앞으로의 생에서 가장 청춘의 얼굴일 텐데.

우리는 달팽이처럼 제집을 끌고 다니지.

처음에는 그 텅 빈 집 안에 무엇을 담을지도 몰랐지만

그저 내 세계를 등에 업은 채 어린 달팽이는 길을 떠났지.

반짝이는 별을 만나고, 어둡고 축축한 청춘을 지나며

천천히 천천히 끊임없이 움직였지.

달팽이 하나로 우주가 바뀌지는 않아.

그렇지만 누군가와 만나 그의 이야기를 들어주던 날,

그의 집이 되기로 마음먹던 날,

우주에 없던 새로운 세계 하나가 열렸지.

아름다운 동화가 쓰였지.

작고 소박하고, 단단하지도 않지만 지금 그 자리를 지키고 있는 당신.

진심만이 세상을 지키고, 사람을 웃게 한다는 것을 아는 당신.

풀 같고, 바람 같고, 햇살 같은, 동네에서 흔히 만나는 당신.

생활의 역사를 쓰는 당신.

당신의 우주를 내려놓지 마요. 당신이 옳아요.

이제 작고 사소한 것이 세상을 구할 거예요.

귀 기울여 들을 줄 아는 사람이 세상을 바꿀 거예요.

언젠가, 누군가의 티아하우스가 되어주세요.

티아 할머니의 노트 *p.*304

좋아하는 것이 무엇일까?

잘하는 것이 무엇일까?

나는 세상과 나눌 감동이 있는가?

티아 할머니의 노트 *p.300*

봄 섬포

행복해질 시간

볕이 좋아졌다. 봄날의 티아하우스에 깨끗한 빨래 냄새가 난다. 티아하우스에는 할 일이 많아졌다. 빗자루 아줌마와 빨래를 하면서 우리는 마음 정돈하기 놀이를 한다. 하얀색 빨래와 색깔 있는 빨래를 분류한다. 속옷과 겉옷을 분류한다. 모든 분류에는 재빠른 손놀림이 필요하다. 손이 바쁘면 생각은 잠시 멈춘다. 나쁜 일과 좋은 일도 가슴에 담지 않고 손에서 분류되기를 바란다. 오른손과 왼손의 재빠른 판단으로 분류할 것, 뜨거운 가슴까지 닿지 않게 할 것. 감정에 다다르면 마음이 너무 무거워져버린다고 티아 할머니는 말했다. 어떨 때는 머리보다 손이 더 지혜롭다고. 세탁기 소리, 물소리 그리고 기다리는 시간. 그동안 우리는 각자가 좋아하는 일을 한다.

티아 할머니는 꽃집 여자 정원과 가을에 어떤 꽃들을 만날지 이야기를 나눈다. 빗자루 아줌마는 쿠키 만드는 책을 또 읽는다. 늘 똑같은 책을 읽고 또 읽는다.

"영감을 주는 책은 많지 않으니까. 나는 좋은 책 몇 권이면 충분해. 좋은 도구도 몇 가지면 충분해. 아름다우면서도 실용적일 것."

빗자루 아줌마의 철학이다. 빨래가 다 되고 햇빛에 널어야 할 때 우리는 모인다. 빨래를 너는 것은 귀찮은 일이다. 혼자서는 재미가 없다. 여자들은 어느새 모두 나왔다. 정원을 가로지르는 빨랫줄 위에 펄럭이는 빨래를 널었다. 이 집의 정원 위로 작은 하늘, 충분한 바람 그리고 충분한 햇빛. 봄의 신부들은 맨발로 빨래를 널었다. 빨래를 널기 전에 면 이불의 가장자리를 서로 맞대고 탁탁 털었다. 이상하게 무슨 일이든 함께하면 즐거워졌다. 무엇이든 이렇게 다시 깨끗하게 씻어낼 수 있을 것 같은 용기를 준다.

꽃집 여자 정원은 4월이 되면 달리아 구근을 심었다. 잘 자라서 초여름부터 가을까지 꽃을 피웠다. 달리아는 특히 구근이 아름답다. 그 크고 작은 둥근 뿌리는 짙고 풍성한 달리아의 모습을 이미 품고 있다.

"신선하고 건조한 날씨를 좋아해요. 여름에는 힘들지 않게 과감하게 줄기를 잘라주면 좋죠. 봄에 구근을 심을 때면 벌써부터 달리아의 가을을 기다리게 돼요. 이 둥근 뿌리 속에 그 색이 다 들어 있을 테니까. 나는 그냥 잘 심어주고 가지 쳐주고 기다리기만 하면 되죠."

정원은 꽃을 위해서는 참을성이 많이 발휘된다고 했다. 기다리는 시간도 하찮지 않다는 걸 나무와 꽃과 식물이 가르쳐주었다고도 했다. 그녀는 언제나 흙이 묻은 정원사용 앞치마를 입고 봄을 맞았다. 티아하우스의 봄은 누구나 조금씩 움직이게 했다. 누구나 준비하는 시기이기도 했다.

이곳의 봄은 과일 잼을 준비하기에 좋은 계절이다. 빗자루 아줌마는 지난주부터 유리병을 모두 꺼내 소독하고 볕에 말렸다. 티아 할머니는 이 이벤트를 '봄날의 빛을 담은 유리병 소풍'이라고 불렀는데, 각자 준비한 수많은 유리병들이 햇빛 아래 내어졌다. 오전에서 오후로 넘어가며 정원에는 햇빛이 짧고 강렬하게 내리꽂혔다. 빛을 담은 유리병들은 둥글거나 길쭉하거나, 날렵하거나 뚱뚱하거나, 작거나 크거나, 모양이 천차만별이었다. 빛자루 아줌마는 유리병마다 작은 스티커를 붙였다.

"이건 내 것, 이건 5월의 신부들 것, 이건 꽃집 여자 정원의 것⋯⋯."

그녀는 집안일에 열중할 때도 중얼중얼 혼잣말을 잘했다.

"말을 하면 정리가 잘돼."

수십 개의 작은 유리병들은 제라늄 화분 옆에, 정원의 난간 위에 자리 잡았다. 작은 것도 이야기가 모이면 작품이 된다는 티아하우스의 생각을 담았다. 티아 할머니는, 좋아하는 물건을 고르는 순간 사람들은 이미 자신도 모르게 자기를 닮은 구석을 발견한다고 얘기했다. 사람들이 골라 온 유리병들도 그 사람의 스타일을 닮은 것만은 분명해 보였다. 초록색이 살짝 도는 재이의 유리병은 날렵한 맵시가 꼭 프랑스 여자 같다. 나는 재이가 가지고 있는 에메랄드가 박힌 브로치를 기억해냈다. 그러고 보니 재이는 초록색이 어울리는 여자였다. 그 어떤 흔들림 속에서도 건강한 에너지는 바래지 않았다. 빛자루 아줌마의 유리병은 모난 곳 없이 둥글둥글하게 생겼다. 누구나 좋아할 만한 그녀의 웃음을 닮았다. 풍요로워 보였다. 이번 봄에 결혼을 준비하고 있는 신부들 그리고 나 또한, 무심코 골랐지만 자신을 닮은 유리병을 준비했을 것이다.

"서울이 고른 건 역시 심심하게 생겼어. 뭘 담아도 좋겠어."

나는 웃었다. 가끔 내가 아닌 나의 선택에서 나를 발견하게 된다. 내가 고른 유리병은 정말 평범하게 생겼다. 하지만 오래 들여다보니 익숙해 보이기도 하고 사랑스러워 보이기도 한다. 티아하우스 곳곳에 놓인 유리병들은 햇살이 가득 들어차자 달그락달그락 소리를 내었다.

"햇빛 담는 소리다."

티아 할머니는 물기가 마르고 있는 유리병들을 바라보며 흐뭇하게 웃었다. 빛자루 아줌마도, 나도, 재이도, 예비 신부들도 우리는 분명 이 봄에 햇빛 담는 소리를 들었다. 가끔 마음이 삶을 바꾼다는 것을 경험하는 순간이 있다. 작고 보잘것없는 한순간이 무거운 짐을 내려놓게 하고, 고단한 일상을 잊게도 한다. 나는 오늘, 햇빛이 작은 유리병 안에 가득 들어차는 소리를 분명 들었다. 맑고 기분 좋은 기운이 느껴지는 순간이었다. 빛을 담은 유리병들을 카메라에 담았다. 그 질감과 빛깔과 텅 빈 충만을 뷰파인더를 통해 바라보았다.

오래오래 이 순간을 느끼고 싶다고 생각했다. 작고 충만한 순간은 발견하지 않으면 이내 사라진다. 티아하우스에서는 이런 순간들을 조금씩 묶어두게 된다. 별것 아닌 순간들을 별것인 양 들여다보고 깔깔거린다.

유리병 전시회는 티아하우스에서 매번 일어나는 일상의 아트였다. 여기서는 햇빛이 좋으면 그것이 아트고, 비가 오면 또 그것이 아트가 된다. 티아할머니는 아트를 생활로 끌어 왔다. 이 말은 티아 할머니의 겨울 노트에서

본 구절이다. 오늘은 할머니의 노트를 들고 '결혼으로 가는 방'에서 오후 나절을 보낼 참이다.

> 의미를 연결하다 보면 사는 게 모두 아트다.
>
> 그런데 가장 아트가 필요한 것이 결혼 생활이 아닌가.
>
> 조화와 균형의 감각이 필요하다.
>
> 이 방에 이르기까지 치열한 고독의 방을 받아들여야 할 것이다.
>
> 외롭지 않기 위해서 삶을 선택하지 마라. 그러면 더 외로워질 것이다.
>
> 당신들은 하나가 되는 것이 아니다. 두 사람 사이에 브릿지를 놓을 뿐.
>
> 기분 좋은 날 다리를 건너
>
> 서로의 영토에서 잠시 차를 마셔도 좋을 것이다.
>
> 함께 생활을 가꾸고 아이를 키우며 좋은 친구로 늙어갈 것이다.
>
> 온전한 혼자를 지켜라. 온전한 당신의 세계가 사라지면
>
> 두 사람의 세계에도 바람이 불지 않는다.
>
> 그 어떤 에너지의 운동성도 사라져버린다.

티아 할머니의 노트 p.58

나는 결혼 생활을 모른다. 결혼을 앞둔 신부들도 마찬가지다.

티아하우스는 많은 사람이 모이는 공간이지만, 때로는 철저하게 혼자 있는 공간이기도 하다. 가득 차 있지만 텅 빈 공간. 볕이 잘 드는 3월 오후에 티아하우스 3층 '결혼으로 가는 방' 앞을 서성인다. 아무도 나에게 그 방에

갈 수 없다고 말하지 않았지만 왠지 그 앞에서는 망설이게 되었다. 자격이란 게 있다면 아직은 나에게 허락되지 않은 것 같은 느낌. 똑똑, 들릴 듯 말듯 노크한 뒤 방문을 조금 열었다. 천장에서 빛이 떨어져 내렸다. 작은 앤티크 의자 하나, 테이블 하나. 재이는 이 방에서 온종일 음악을 들었다고 했고, 빛자루 아줌마는 쿠키를 들고 와 해 질 녘까지 가족들에게 편지를 썼다고 했다. 나는 티아 할머니의 노트를 들고 이 방문을 열었다. '결혼으로 가는 방'은 빛의 방이다. 충만함과 비움이 공존한다. 티아 할머니는 이 방의 부제를 이렇게 붙였다. '철저하게 혼자일 수 있는 사람이 완벽한 두 사람이 될 수 있다.' 사실 혼자 밥을 먹는다는 것, 혼자 영화를 본다는 것, 혼자 살아간다는 것은 모두 같은 말인지도 모르겠다. 티아 할머니의 노트는 이 방에 대해서 몇 마디 덧붙여놓았다.

고독은 스스로 문을 닫고 더 깊이 안으로 들어서는 작업이다.
아무도 들어오지 못하게 하는 것이 아니라,
내가 나로서 충만해질 때까지 기다리는 시간.
누군가에게는 새벽의 어느 시간, 누군가에게는 깊은 밤의 시간,
누군가에게는 가장 외롭고 누군가에게는 가장 따뜻한 시간일 것이다.
'결혼으로 가는 방'은 온전히 혼자가 되어 나를 직면하는 공간이다.
· 빛으로 가득 찬 공간. 아무것도 없는 공간.
모든 기대와 설렘을 벗어야 하는 공간.
그 너머에는 생활이라는 것이 시작된다. 아름다운 동화가 아닐 것이다.

삶이 시작될 것이다. 진짜 삶.

보이지 않지만 세상에는 수많은 문이 있다.

운명은 그 문 앞에서 가끔 나를 시험한다.

당신은 자격이 있나.

혼자로도 충분히 멋진가.

티아 할머니의 노트 p.47

티아 할머니의 노트를 읽으며 몇 시간을 이 방에서 보냈다. '결혼으로 가는 방'은 아직 나에게 문을 열지 않았다. 나에게 무엇이 부족한 까닭일까. 아니면 넘치기 때문일까. 스무 살짜리도 결혼을 하면 어른이 되고, 마흔 살여자도 결혼을 하지 않으면 여전히 아이인가. 그런 질문 때문에 사실은 힘이 들었다. 내가 이 방 앞에서 망설이는 것은 이 방에 들어설 자격이 없을지도 모른다는 생각 때문이었다. 어쩌면 나는 아직도 고독 속으로 더 깊이 들어가야 하는지도 모르겠다. 나에게는 나만의 때가 있다는 것, 늦은 것이 아니라 더 자유롭다는 것, 더 깊이 나를 탐색할 시간을 가졌다는 것. 그 선물을 느껴본다.

세상에서 가장 관찰하기 어려운 것이 나 자신이다. 가끔 나는 내가 가진 기억을 왜곡한다. 사랑받지 못했던 기억, 비굴하게 사랑하려 했던 기억을 왜곡한다. 혹은 버린다. 나를 지키기 위해서 나에게 유리한 것만 기억에 남긴다. 놀라운 기억의 편집술이다.

사실은, 가장 어려운 것이 자신을 마주 대하는 것이 아닐까.

어느 날부터인가 나는 서서히 밀려나고 있었다. 연애도, 유행도, 하다못해 패션지의 타깃도 이제는 내 나이를 지나쳐버렸다. 나는 중심에서 벗어나 점점 언니가 되어가고 있다. 왕언니 말이다. 그런 단어는 어디에서 나왔는지 모르겠다. 왕만두, 왕뽀루지, 왕고모, 왕언니. 크기나 연륜을 따져 단어 앞에 '왕' 자를 넣는다고 해서 그것이 가치를 표현하는 것도 아니다. 그냥 무턱대고 붙이는 무감각한 말이라고 생각한다. 무감각하게 만든 단어는 가끔 어울리지 않는 옷을 입고 어울리지 않는 장소에 와 있는 것처럼 어색하다. 그렇다, 회사에서 나는 왕언니가 되었다. 나보다 나이 많은 여자 직원은 단 한 명도 없기 때문이다. 왕언니로 불리면서부터 나는 많은 부분에서 주저하게 되었다. 가끔은 커피를 사야 할 것 같고, 가끔은 재미없는 인생 상담도 들어주어야 할 것 같다. 권위도 존중도 없는 이 단어는 내가 정말 싫어하는 단어가 되었다.

지난해, 지금 다니는 작은 디자인 회사로 옮겼다. 올해로 13년째 같은 직종의 일을 해왔다. 13년이라니, 꽤 오래되었다. 내가 하는 일은 광고 문안을 쓰는 일이다. 화려한 텔레비전 광고의 아이디어를 내는 것도 아니다. 내가 그동안 써왔던 광고 문안은 대리점 점주를 모집하는 광고 문안이거나 아파트 상가 광고, 때로는 피자를 사면 따라오는 전단지의 문안들이었다. 핵심은 늘 얼마나 정확하게 목적을 달성하느냐였다. 얼마나 직설적으로, 빠른 시간 안에 사람들을 모으고, 상가나 아파트에 관심을 갖게 하고, 피자 가게에 전화를 하게 하느냐였다. 이것은 내가 꿈꾸던 일이 아니다. 꿈이란 이런 게 아니었다. 나는 영혼이 담기지 않은 건조한 얼굴로 하루에 몇 개씩 광고 문안을 써 내려갔다. 처음부터 이 일을 하려고 했던 것은 아니다. 반짝이는 일을 하고 싶었다. 그 목적이 물건을 구입하게 하는 것이라 해도, 그것이 전부가 아니었다. 나는 뭔가 이야기를 전하고 싶었다. 그 이야기는 삶의 기쁨을 노래하고, 사람들과 생각을 나누고, 때로는 그들이 잊고 있던 감성의 한 끝을 울릴 수 있는 한 줄의 힘이었다. 그런데 그런 광고를 만드는 회사에는 취업할 수가 없었다.

지금까지 다닌 회사만도 다섯이다. 언제나 고만고만한 사무실에 대여섯 명이 일하고 있는 규모가 다였다. 거기서 나는 카피도 쓰고 커피도 타고 각종 서류도 만들면서 13년을 보냈다. 내가 원하는 회사에서는 좋은 학교나 학점, 다양한 경험을 요구했고 가끔은 부모님이 광고주쯤은 되어야 했다. 물론, 그 모든 것을 가뿐히 넘어서는 사람들도 있다. 빛나는 재능이 있는 사람들, 어린 나이에도 그것을 발휘하는 사람들, 어디서나 자신만만한 사람들. 그들은 처음부터 나와는 다른 사람들이라고 생각했다. 그때 나는 재능이란 소심한 사람들에게는 어울리지 않는 독특함이거나 번뜩이는 재치라고 생각했었다. 그런 점에서 처음부터 나는 자신감이 없었다. 안 되는 게임에 마음을 다하고 싶지 않았다. 작은 것이면 충분하다고 생각했다. 그것이 결핍이라고 생각하지도 않았다. 누구나 근사한 무대에 오르는 것은 아니다. 대부분, 그저 취업하기만을 바란다. 나도 그랬다. 그런 사람들이 모두 꿈이 없는 사람이라고 말할 수 있을까. 나는 매달 같은 날 월급을 받을 수 있는 일이 필요했다. 그것으로 족했다. 꿈 따위는 생각할 겨를이 없었다.

어렸을 때부터 무언가 쓰는 일을 좋아했지만 제대로 빛을 본 적은 없다.

사진 찍는 것을 좋아했지만 시작해보지도 않았다. 언제나 내가 주인공은
아니라는 것을 알고 있었다.

내 인생에도 잠깐 반짝이던 시기가 있었다. 그 또한 나 자체가 아니라 내
나이가 그러했다. 스물하나에서 다섯 즈음까지는 나도 세상의 관심에서 벗
어나지는 않는다고 생각했다. 세상의 많은 잡지들이, 광고들이 나에게, 아
니 정확하게는 내 나이에게 말을 건넸다. 너는 무슨무슨 세대라고 말했고
내 나이 또래의 여자들의 일상이 TV에 펼쳐졌다. 그때 나는 히트하는 노
래에 대해서도 감각이 밝았다. 라디오에서 나오는 노래를 듣자마자 뜰 곡
과 묻힐 곡을 정확히 꿰뚫었다. 유일한 친구인 재이를 만나면 노래방에 가
서 신나게 노래를 불러대곤 했다. 뭔가를 쌓아두지 않고 뿜어내는 순간은
그 순간이 유일했다. 내 목소리에는 울림이 제법 있었다. 나는 노래를 제법
했다. 마이크에서 울려 나오는 내 노래는 나쁘지 않았다. 그러나 그뿐. 나는
그저 그런 회사원. 심심하고 재미없는 일상. 그러다가 왕언니가 되었지만
그 또한 불만은 없다.

우리에게 시간은 생각만 많이 하다가 보내버리는 애인과 같다. 잡을까,
놓을까 생각하다가 결국 이루지 못한 연애 말이다. 대개는 그가 나를 잡아
주기를 기다리지만 인생은 영화보다는 유행가에 닮아 있다. 언제나 마지
막에 달려오는 극적인 애인보다는 늘 적중하는 슬픈 예감에 가깝다. 그래
서 미리 기대를 접었다. 누구나 이렇게 산다, 나는 그 누구나에 속하니까 다
른 길은 꿈꾸지도 말아, 라고 스스로에게 말한다. 하지만 돌아보니 나는 지
극히 평범한 삶을 살고 있는 것도 아니었다. 대부분의 서른다섯은 결혼을

하고 아이도 한둘 있다. 아니면 연애라도 하고 있다. 그도 아니면 연애의 역사라도 한 트럭쯤은 된다. 그렇게 생각하면 나는 그 평범한 삶에서도 삐끗하고 절룩거리는 중이다. 꿈도 아니고 현실도 아니고 어정쩡한 길가에 서서…….

나는 여기, '결혼으로 가는 방'에 잠시 머물다 간다. 다음에는 조금 더 오래 머물 것이다. 더 깊이 고독하고 싶을 때, 더 깊이 나를 찾아야 할 때 머물 것이다. 숨겨진 방처럼 티아하우스의 3층에는 '결혼'이라는 이름의 두 사람을 위한, 아니 한 사람을 위한 공간이 있다. 거기서는 오늘도 결혼을 앞둔 신부들이 온전히 혼자 시간을 바라보고, 자신에게 질문하고, 더 외로워지는 법을 익히는 자리다. 나는 잠시 천장에서 쏟아지는 순백의 빛을 카메라에 담았다. 결혼이라는 걸 하게 된다면 더 깊이 나를 들여다보아야겠다고 생각한다. 내가 살지 않는 세상에 잠시 다녀온 듯 천천히 2층으로 내려갔다.

기분 좋은 냄새, 기분 좋은 소리가 부엌으로부터 건너왔다. 빗자루 아줌마의 목소리에 힘이 실려 있다. 목소리에 힘이 있는 사람은 참 좋아, 라고 생각하며 부엌으로 향한다.

티아하우스의 브릿지 타임을 준비하는 그 모든 냄새와 소리들. 새로운 신부들도 보였다. 호기심 때문에 오기도 하지만 이곳에 오는 신부들도 각자 다양한 표정을 안고 온다. 요즘은 신부들의 얼굴을 무심한 시선으로 찍어본다. 처음에 나는 결혼을 앞둔 여자들이라면 설렘과 흥분, 사랑받는 여자 특유의 자신감 같은 것이 표정에서 읽힐 거라고 생각했다. 그런데 신부들의 표정 속에는 무표정, 담담함, 어둠까지도 느껴질 때가 있다. 가끔 사진에 찍힌 자신의 모습을 보고 놀랄 때가 있다. 무방비 상태의 나. 얼굴에서 삶이 느껴진다고 하면 가슴이 먹먹하다.

지안은 오늘의 아보카도를 걱정했다. 너무 익으면 빛깔이 깔끔하지 못하고 채 익지 않으면 과육이 예쁘게 빠지지 않는다고 했다. 무엇이든 타이밍이 중요하지만 아보카도 또한 그렇다. 아주 섬세한 과일이다. 우리가 알지 못하는 밤과 낮, 우주가 관장하는 그 한순간, 적절한 타임. 지안은 그것을 황금 타임이라고 불렀다. 아보카도의 황금 타임.

"난 언제나 타이밍을 놓치고 말아."

요즘 한창 선을 보고 있는 수하가 투덜댄다.

"아무래도 5년 전 만났던 그가 최고였던 것 같아. 왜 내 연애는 늘 설익거나 너무 익어서 지쳐버렸을까."

"너와 남자들은 그렇게 스쳐 지나간 거야. 아쉬움을 안고, 혹은 너무 오래되어 지긋지긋해하면서. 서로가 인생을 같이하기에는 다른 시점을 가진 거지."

지안은 아보카도가 잘 익었는지 손으로 가늠해보며 결혼과 연애에도 황금 타임이 있다고 말했다. 연애가 너무 익어버리면 결혼을 이루지 못하고 연애가 채 익지 않은 상태에서의 섣부른 결혼 이야기는 물거품이 된다.

"어떻게 사람들은 결혼할 타이밍이란 걸 알지? 정말 천사가 내 눈앞에 나타나 종을 댕댕 쳐주었으면 좋겠다. 이 사람이야, 이 순간이야, 라고 나를 흔들어 깨워줬으면 싶어."

수하의 목소리는 언제나 꿈꾸는 소녀 같다. 그것이 그녀의 매력이자 맹점이다. 우리는 누구나 조금씩 마음속에 소녀를 품고 있다. 소녀들은 늘 타이밍을 놓친다. 어쩌면 소녀들은 웨딩드레스를 꿈꾸지만 공주 같은 웨딩드레스를 벗는 그 순간부터 벌어지는 일상에 대해서는 애써 눈을 감고 싶은 건지도 모른다. 그러니 사랑의 이면에는 상처가 따르고 결혼의 이면에는 가족 관계와 돈과 육아 방식의 갈등이 있다는 것을 실감하지 못하는 것이다.

"나는 남편을 1년 전에 만났거나 1년 후에 만났으면 결혼하지 않았을 거야. 결혼해야겠다는 내면의 내 욕구와 그의 적절한 대시와 우주의 오묘한 질서가 결혼을 이룬 거지. 뭐, 결과적으로 그게 행운인지 불행인지는 잘 모르겠지만."

빛자루 아줌마는 좋은 남편을 고르는 방법은 좋은 채소를 고르는 것과 비슷하다는 평소의 지론을 펼쳐놓았다.

"좋은 채소는 쉽게 나한테 오는 게 아니지. 발품을 팔아야지. 열심히 들여다봐야지. 그리고 누가 채가기 전에 잽싸게 내 걸로 만들어야지."

열심히 샐러드를 준비하던 지안이 덧붙인다.

"사실은 말이에요. 남편을 두 번째 만난 날, 꿈에서 내가 결혼을 하더라고요. 그래서 생각했지. 아, 이 사람과 결혼하게 되어 있나 보다. 그래서 했어요."

우리는 모두 지안을 보았다. 언제나 지혜롭고 현명해 보이는 지안, 그녀가 결혼을 그렇게 비이성적으로 선택하다니.

재이가 고개를 가로저었다.

"이건, 너무나 지안답지 않은 말이다. 너무 무책임한 직관이잖아. 어쩌면 그 사람에 대해서 호감을 가졌기 때문에 그런 꿈을 꾼 건 아닐까? 꿈은 무의식의 소리라잖아. 어쨌든 결혼의 타이밍은 이성적인 사람도 그냥 에라, 모르겠다 하고 끌려가게 만드는, 무언가 운명의 힘이 있다는 건가?"

"글쎄, 나는 지안의 말을 이해할 것 같은데? 그건 운명인 거야. 가슴에서 부르는 운명의 소리를 들은 거겠지. 그게 꿈이라는 비주얼로 보인 거잖아. 우주의 목소리! 이른바 종소리지. '아, 지금이야. 이 사람이야'라는!"

수하는 이성적인 지안의 의외의 결혼 비화에 한껏 고무된 듯했다.

"다행이다. 괜찮은걸."

지안이 아보카도를 반으로 갈랐다. 우리 모두의 시선이 빛났다. 모두 논쟁을 멈추고 예쁜 풀 냄새가 나는 초록빛에 시선을 뺏겼다. 세상에 이런 과일을 봤나. 부드러운 속살. 가슴 중앙에 둥근 우주가 담겨 있었다.

"황금 타이밍이야. 빛깔이나 익은 정도가 딱이야. 아보카도를 딱 적절할 때 먹게 되었어."

지안이 환하게 미소 지었다.

"아보카도 씨앗을 연애와 결혼 사이에서 늘 갈팡질팡하는 내 화분에 심어주면 내게도 이런 행운이 올까."

수하는 컬이 많은 머리카락을 손가락으로 돌돌 말아 올리며 진지한 표정을 지었다.

"행운이 아닐 수도 있다는 걸 명심해. 나는 결혼식도 올리기 전에 그걸 알아버렸어."

재이는 잊고 있던 이야기가 생각난다고 고개를 가로저었다.

"운명 따위는 믿지도 않아. 그건 연애가 만들어내는 착각이야."

"제발, 내 결혼에 대한 환상에 초를 치지 마. 나는 그냥 아직은 꿈을 꾸고 싶거든."

수하의 목소리는 여전히 소녀 같다.

"서울은 어떻게 생각해?"

"나는 그냥, 믿어보고 싶어. 직관이 중요하다며. 다가오지 않은 일은 모두 근사할 거야. 요즘은 그런 생각을 해."

"많은 변화인걸."

재이는 진심으로 나의 작은 변화를 느끼고 있다고 했다.

"그것봐, 재이. 서울도 변하고 재이의 연애사도 변할 거야."

수하는 재이에게 다가가 아보카도 한 조각을 먹여주었다. 빛자루 아줌마는 봄꽃 차를 준비했다. 이제는 이 사람들이 익숙하다. 무엇이든 될 수 있을 것 같고, 무엇이든 가질 수 있을 것 같던 스무 살로 돌아간 것 같은 아름다운 시간을 나는 기록하지 않고 즐겼다. 재이는 여전히 누군가를 만나 결혼을 한다는 것이 두렵다고 고백했다. 나는 요즘 재이처럼 분명한 사람이 사람으로부터 받은 상처에 더 민감하다는 걸 느낀다. 자의식은 섬세해서 상처에 약하다. 그래도 재이는 자존감이 굳건한 사람이니까, 두렵다는 말도 우리에게 꺼내놓는 거겠지.

"연애와 결혼의 타이밍은 말야, 너무 많이 생각하면 그 순간을 가슴 깊이 느낄 수가 없는 것 같아. 연애로 끝나버리면 뭐 어때. 지나고 나면, 연애로 끝나버려서 오히려 감사한 인연도 있더라고. 그 인연이 결혼까지 이어졌으면 절대 안 되었겠구나 싶은."

지안은 어느새 아보카도 샐러드를 접시 가득 들고 식탁에 놓았다.

"깊이깊이 생각해야 한다고 봐. 많이 생각해. 많이 고민한 만큼 약간의 지혜는 얻을 수 있거든. 누구나 아보카도의 속을 모르지만, 아보카도를 자주 접하다 보면 요령이 생기는 것처럼. 그냥 겉껍질을 보거나 살짝 만져만 봐도 감이 온단 말이야. 결혼의 상대가 아닌 것 같은 사람에 대해서도 아니다, 아니다 싶은 자잘한 경험들이 쌓이잖아. 머릿속에 경고 메시지도 계속 뜨고. 그런데 대개는 그걸 무시하지. 콩깍지가 끼면 대책이 없지. 그래서 계속 생각해야 돼. 그래도 나처럼 결정적인 순간엔 직관에 따르기도 하지만."

그래도 지안의 결혼은 가장 이상적으로 보였다.

"남편과 그런 이야기를 한 적이 있어. 결혼을 시작하고 비로소 새로운 사랑을 했던 것 같다고. 우리는 처음에 많이 달랐지만, 그래서 실망도 하고 싸움도 했지만 그 전투에서 얻은 것도 있어. 나에게만 좋은 사람이 아니라 정말 좋은 사람이어야 한다는 생각 말이야. 딸이 연애를 하면 그 얘기를 해주고 싶어. 연애에 빠졌을 때는 더없이 다정하고 열정적이지. 하지만 결혼은 길고 긴 약속과 합의와 균형의 장이야. 그 사람의 생각이 건강한지, 책임감이 있는지, 너무 이성적이거나 너무 감성적이지는 않은지 판단해보라고 말하고 싶어. 물론, 소용없겠지. 그 아이도 나처럼 직관에 따른 선택을 하게 된다면 말이야."

빛자루 아줌마는 연애나 결혼이나 매번 스스로 선택했다는 걸 잊지 말라고 했다.

"그래서 결혼은 결정하는 것보다 유지하는 게 어려워. 매번, 매 사건마다 시험대에 오르거든. 늘 해피엔딩일 수는 없어. 가끔은 빛깔 좋은 아보카도를 얻기도 하지만, 찬란한 꿈이 깨지고 어둡고 칙칙한 일상에 빠지기도 하니까. 아보카도만 잘 고른다고 요리가 훌륭해지는 건 아니잖아. 스파게티 소스가 부족한 날도 있고, 디저트 위에 바삭한 호두를 구워놓고도 잊어버리는 날도 있고, 꼭 뭔가 한 가지씩은 실수를 하게 되더라고. 그게 인생이야. 그러니까 재밌지."

"완벽한 만찬은 없어. 그래도 대체로 멋진…… 그런 식탁을 꿈꾸지. 대체로 멋진…… 인생. 완벽한 인생보다 훨씬 여백이 있어 근사한걸. 그게 진짜라는 생각도 들고."

우리는 소녀들처럼 달그락거리며 접시를 비웠다. 날씨만큼은 완벽한 계절이다. 대체로 멋진 인생, 대체로 멋진…… 우리의 브릿지 타임. 수하에게는 연애와 결혼이, 재이에게는 직업적 성취가, 지안에게는 또 그녀만의 무엇이 아보카도의 황금 타임처럼 남아 있겠지. 멋진 타이밍을 기다리는 아보카도의 초록빛. 내 인생에서 그 찬란한 초록빛을 발견하는 날은 언제일까. 어쩌면 지금, 나도 모르는 사이에 그 완벽한 시간이 운명처럼 다가오는 것은 아닐까?

그리고
남은 이야기

　　　　　　　　　　이른 새벽 눈이 일찍 떠졌다. 건너편 방에서 잤던 재이나 정원은 일어나지 않은 것 같았다. 티아하우스는 고요했다. 산책을 하려고 나갈 때 티아 할머니의 뒷모습을 보았다. 할머니는 아이들이 놀러 오는 옷감 창고 정원에 가는 듯했다. 무슨 생각에서인지 할머니를 따라나서고 싶었다. 티아 할머니의 스커트 자락이 나를 불렀다. 할머니를 부르려고 할 때 이미 할머니는 그 문으로 들어선 후였다. 몸을 굽히고 들어서자 책과 옷감과 색연필들이 가득 꽂혀 있었다. 할머니는 보이지 않았다. 옷감들이 가득 찬 공간에도, 어디에도.

　옷감 창고 정원에는 달짝지근한 아이들의 냄새가 났다. 아이들이 흘리고 간 먼지들도 아침 햇빛 아래 반짝였다. 탁자 위에는 컵 두 개와 접시 두 개가 놓여 있고, 분홍색과 흰색으로 모양을 낸 쿠키들, 포도와 오렌지, 꿀이 담긴 작은 그릇이 놓여 있었다. 누군가 불쑥 나타나 '하하, 와줘서 반가워!'라고 말할 것만 같았다.

아무도 없는 공간을 나는 천천히 구경했다. 늘 아이들이 북적대거나 빗자루 아줌마가 청소를 하던 공간이었다. 의자들은 아이들의 키에 맞춰져서 작은 인형의 집 같다는 생각이 들었다. 아이들이 있을 때 느끼지 못했던 낯선 느낌이었다. 의자도 탁자도 작았다. 나는 불편하게 앉아 쿠키 한 조각을 먹었다. 바닥에 뭔가 작은 것이 움직였다. 예쁜 무당벌레였다. 손가락 힘을 빼고 살짝 집어 화분의 풀잎 위에 올려주었다. 무당벌레는 풀잎이 제집이 아니라는 듯 이내 다시 바닥으로 내려와버렸다. 그리고 부지런히 벽을 기어오르기 시작했다. 어디선가 달콤한 향기가 났다. 처음에는 먹다 남은 쿠키 향기인 줄 알았지만 자세히 맡아보니 꽃향기에 가까웠다. 멀리서 슬쩍슬쩍 바람에 실려 오는 아카시아 향기 같기도 했다.

무당벌레는 티아 할머니가 좋아한다. 생각해보니, 티아 할머니의 노트에는 무당벌레 그림이 자주 등장했다. 할머니는 좋은 채소가 있는 곳에 무당벌레가 있다고 말씀하시곤 했다. 작은 무당벌레는 벽을 오르고 또 올랐다. 그리고 마침내 작은 문에 다다랐다.

그 안으로 들어가고 싶구나…… 나는 이 도전적인 무당벌레를 위해 문을 열어줄 셈이었다. 아카시아 향기가 더 짙게 퍼졌다. 아찔하다는 느낌이 드는 그때, 나는 손잡이를 잡았다가, 스르르 손에서 힘이 빠져버렸다. 이곳은 평소에 내가 자주 오는 곳이다. 아무 가구도 놓여 있지 않는 아이들의 그림이 그려져 있는 벽.

나는 문 앞에서 잠시 망설였다. 이것은 꿈일까? 꿈일지도 모르겠다. 몇 시간을 거기 그렇게 서 있었는지 모르겠다. 아니, 몇 분이었는지도 모르겠다. 다시 세상의 온갖 소리가 밀려왔다. 나는 옷감 창고 정원을 나왔다.

빛자루 아줌마가 오고, 티아하우스는 시끌벅적해졌다. 빵 냄새와 된장국 냄새가 동시에 나고, 티아 할머니는 양손 가득 옷감들을 들고 돌아왔다. 아카시아 향기가 나는 옷감들이었다. 그 어떤 향료를 쓴 것도 아닌데 향기가 있는 그런 옷감, 세상 어디에도 없는 옷감.

티아 할머니니까 가능한 이야기. 꽃향기가 나는 드레스를 만들 수 있는 사람은 내가 아는 할머니가 유일하다. 인생은 여전히 질문투성이다. 티아 할머니가 어디에서 왔는지는 나에게 중요하지 않다. 나에게는 티아하우스가 있다는 것이, 이곳에 존재한다는 것이 중요하다. 그리고 내 인생에 대해 함께 이야기 나눌 사람들이 곁에 있다는 것이 중요하다.

그다음 이야기는 사실 중요하지 않을지 모른다. 어쩌면 그 문은 나를 기다리는 문일지도 모른다. 어쩌면 그때 나는 그 문을 열고 이미 새로운 세상으로 들어선 것인지도 모른다.

그래서 나는 지금 이 글을 쓴다. 다시 두근거리고 싶다면, 당신의 티아 할머니를 만나라고. 당신이 곧 마흔을 앞두고 있다면, 이제야 비로소 뭔가 인생을 이야기할 수 있는 자격을 얻었다고 할 수 있다. 비로소 좋은 친구들을 만날 시간이 되었다고 할 수 있다.

여자에게 괜찮은 마흔이란, 삼십 대의 수많은 숙제를 대견하게 잘 건너왔다는 증거다. 고통의 무늬가 없으면 기억나지 않는 것이 아름다움이다. 진짜, 날것의 아름다움, 본질의 아름다움 말이다. 껍질의 아름다움만 신경 쓰다 보면 영혼은 흔들린다. 함부로 쓴 시간은 마음을 허전하게 만드는 법이다. 나를 잃지 않는 시간을 쓰는 법, 사람에게 다가가기 전에 내 안을 들여다보는 법, 명품을 소비하기 전에 창조적으로 삶을 제작해보는 법, 나로부터 당신에게로, 삶에게로, 세계에게로 다가가는 법.

나는 가능하다면 살아가는 방식을 배우고 싶었다. 우리에게는 그런 기술이 필요하다. 생활의 기술, 삶의 아트, 일상의 디테일. 무엇이라 불러도 상관없다. 중요한 것은 그 속에 담긴 철학이고 정신이고 레서피다. 우리는 본능적으로 이 시기를 거쳐 또 다른 시기로 건너가고 있다는 것을 안다.

어쩌면 오늘보다 더 눈부신 젊음은 없을 것이다. 오늘보다 더 가슴 뛰는 사랑도 없을지 모른다. 그러나 오늘보다 내일이, 인생이라 부를 수 있는 나의 다음 단계가 가짜가 아니기를 바라본다. 이렇게 햇살 좋은 오후에 티아 할머니는 여전히 여자들을 기다린다. 그저 가만히 앉아 있는 나에게는 오지 않을 생의 비밀. 오랜만에 거울을 보고, 잘 다려진 옷을 입고, 신경 써서 고른 구두를 신는다.

오늘, 나는 초대받은 사람이다.

티아 할머니의
노트를 읽는 시간

나에게는 작은 우물이 하나 있지. 누구나 우물가에 몰려들지.

봄이면 우물 아래로 분홍색 복사꽃이 떨어지지.

사랑은 언제나 이곳에서 소문이 나는 법.

소녀들은 몰려들어

누군가를 좋아하는 마음, 폭발하는 마음,

열에 들뜬 마음을 식히지.

아, 우물가는 마법의 장소. 이곳은 마법의 우물가처럼 여자들을 기다리지.

사랑을 시작해도 이곳으로 달려올 거야.

사랑을 끝내도 또 이곳으로 달려올 거야.

실컷 목 놓아 울어도 나는 그저

괜찮다, 괜찮다, 버들가지처럼 천천히 머리칼을 쓰다듬어줄 수밖에.

이곳은 그런 곳. 여자들의 우물가.

우리의 마음이 흐르고, 해야 할 일이 있고,

계절이 있고, 아름다운 생활의 이야기들이 있는 곳.

티아하우스는 우물가. 그냥 다 괜찮아지는 곳.

티아 할머니의 노트 *p.*300

인생에는 몇 개의 문이 존재한다. 탄생은 그 첫 번째 문이다. 오래전 당신은 기억하지 못하지만 그 문을 열었었다. 스스로의 힘이었다. 그렇게 우리는 이 세상으로 왔다. 그때 미래가 어떨지 당신은 알지 못했다. 하지만 다음 페이지를 모른다고 해서 두려운 여행인 것만은 아니다. 우리는 지금까지 몇 개의 문을 거쳐왔다. 눈에 보이지 않을 뿐 운명을 맞았다. 결과를 이야기할 때가 아니다. 그건 정해진 것이 아니니까. 문은 우리 앞에 또 다가온다. 새로운 세상 말이다. 당신이 만들어갈 세상, 당신이 만들어갈 우주. 나는 문 앞에서 망설이고 있는 당신을 맞이한다. 다음 문으로 가는 길 위에서 우리가 잠시 머무는 시간, 아름다운 오후를 위해 나를 들여다보는 시간, 보살피는 시간. 그렇게 당신은 다음 문을 열기 위한 용기와 지혜를 얻는다.

나에게도 문이 하나 있다. 문을 열면 채소밭이 있다. 햇빛이 있다. 기억하고 싶은 추억들이 있다. 보고 싶은 사람들이 있다. 마음은 조금도 늙지 않은 채 성장할 뿐이다. 잊지 않았다면 그 자리 그대로 오래된 일기처럼 남아 있다. 나는 가끔 그곳을 방문한다. 열한 살의 내 마음이 있고, 스물세 살의 내 마음이 있고, 서른과 마흔의 내 마음이 있는 곳. 누군가는 그곳을 우주라 부르고, 누군가는 책이라 부르고, 누군가는 죽음이나 꿈이라고 부른다. 나는 이제 조금씩 작아져서 그 문을 통과할 줄 알게 되었다. 그것이 나의 브릿지 타임이다. 이제야 위로할 수 있게 되었지만 나에게도 상처와 상실이 있었다. 더 이상 그 상처가 아프지 않고 더 이상 그 상실이 끝이 아닐 때, 비로소 나는 문을 오갈 수 있게 되었다. 가끔 그 시절의 내 마음을 어루만지고 돌아올 수 있게 되었다.

나에게는 문이 하나 있다.

그 문 끝에 또 다른 문이 기다리고 있다는 것을 나는 안다.

그다음 문을 열고 나는 새로운 여행을 준비할 것이다.

나는 늘 다음 페이지가 설렌다.

티아 할머니의 노트 *p.* 313